我所知道的康桥

徐志摩 著

中国画报出版社·北京

图书在版编目（CIP）数据

我所知道的康桥 / 徐志摩著. -- 北京：中国画报出版社，2015.7（2016.1重印）

（插图典藏本）

ISBN 978-7-5146-1136-6

Ⅰ. ①我… Ⅱ. ①徐… Ⅲ. ①散文集－中国－现代 Ⅳ. ①I266

中国版本图书馆CIP数据核字(2015)第071026号

我所知道的康桥　　徐志摩　著

出 版 人：于九涛
责任编辑：赵　菁
责任印制：焦　洋
出版发行：中国画报出版社
（中国北京市海淀区车公庄西路33号　邮编：100048）
开　　本：32开（880mm×1230mm）
印　　张：8.75
字　　数：189千字
版　　次：2015年7月第1版　2016年1月第2次印刷
印　　刷：北京通州皇家印刷厂
定　　价：30.00元

总编室兼传真：010-88417359　版权部：010-88417359
发　行　部：010-68469781　010-88414683（传真）

关于作者

徐志摩（1897—1931），笔名云中鹤、南湖等，浙江海宁人。现代诗人、散文家。主要作品有诗集《志摩的诗》《翡冷翠的一夜》《猛虎集》《云游》等；散文集《落叶》《自剖》《巴黎的鳞爪》《秋》等。

徐志摩1915年毕业于杭州一中，之后考入上海沪江大学，同年到天津北洋大学就读，1916年转入北京大学。1918年夏，徐志摩赴美留学，1921年赴英入伦敦剑桥大学当特别生，研究政治经济学，同时开始了自己的新诗创作。1922年秋回国，历任北京大学、清华大学、平民大学教授。1923年参与组织新月社，为主要发起人，1925年出版第一本诗集《志摩的诗》。1926年后，徐志摩先后任北京《晨报》副刊《诗镌》主编，光华大学、大夏大学和南京中央大学教授，《新月》月刊总编等职。

1931年，徐志摩从南京乘飞机去北平，因飞机失事遇难。

致那“完全诗意的信仰”

“徐志摩”是个为人熟知的名字，他以诗闻名，而又英年早逝，走的完全是“才子派”的路子。及至风流总被雨打风吹去的今天，隔着漫长的时间，志摩的文才与性情的魅力，依旧没有散去。他在诗名之外，同样写得一手风格独具的散文，而这组文字对于理解徐志摩其人，对于体贴其“大孩子”的情怀，对于触通其“完全诗意的信仰”，有着不可替代的作用。

所谓“知人论世”，徐志摩的文字生命也同他的人生道路相联结。1897年1月15日，徐志摩出生在浙江海宁县硖石镇的一个富商家庭，名章垿。1907年进入硖石开智学堂，1915年考入上海沪江大学，后转入天津北洋大学。1917年秋入北京大学，1918年夏赴美入克拉克大学历史系，毕业后入哥伦比亚大学经济系攻硕士学位。1920年横渡大西洋，进入伦敦大学政治经济学院，后以特别生身份入剑桥大学王家学院，兴趣逐渐转向文学，开始写诗。1922年10月回国，次年3月，新月社成立，徐志摩是主要组织者之一，也成为“新月诗派”的代表诗人。他在《晨报副刊》《现代评论》《学灯》等报刊上发表诗文，颇有影响。1927年春与胡适等在上海创办新月书店，第二年春筹创《新月》月刊。1931年1月，其主编的《诗刊》创刊。1931年11月19日，徐志摩搭乘“济南号”邮机由南京北上，在济南一带机毁人亡，时年仅35岁。蔡元培为其写的挽联颇具代表性，曰：谈话是诗，举动是诗，毕生行径都是诗，诗的意味渗透了，随遇自有乐土；乘船可死，驱车可死，斗室生卧也可死，死于飞机偶然者，不必视为畏途。一代诗神就此陨落，引得时人后人无限怅惘。

徐志摩一生著有诗集《志摩的诗》《翡冷翠的一夜》《猛虎集》和《云游》；散文集《落叶》《巴黎的鳞爪》《自剖》和《秋》；译著《涡堤孩》《赣第德》《英国曼殊斐儿小说集》；后人整理出版的《爱眉小札》和《志摩日记》；等等。

徐志摩的诗名之盛，往往掩盖了他的散文成就，然而早在杨振声《与志摩最后的一别》中就有“他那‘跑野马’的散文，我早就认为比他的诗还好”的论断，大有将其散文成就抬于诗歌成就之上的味道。倘若不去强分轩轾的话，我们至少也可以说，徐志摩业已具备带有鲜明个人特色的散文风格，而散文这种自由流动的文体，加之作者在文中坦然可亲的态度，使得其文其人更紧密地缠绕在一起。对于徐志摩的散文风格，郁达夫的评论可谓切中肯綮，“不管他的散文写何种内容，都是情意充溢，浓得化不开，正是‘登山则情满于山，观海则意溢于海’。他的散文不是应景的,而是他自己的亲见亲为、亲感，故感情的表达格外真实。”（《怀四十岁的志摩》）“浓得化不开”一词，几乎成为徐志摩散文风格的定评。梁实秋以“亲热”二字概括徐志摩的散文，更是独具慧眼，“志摩的散文，无论写的是什么题目，永远的保持一个亲热的态度。……他的散文没有教训的气味，没有演讲的气味，而是像知心的朋友谈话。无论谁，只要一读徐志摩的文章，就不知不觉的非站在他的朋友的地位上不可。志摩提起笔来，毫不矜持，把他的心里话真掏出来说，把他的读者当做了顶亲近的人。”（《谈志摩的散文》）徐志摩出身优裕，交游虽广总数到底也有限，所幸他以一支笔毫无保留地“把心里话真掏出来说”，还说得那般亲切有味，让无缘亲会的人们也永远拥有了志摩这样一个可爱的大朋友。

坦白地说，志摩的诗有稚嫩之处，他的散文也稍嫌做作，但“不加节制”“华丽缜密”这些话更像是泛泛之谈，只有从文中亲历他的笔底世界，感受那个“在夕阳西晒时骑了车迎着天边扁大的日头直追”的志摩，那个“独自斜俯在软草里，看第一个大星在天边出现”的志摩（《我所知道的康桥》），还有林徽因笔下那个冒雨看虹，一团孩气的志摩，方知道“做作”不过是以世故与机心之眼斜视作者的产物，“不加节制”则是对他的求全责备了。徐志摩其文其人当然都并不复杂，但这一湾清水般流淌的“完全诗意的信仰”，正是他最根本也最打动人心的地方。

但是，徐志摩的单纯的信仰（对于爱、美与自然）不可能不落地，一落地即难免七零八落，这造就了志摩散文中另一面沉重的底色。于是在《巴黎的鳞爪》《我所知道的康桥》《北戴河河滨的幻想》等文章之外，我们也看到了他痛彻肺腑的《自剖》与《再剖》，他自陈“一个曾经有单纯信仰的流入怀疑的颓废”，“诗人也是一种痴鸟，他把他的柔软的心窝紧抵着蔷薇的花刺，口里不住的唱着星月的光辉和人类的希望，非到他的心血滴出来把百花染成大红他不住口。”（《猛虎集》序文）他终究是诗人，“想飞”是他一篇文章的题目，他也以毕生践行了一篇文，实现了一首诗。

拉拉杂杂说了这么多，或许在很多人眼里徐志摩依旧是那个充满浪漫情史的风流才子，这个集子中的《爱眉小札》可视为他的深情缱绻的表白。然而徐志摩并不止步于此，他尚有严肃认真的一面，他对于“完全诗意的信仰”的追求有着难得可贵的坚持。或许你读完这本书后对徐志摩也并没有转入欣赏与喜欢，但相信你会平添许多体谅和理解。这本散文集中展现了徐志摩一生中的多个侧面，是我们走近作者，感受他跃动心声的一条捷径。

刘芳文

目录

巴黎的鳞爪

咳巴黎！到过巴黎的一定不会再希罕天堂；尝过巴黎的，老实说，连地狱都不想去了，整个的巴黎就像是一床野鸭绒的垫褥，衬得你通体舒泰，硬骨头都给薰酥了的——有时许太热一些。那也不碍事，只要你受得住。赞美是多余的，正如赞美天堂是多余的；诅咒也是多余的，正如诅咒地狱是多余的。巴黎，软绵绵的巴黎，只在你临别的时候轻轻地

1931年新月书店版散文集《巴黎的鳞爪》。

嘱咐一声“别忘了，再来！”其实连这都是多余的。谁不想再去？谁忘得了？

香草在你的脚处，春风在你的脸上，微笑在你的周遭。不拘束你，不责备你；不督饬你，不窘你，不恼你，不揉你。它搂着你，可不缚住你；是一条温存的臂膀，不是根绳子。它不是不让你跑，但它那招逗的指尖却永远在你的记忆里晃着。多轻盈的步履，罗袜的丝光随时可以沾上你记忆的颜色！

但巴黎却不是单调的喜剧。赛茵河的柔波里掩映着罗浮宫的倩影，它也收藏着不少失意人最后的呼吸。流着，温驯的水波；流着，缠绵的恩怨。咖啡馆：和着交颈的软语，开怀的笑响，有踞坐在屋隅里蓬头少年计较自毁的哀思。跳舞场：和着翻飞的乐调，迷醇的酒香，有独自支颐的少妇思量着往迹的怆心。浮动在上一层的许是光明，是欢畅，是快乐，是甜蜜，是和谐；但沉淀在底里阳光照不到的才是人事经验的本质，说重一点是悲哀，说轻一点是惆怅，谁不愿意永远在轻快的流波里漾着，可得留神了你往深处去时的发现！

一天一个从巴黎来的朋友找我闲谈，谈起了劲，茶也没喝，烟也没吸，一直从黄昏谈到天亮，才各自上床去躺了一歇，我一合眼就回到了巴黎，方才朋友讲的情境，惝恍的把我自己也缠了进去。这巴黎的梦真醇人，醇你的心，醇你的意志，醇你的四肢百体，那味儿除是亲尝过的谁能想像！——我醒过来时还是迷糊的忘了我在哪儿，刚巧一个小朋友进房来站在我的床前笑吟吟喊我“你做什么梦来了，朋友，为什么两眼潮潮的像哭似的？”我伸手一摸，果然眼里有水，不觉也失笑了——可是朝来的梦，一个诗人说的，同是这悲凉滋味，正不知这泪是为哪一个梦流的呢！

下面写下的不成文章，不是小说，不是写实，也不是写梦，——在我写的人只当是随口曲，南边人说的“出门不认贷”，随你们宽容的读者们怎样看罢。

出门人也不能太小心了，走道总得带些探险的意味。生活的趣味大半就在不预期的发现，要是所有的明天全是今天刻板的化身，那我们活什么来了？正如小孩子上山就得采花，到海边就得捡贝壳，书呆子进图书馆想捞新智慧——出门人到了巴黎就想……

你的批评也不能过分严正不是？少年老成——什么话！老成是老年人的特权，也是他们的本分，说来也不是他们甘愿，他们是到了年纪不得不。少年人如何能老成？老成了才是怪哪！

放宽一点说，人生只是个机缘巧合；别瞧日常生活河水似的流得平顺，它那里面多的是潜流，多的是漩涡——轮着的时候谁躲得了给卷了进去？那就是你发愁的时候，是你登仙的时候，是你品着酸的时候，是你尝着甜的时候。

巴黎也不定比别的地方怎样不同。不同就在那边生活流波里的潜流更猛，漩涡更急，因此你叫给卷进去的机会也就更多。

我赶快得声明我是没有叫巴黎的漩涡给淹了去——虽则也就够险。多半的时候我只是站在赛茵河岸边看热闹，下水去的时候也不能说没有，但至多也不过在靠岸清浅处溜着，从没敢往深处跑——这来漩涡的纹螺、势道、力量，可比远在岸上时认清楚多了。

（一）九小时的萍水缘

我忘不了她。她是在人生的急流里转着的一张萍叶，我见着了它，掬在手里把玩了一晌，依旧交还给它的命运，任它飘流去——它以前的飘泊我不曾见来，它以后的飘泊，我也见不着，但就这曾经相识匆匆的恩缘——实际上我与她相处不过九小时——已在我的心上印下踪迹，我如何能忘，在忆起时如何能不感须臾的惆怅？

那天我坐在那热闹的饭店里瞥眼看着她，她独坐在灯光最暗漆的屋角里，这屋内哪一个男子不带媚态，哪一个女子的胭脂口上不沾笑容，就只她：穿一身淡素衣裳，戴一顶宽边的黑帽，在浓密的睫毛上隐隐闪亮着深思的目光——我几乎疑心她是修道院的女僧偶尔到红尘里随喜来了。我不能不接着注意她，她的别样的支颐的倦态，她的细长的手指，她的落寞的神情，有意无意间的叹息，都在激发我的好奇——虽则我那时左边已经坐下了一个瘦的，右边来了个肥的，四条光滑的手臂不住在我面前晃着酒杯。但更使我奇异的是她不等跳舞开始就匆匆的出去了，好像害怕或是厌恶似的。第一晚这样，第二晚又是这样：独自默默的坐着，到时候又匆匆的离去。到了第三晚她再来的时候我再也忍不住不想法接近她。第一次得着的回音，虽则是“多谢好意，我再不愿交友”的一个拒绝，只是加深了我的同情和好奇。我再不能放过她。巴黎的好处就在处处近人情；爱慕的自由是永远容许的，你见谁爱慕谁想接近谁，决不是犯罪，除非你在过程中泄漏了你的粗气暴气，陋相或是贫相，那不是文明的巴黎人所能容忍的。只要你“识相”，上海人说的，什么可能的机会你都可以利用。对方人理你不理你，当然又是一回事；但只要你的步骤对，文明的巴黎人决不让你难堪。

我不能放过她。第二次我大胆写了个字条付中间人——店主人——交去。我心里直怔怔的怕讨没趣。可是回话来了——她就走了，你跟着去吧。

她果然在饭店门口等着我。

你为什么一定要找我说话，先生，像我这样再不愿意有朋友的人？

她张着大眼看我，口唇微微地颤着。

我的冒昧是不望恕的，但是我看了你忧郁的神情我足足难受了三天，也不知怎的我就想接近你，和你谈一次话，如其你许我，那就是我的想望，再没有别的意思。

真的她那眼内绽出了泪来，我话还没说完。

想不到我的心事又叫一个异邦人看透了……她声音都哑了。

我们在路灯的灯光下默默的互注了一晌，并着肩沿马路走去，走不到多远她说不能走，我就问了她的允许雇车坐上，直往波龙尼大林国清凉的暑夜里兜儿去。

原来如此，难怪你听了跳舞的音乐像是厌恶似的，但既然不愿意何以每晚还去？

那是我的感情作用，我有些舍不得不去，我在巴黎一天，那是我最初遇见——他的地方，但那时候的我……可是你真的同情我的际遇吗，先生？我快有两个月不开口了，不瞒你说，今晚见了你我再也不能自制，我爽性说给你我的生平的始末吧，只要你不嫌。我们还是回那饭店去吧。

你不是厌烦跳舞的音乐吗？

她初次笑了。多齐整洁白的牙齿，在道上的幽光里亮着！有了你我的生气就回复了不少，我还怕什么音乐？

我们俩重进饭店去选一个犄角坐下，喝完了两瓶香槟，从十一时舞影最凌乱时谈起，直到早三时客人散尽侍役打扫屋子时才起身走，我在她的可怜身世的演述中遗忘了一切，当前的歌舞再不能分散我的丝毫的注意。

下面是她的自述。

我是在巴黎生长的，我从小就爱读天方夜谭的故事，以及当代描写东方的文学；啊东方，我的童真的梦魂哪一刻不在它的玫瑰园中留恋？十四岁那年我的姊姊带我上北京去住，她在那边开一个时式的帽铺，有一天我看见一个小身材的中国人来买帽子，我就觉得奇怪，一来他长得异样的清秀，二来他为什么要来买那样时式的女帽；到了下午一个女太太拿了方才买去的帽子来换了，我姊姊就问她那中国人是谁，她说是她的丈夫，说开了头她就讲当初怎样爱他触怒了自己的父母，结果断绝了家庭和他结婚，但她一点不追悔因为她的中国丈夫待她怎样好法，她不信西方人懂得像他那样体贴，那样温存。我再也忘不了她说话时满心怡悦的笑容。从此我仰慕东方的隐衷添深了一层颜色。

我再回巴黎的时候已经长大了，我父亲是最宠爱我的，我要什么他就给我什么。我那时就爱跳舞，啊，那些迷醉轻易的时光，巴黎哪一处舞场上不见我的舞影。我的妙龄，我的颜色，我的体态，我的聪慧，尤其是我那媚人的大眼——啊，如今你见的只是悲惨的余生再不留当时的丰韵——制定了我初期的堕落。我说堕落不是？是的，堕落，人生哪处不是堕落，这社会哪里容得一个有姿色的女人保全她的清洁？我正快走入险路的时候我那慈爱的老父早已看出我的倾向，私下安排了一个机会，叫我与一个有爵位的英国人接近。一个十七岁的女子哪有什么主意，在两个月内我就做了新娘。

说起那四年结婚的生活，我也不应过分的抱怨，但我们欧洲的势利的社会实在是树心里生了蠹，我怕再没有回复健康的希望。我到伦敦去做贵妇人时我还是个天真的孩子，哪有什么心机，哪懂得虚伪的卑鄙的人间的底里，我又是个外国人，到处遭受嫉忌与批评。还有我那叫名的丈夫。他娶我究竟为什么动机我始终不明白，也许贪我年轻，贪我貌美，带回家去广告他自己的手段，因为真的我不曾感着他一息的真情；新婚不到几时他就对我冷淡了，其实他就没有热过，碰巧我是个傻孩子，一天不听着一半句软话，不受些温柔的怜惜，到晚上我就不自制的悲伤。他有的是钱，有的是趋奉谄媚，成天在外打猎作乐，我愁了不来慰我，我病了不来问我，连着三年抑郁的生涯完全消灭了我原来活泼快乐的天机，到第四年实在耽不住了，我与他吵一场回巴黎再见我父亲的时候，他几乎不认识我了。我自此就永别了我的英国丈夫。因为虽则实际的离婚手续在他那方面到前年方始办理，他从我走了后也就不再来顾问我——这算是欧洲人夫妻的情分！

我从伦敦回到巴黎，就此久困的雀儿重复飞回了林中，眼内又有了笑，脸上又添了春色，不但身体好多，就连童年时的种种想望又在我心头活了回来。三四年结婚的经验更叫我厌恶西欧，更叫我神往东方。东方，啊，浪漫的多情的东方！我心里常常的怀念着。有一晚，那一个命定的晚上，我就在这屋子内见着了他，与今晚一样的歌声，一样的舞影，想起还不就是昨天，多飞快的光阴，就可怜我一个单薄的女子，无端叫运神摆布，在情网里颠连，在经验的苦海里沉沦。朋友，我自分是已经埋葬了的活人，你何苦又来逼着我把往事掘起，我的话是简短的，但我身受的苦恼，朋友，你信我，是不可量的；你望我的眼里看，凭着你的同情你可以在刹那间领会我灵魂的真际！

他是菲律宾人，也不知怎的我初次见面就迷了他，他肤色是深黄的，但他的性情是不可信的温柔；他身材是短的，但他的私语有多叫人魂销的魔力！啊，我到如今还不能怨他；我爱他太深，我爱他太真，我如何能一刻忘他，虽则他到后来也是一样的薄情，一样的冷酷。你不倦么，朋友，等我讲给你听？

我自从认识了他我便倾注给他我满怀的柔情，我想他，那负心的他，也够他的享受，那三个月神仙似的生活！我们差不多每晚在此聚会的。密谈是他与我，欢舞是他与我，人间再有更甜美的经验吗？朋友你知道痴心人赤心爱恋的疯狂吗？因为不仅满足了我私心的想望，我十多年梦魂缭绕的东方理想的实现。有他我什么都有了，此外我更有什么沾恋？因此等到我家里为这事情与我开始交涉的时候，我更不踌躇的与我生身的父母根本决绝。我此时又想起了我垂髫时在北京见着的那个嫁中国人的女子，她与我一样也为痴情牺牲一切，我只希冀她这时还能保持着她那纯爱的生活，不比我这失运人成天在幻灭的辛辣中回味。

我爱定了他。他是在巴黎求学的，不是贵族，也不是富人，那更使我放心。因为我早年的经验使我迷信真爱情是穷人才能供给的。谁知他骗了我——他家里也是有钱的，那时我在热恋中抛弃了家，牺牲了名誉，跟了这黄脸人离却巴黎，辞别欧洲，经过一个月的海程，我就到了我理想的灿烂的东方。啊，我那时的希望与快乐！但才出了红海，他就上了心事，经我再三的逼问他才告诉他家里的实情，他父亲是菲律宾最有钱的土著，性情是极严厉的，他怕轻易不能收受我进他们的家庭。我真不愿意把此后可怜的身世烦给你听，朋友，但那才是我痴心人的结果，你耐心听着罢！

东方，东方才是我的烦恼！我这回投进了一个更陌生的社会，呼吸更沉闷的空气；他们自己中间也许有他们温软的人情，但轮着我的却一样还只是猜忌与讥刻，更不容情的刺袭我的孤独的性灵。果然他的家庭不容我进门，把我看作一个“巴黎淌来的可疑的妇人”。我为爱他也不知忍受了多少不可忍的侮辱，吞了多少悲泪，但我自慰的是他对我不变的恩情。因为在初到的一时他还时不时来慰我——我独自赁屋住着，但慢慢的也不知是人言浸润还是他原来爱我不深，他竟然表示割绝我的意思。朋友，试想我这孤身女子牺牲了一切为的还不是他的爱，如今连他都离了我，那我更有什么生机？我怎的始终不曾自毁，我至今还不信，因为我那时真的是没路走了。我又没有钱，他狠心丢了我，我如何能再去缠他，这也许是我们白种人的倔强，我不久便揩干了眼泪，出门去自寻活路。我在一个菲美合种人的家里寻得了一个保姆的职务；天幸我生性是耐烦领小孩的——我在伦敦的日子没孩子管，我就养猫弄狗——救活我的是那三五个活灵的孩子，黑头发短手指的乖乖。在那炎热的岛上我是过了两年没颜色的生活，得了一次凶险的热病，从此我面上再不存青年期的光彩。我的心境正稍稍回复平衡的时候，两件不幸的事情又临着了我：一件是我那他与另一个女子的结婚，这消息使我昏绝了过去；一件是被我弃绝的慈父也不知怎的问得了我的踪迹，来电说他老病快死要我回去。啊，天罚我！等我赶回巴黎的时候正好赶着与老人诀别，忏悔我先前的造孽！

从此我在人间还有什么意趣？我只是个实体的鬼影，活动的尸体；我的心早就死了，再也不起波澜；在初次失望的时候我想像中还有个辽远的东方，但如今东方只在我的心上留下一个鲜明的新伤，我更有什么希冀，更有什么心情？但我每晚还是不自主的到这饭店来小坐，正如死去的鬼魂忘不了他的老家！我这一生的经验本不想再向人吐露的，谁知又碰着了你，苦苦的追着我，逼我再一度撩拨死尽的火灰。这来你够明白了，为什么我老是这落漠的神情，我猜你也是过路的客人，我深深自幸又接近一次人情的温慰，但我不敢希望什么，我的心是死定了的。时候也不早了，你看方才舞影凌乱的地板上现在只剩一片冷淡的灯光，侍役们已经收拾干净，我们也该走了，再会吧，多情的朋友！

（二）“先生，你见过艳丽的肉没有？”（略）

她独坐在灯光最暗漆的屋角里……就只她：穿一身淡素衣裳，戴一顶宽边的黑帽，在浓密的睫毛上隐隐闪亮着深思的目光……

我所知道的康桥

一

我这一生的周折，大都寻得出感情的线索。不论别的，单说求学。我到英国是为了要从罗素。罗素来中国时，我已经在美国，他那不确的死耗传到的时候，我真的出眼泪不够，还做悼诗来了。他没有死，我自然高兴。我摆脱了哥伦比亚大博士衔的引诱，买船漂过大西洋，想跟这位二十世纪的福禄泰尔认真念一点书去。谁知一到英国才知道事情变样了：一为他在战时主张和平，二为他离婚，罗素叫康桥给除名了，他原来是Trinity College①的fellow②，一来他的fellowship③也给取消了。他回英国

① Trinity College：三一学院。

② fellow：研究员。

③ fellowship：研究员资格。

后就在伦敦住下，夫妻两人卖文章过日子。因此我也不曾遂我从学的始愿。我在伦敦政治经济学院里混了半年，正感到闷想换路走的时候，我认识了狄更生先生。狄更生——Golsworthy Lowes Dickinson——是一个有名的作者，他的《一个中国人通信》（*Letters from Chinaman*）与《一个现代聚餐谈话》（*A Modern Symposium*）两本小册子早得了我的景仰。我第一次会着他是在伦敦国际联盟协会席上，那天林宗孟先生演说，他做主席；第二次是在宗孟寓里吃茶，有他。以后我常到他家里去。他看出我的烦闷，劝我到康桥去，他自己是王家学院（King's College）的fellow。我就写信去问两个学院，回信都说学额早满了，随后还是狄更生先生替我去在他的学院里说好了，给我一个特别生的资格，随意选科听讲。从此黑方巾、黑披袍的风光也被我占着了。初起我在离康桥六英里的乡下叫沙士顿地方租了几间小屋住下，同居的有我从前的夫人张幼仪女士与郭虞裳君。每天一早我坐街车（有时自行车）上学，到晚回家。这样的生活过了一个春，但我在康桥还只是个陌生人，谁都不认识，康桥的生活，可以说完全不曾尝着，我知道的只是一个图书馆，几个课室，和三两个吃便宜饭的茶食铺子。狄更生常在伦敦或是大陆上，所以也不常见他。那年的秋季我一个人回到康桥，整整有一学年，那时我才有机会接近真正的康桥生活，同时我也慢慢的“发现”了康桥。我不曾知道过更大的愉快。

二

“单独”是一个耐寻味的现象。我有时想它是任何发现的

第一个条件。你要发现你的朋友的“真”，你得有与他单独的机会；你要发现你自己的真，你得给你自己一个单独的机会。你要发现一个地方（地方一样有灵性），你也得有单独玩的机会。我们这一辈子，认真说，能认识几个人？能认识几个地方？我们都是太匆忙，太没有单独的机会。说实话，我连我的本乡都没有什么了解。康桥我要算是有相当交情的，再次许只有新认识的翡冷翠了。啊，那些清晨，那些黄昏，我一个人发痴似的在康桥！绝对的单独。

但一个人要写他最心爱的对象，不论是人是地，是多么使他为难的一个工作？你怕，你怕描坏了它，你怕说过分了恼了它；你怕说太谨慎辜负了它。我现在想写康桥，也正是这样的心理。我不曾写，我就知道这回是写不好的——况且又是临时逼出来的事情。但我却不能不写，上期预告已经出去了。我想勉强分两节写：一是我所知道的康桥的天然景色；一是我所知道的康桥的学生生活。我今晚只能极简的写些，等以后有兴会时再补。

三

康桥的灵性全在一条河上：康河，我敢说是全世界最秀丽的一条河。河的名字是葛兰大（Granta），也有叫康河（River Cam）的，也许有上下流的区别，我不甚清楚。河身多的是曲折，上游是有名的拜伦潭——“Byron's Pool”——当年拜伦常在那里玩的；有一个老村子叫格兰骞斯德，有一个果子园，你可以躺在累累的桃李树荫下吃茶，花果会掉入你的茶杯，小雀子会到你桌上来啄食，那真是别有一番天地。这是上游。下游是从骞斯德顿下去，河面展开，那是春夏间竞舟的场所。上下河分界处有一个坝筑，水流急得很，在星光下听水声，听近村晚钟声，听河畔倦牛刍草声，是我康桥经验中最神秘的一种。大自然的优美、宁静，调谐在这星光与波光的默契中不期然的淹入了你的性灵。

但康河的精华是在它的中流，著名的“Backs”①，这两岸是几个最蜚声的学院的建筑。从上面下来是Pembroke②，St. Katharine's③，King's④，St. Clare⑤，Trinity, St. John's⑥。最令人留连的一节是克莱亚与王家学院的毗连处，克莱亚的秀丽紧邻着王家教堂（King's Chapel）的宏伟。别的地方尽有更美更庄严的建筑，例如巴黎赛茵河的罗浮宫一带，威尼斯的利阿尔多大桥的两岸，翡冷翠维基乌大桥的周遭；但康桥的“Backs”自有它的特长，这不容易用一二个状词来概括，它那脱尽尘埃气的一种清澈秀逸的意境可说是超出了画图而化生了音乐的神味，再没有比这一群建筑更调谐更匀称的了！论画，可比的也许只有柯罗（Corot）的田野；论音乐，可比的也许只有肖班（Chopin）的夜曲。就这也不能给你依稀的印象，它给你的美感简直是神灵性的一种。

假如你站在王家学院桥边的那棵大椈树荫下眺望，右侧

① “Backs”：剑桥大学后花园。

② Pembroke：潘布鲁克学院。

③ St. Katharine's：圣凯瑟林学院。

④ King's：国王学院。

⑤ St. Clare：圣克莱尔学院。

⑥ St. John's：圣约翰学院。

面，隔着一大方浅草坪，是我们的校友居（fellows building），那年代并不早，但它的妩媚也是不可掩的，它那苍白的石壁上春夏间满缀着艳色的蔷薇在和风中摇颤，往左是那教堂，森林似的尖阁不可浼的永远直指着天空；更左是克莱亚，啊！那不可信的玲珑的方庭，谁说这不是圣克莱亚（St. Clare）的化身，哪一块石上不闪耀着她当年圣洁的精神？在克莱亚后背隐约可辨的是康桥最高贵最骄纵的三一学院（Trinity），它那临河的图书楼上坐镇着拜伦神采惊人的雕像。

但这时你的注意早已叫克莱亚的三环洞桥魔术似的摄住。你见过西湖白堤上的西泠断桥不是？（可怜它们早已叫代表近代丑恶精神的汽车公司给踩平了，现在它们跟着苍凉的雷峰永远辞别了人间。）你忘不了那桥上斑驳的苍苔，木栅的古色，与那桥拱下泄露的湖光与山色不是？克莱亚并没有那样体面的衬托，它也不比庐山栖贤寺旁的观音桥，上瞰五老的奇峰，下临深潭与飞瀑；它只是怯伶伶的一座三环洞的小桥，它那桥洞间也只掩映着细纹的波粼与婆娑的树影，它那桥上栉比的小穿阑与阑顶上双双的白石球，也只是村姑子头上不夸张的香草与野花一类的装饰；但你凝神的看着，更凝神的看着，你再反省你的心境，看还有没有一丝屑的俗念沾滞？只要你审美的本能不曾泯灭时，这是你的机会实现纯粹美感的神奇！

但你还得选你赏鉴的时辰。英国的天时与气候是走极端的。冬天是荒谬的坏，逢着连绵的雾盲天你一定不迟疑的甘愿进地狱本身去试试；春天（英国是几乎没有夏天的）是更荒谬的可爱，尤其是它那四五月间最渐缓最艳丽的黄昏，那才真是寸寸黄金。在康河边上过一个黄昏是一服灵魂的补剂。啊！我那时蜜甜的单独，那时蜜甜的闲暇。一晚又一晚的，只见我出神似的倚在桥栏上向西天凝望：

看一回凝望的桥影，
数一数螺钿的波纹，
我倚暖了石阑的青苔，青苔凉透了我的心坎；
……

还有几句更笨重的怎能仿佛那游丝似轻妙的情景：

难忘七月的黄昏，远树凝寂，
像墨泼的山形，衬出轻柔暝色，
密稠稠，七分鹅黄，三分枯绿，
那妙意只可去秋梦边缘捕捉；
……

四

这河身的两岸都是四季常青最葱翠的草坪。从校友居的楼上望去，对岸草场上，不论早晚，永远有十数匹黄牛与白马，胫蹄没在恣蔓的草丛中，从容的在咬嚼，星星的黄花在风中摇荡，应和着它们尾鬃的扫拂。桥的两端有斜倚的垂柳与掬荫护住。水是澈底的清澄，深不足四尺，匀匀的长着长条的水草。这岸边的草坪又是我的爱宠，在清朝，在傍晚，我常去这天然的织锦上坐地，有时读书，有时看水；有时仰卧着看天空的行云，有时反仆着搂抱大地的温软。

在这织锦上，仰卧着看天空的行云。

但河上的风流还不止两岸的秀丽。你得买船去玩。船不止一种：有普通的双桨划船，有轻快的薄皮舟（canoe），有最别致的长形撑篙船（punt），最末的一种是别处不常有的：约莫有二丈长，三尺宽，你站直在船梢上用长竿撑着走的。这撑是一种技术。我手脚太蠢，始终不曾学会，你初起手尝试时，容易把船身横住在河中，东颠西撞的狼狈。英国人是不轻易开口笑人的，但是小心他们不出声的皱眉！也不知有多少次河中本来悠闲的秩序叫我这莽撞的外行给搗乱了。我真的始终不曾学会；每回我不服输跑去租船再试的时候，有一个白胡子的船家往往带讥讽的对我说："先生，这撑船费劲，天热累人，还是拿个薄皮舟溜溜吧！"我哪里肯听话，长篙子一点就把船撑了开去。结果还是把河身一段段的腰斩了去。

你站在桥上去看人家撑，那多不费劲，多美！尤其是在礼拜天有几个专家的女郎，穿一身缟素衣服，裙裾在风前悠悠的飘着，戴一顶宽边的薄纱帽，帽影在水草间颤动，你看她们出桥洞时的姿态，捻起一根竟像没分量的长竿，只轻轻的，不经心的往波心里一点，身子微微的一蹲，这船身便波的转出了桥影，翠条鱼似的向前滑了去。她们那敏捷，那闲暇，那轻盈，真是值得歌咏的。

在初夏阳光渐暖时你去买一支小船，划去桥边荫下躺着念你的书或是做你的梦，槐花香在水面上飘浮，鱼群的唼喋声在你的耳边挑逗，或是在初秋的黄昏，近着新月的寒光，望上流僻静处远去。爱热闹的少年们携着他们的女友，在船沿上支着双双的东洋彩纸灯，带着话匣子，船心里用软垫铺着，也开向无人迹处去享他们的野福——谁不爱听那水底翻的音乐在静定的河上描写梦意与春光！

住惯城市的人不易知道季候的变迁。看见叶子掉知道是秋，看见叶子绿知道是春；天冷了装炉子，天热了拆炉子；脱下棉袍，换上夹袍，脱下夹袍，穿上单袍，不过如此罢了。天上星斗的消息，地下泥土里的消息，空中风吹的消息，都不关我们的事。忙着哪，这样那样事情多着，谁耐烦管星星的移转，花草的消长，风云的变幻？同时我们抱怨我们的生活、苦痛、烦闷、拘束、枯燥，谁肯承认做人是快乐？谁不多少诅咒人生？

但不满意的生活大都是由于自取的。我是一个生命的信仰者，我信生活决不是我们大多数人仅仅从自身经验推得的那样暗惨。我们的病根是在"忘本"。人是自然的产儿，就好比枝头的花与鸟是自然的产儿；但我们不幸是文明人，入世深似一天，离自然远似一天。离开了泥土的花草，离开了水的鱼，能快活吗？能生存吗？从大自然，我们取得我们的生命；从大自然，我们应分取得我们继续的滋养。哪一株婆娑的大树没有盘错的根柢深入在无尽藏的地里？我们是永远不能独立的。有幸福是永远不离母亲抚育的孩子，有健康是永远接近自然的人们。不必一定与鹿逐游，不必一定回“洞府”去；为医治我们当前生活的枯窘，只要“不完全遗忘自然”，一张轻淡的药方我们的病像就有缓和的希望。在青草里打几个滚，到海水里洗几次浴，到高处去看几次朝霞与晚照——你肩背上的负担就会轻松了去的。

这是极肤浅的道理。当然，但我要没有过过康桥的日子，我就不会有这样的自信的，我一辈子就只那一春，说也可怜，算是不曾虚度。就只那一春，我的生活是自然的，是真愉快的！（虽则碰巧那边也是我最感受人生痛苦的时期。）我那时有的是闲暇，有的是自由，有的是绝对单独的机会。说也奇怪，竟像是第一次，我辨认了星月的光明，草的春，花的香，流水的殷勤。我能忘记那初春的睥睨吗？曾经有多少个清晨我独自冒着冷去薄霜铺地的林子里闲步——为听鸟语，为盼朝阳，为寻泥土里渐次苏醒的花草，为体会最细微最神妙的春信。啊，那是新来的画眉在那边凋不尽的青枝上试它的新声！啊，这是第一朵小雪球花挣出了半冻的地面！啊，这不是新来的潮润沾上了寂寞的柳条？

静极了，这朝来水溶溶的大道，远处牛奶车的铃声，点缀这周遭的沉默。顺着这大道走去，走到尽头，再转入林子里的小径，往烟雾浓密处走去，头顶是交枝的榆荫，透露着漠楞楞的曙色；再往前走去，走尽这林子，当前是平坦的原野，望见了村舍，初青的麦田，更远三两个馒形的小山掩住了一条通道。天边是雾茫茫的，尖尖的黑影是近村的教寺。听，那晓钟和缓的清音。这一带是此邦中部的平原，地形像是海里的轻波。默沉沉的起伏；山岭是望不见的，有的是常青的草原与沃腴的田壤。登那土阜上望去，康桥只是一带茂林，拥戴着几处娉婷的尖阁。妩媚的康河也望不见踪迹，你只能循那锦带似的林木想像那一流清浅。村舍与树林是这地盘上的棋子，有村舍处有佳荫，有佳荫处有村舍。这早起是看炊烟的时辰，朝雾渐渐的升起，揭开了这灰苍苍的天幕（最好是微霰后的光景），远近的炊烟，成丝的、成缕的、成卷的、轻快的、迟重的、浓灰的、淡青的、惨白的，在静定的朝气里渐渐的上腾，渐渐的不见，仿佛是朝来人们的祈祷，参差的翳入了天幕。朝阳是难得见的，这初春的天气。但它来时是起早人莫大的愉快。顷刻间这田野添深了颜色，一层轻纱似的金粉糁上了这草，这树，这通道，这庄舍。顷刻间这周遭弥漫了清晨富丽的温柔。顷刻间你的心怀也分润了白天诞生的光荣。“春”！这胜利的晴空仿佛在你的耳边私语。“春”！你那快活的灵魂也仿佛在那里回响。

伺候着河上的风光，这春来一天有一天的消息。关心石上的苔痕，关心败草里的鲜花，关心这水流的缓急，关心水草的滋长，关心天上的云霞，关心新来的鸟语，怯伶伶的小雪球是探春信的小使。铃兰与香草是欢喜的初声。窈窕的莲馨，玲珑的石水仙，爱热闹的克罗克斯，耐辛苦的蒲公英与雏菊——这时候春光已是烂漫在人间，更不须殷勤问讯。

瑰丽的春放，这是你野游的时期。可爱的路政，这里不比中国，哪一处不是坦荡荡的大道？徒步是一个愉快，但骑自转车是一个更大的愉快，在康桥骑车是普遍的技术：妇人、稚子、老翁，一致享受这双轮舞的快乐。（在康桥听说自转车是不怕人偷的，就为人人都自己有车，没人要偷。）任你选一个方向，任你上一条通道，顺着这带草味的和风，放轮远去，保管你这半天的逍遥是你性灵的补剂。这道上有的是清荫与美草，随地都可以供你休憩。你如爱花，这里多的是锦绣似的草原。你如爱鸟，这里多的是巧啭的鸣禽。你如爱儿童，这乡间到处是可亲的稚子。你如爱人情，这里多的是不嫌远客的乡人，你到处可以“挂单”借宿，有酪浆与嫩薯供你饱餐，有夺目的果鲜恣你尝新。你如爱酒，这乡间每“望”都为你储有上好的新酿，黑啤如太浓，苹果酒、姜酒都是供你解渴润肺的……带一卷书，走十里路，选一块清静地，看天，听鸟，读书，倦了时，和身在草绵绵处寻梦去——你能想像更适情更适性的消遣吗？

陆放翁有一联诗句：“传呼快马迎新月，却上轻舆趁晚凉。”这是做地方官的风流。我在康桥时虽没马骑，没轿子坐，却也有我的风流：我常常在夕阳西晒时骑了车迎着天边扁大的日头直追。日头是追不到了，我没有夸父的荒诞，但晚景的温存却被我这样偷尝了不少。有三两幅画图似的经验至今还是栩栩的留着。只说看夕阳，我们平常只知道登山或是临海，但实际只须辽阔的天际，平地上的晚霞有时也是一样的神奇。有一次我赶到一个地方，手把着一家村庄的篱笆，隔着一大片田的麦浪，看西天的变幻。有一次是正冲着一条宽广的大道，过来一大群羊，放草归来的，偌大的太阳在它们后背放射着万缕的金辉，天上却是乌青青的，只剩这不可逼视的威光中的一条大路，一群生物，我心头顿时感着神异性的压迫，我真的跪下了，对着这冉冉渐翳的金光。再有一次是更不可忘的奇景，那是临着一大片望不到头的草原，满开着艳红的罂粟，在青草里亭亭像是万盏的金灯。阳光从褐色云里斜着过来，幻成一种异样的紫色，透明似的不可逼视，刹那间在我迷眩了的视觉中，这草田变成了……不说也罢，说来你们也是不信的！

一别二年多了，康桥，谁知我这思乡的隐忧？也不想别的，我只要那晚钟撼动的黄昏，没遮拦的田野，独自斜倚在软草里，看第一个大星在天边出现！

十五年一月十五日

印度洋上的秋思

昨夜中秋。黄昏时西天挂下一大帘的云母屏，掩住了落日的光潮，将海天一体化成暗蓝色，寂静得如黑衣尼在圣座前默祷。过了一刻，即听得船梢布篷上悉悉索索啜泣起来，低压的云夹着迷蒙雨色，将海线逼得像湖一般窄，沿边的黑影，也辨认不出是山是云，但涕泪的痕迹，却满布在空中水上。

又是一番秋意！那雨声在急骤之中，有零落萧疏的况味，连着阴沉的气氲，只是在我灵魂的耳畔私语道："秋！"我原来无欢的心境，抵御不住那样温婉的浸润，也就开放了春夏间所积受的秋思，和此时外来的怨艾构合，产出一个弱的婴儿——"愁"。

天色早已沉黑，雨也已休止。但方才啜泣的云，还疏松地幕在天空，只露着些惨白的微光，预告明月已经装束齐整，专等开幕。同时船烟正在莽莽苍苍地吞吐，筑成一座蟒鳞的长桥，直联及西天尽处，和船轮泛出的一流翠波白沫，上下对照，留恋西来的踪迹。

北天云幕豁处，一颗鲜翠的明星，喜孜孜地先来问探消息，像新嫁媳的侍婢，也穿扮得遍体光艳，但新娘依然姗姗未出。

我小的时候，每于中秋夜，呆坐在楼窗外等看“月华”。若然天上有云雾缭绕，我就替“亮晶晶的月亮”担忧。若然见了鱼鳞似的云彩，我的小心就欣欣怡悦，默祷着月儿快些开花，因为我常听人说只要有“瓦楞”云，就有月华；但在月光放彩以前，我母亲早已逼我去上床，所以月华只是我脑筋里一个不曾实现的想像，直到如今。

现在天上砌满了瓦楞云彩，霎时间引起了我早年许多有趣的记忆——但我的纯洁的童心，如今哪里去了！

月光有一种神秘的引力。她能使海波咆哮，她能使悲绪生潮。月下的喟息可以结聚成山，月下的情泪可以培畤百亩的畹兰，千茎的紫琳耿。我疑悲哀是人类先天的遗传，否则，何以我们儿年不知悲感的时期，有时对着一泻的清辉，也往往凄心滴泪呢？

但我今夜却不曾流泪。不是无泪可滴，也不是文明教育将我最纯洁的本能锄净，却为是感觉了神圣的悲哀，将我理解的好奇心激动，想学契古特白登来解剖这神秘的“眸冷骨累”。冷的智永远是热的情的死仇。他们不能相容的。

但在这样浪漫的月夜，要来练习冷酷的分析，似乎不近人情！所以我的心机一转，重复将锋快的智刃举起，让沉醉的情泪自然流转，听他产生什么音乐；让绻缱的诗魂漫自低回，看他寻出什么梦境。

明月正在云岩中间，周围有一圈黄色的彩晕，一阵阵的轻霭，在她面前扯过。海上几百道起伏的银沟，一齐在微叱凄其的音节，此外不受清辉的波域，在暗中愤愤涨落，不知是怨是慕。

我一面将自己一部分的情感，看入自然界的现象，一面拿着纸笔，痴望着月彩，想从她明洁的辉光里，看出今夜地面上秋思的痕迹，希冀她们在我心里，凝成高洁情绪的菁华。因为她光明的捷足，今夜遍走天涯，人间的恩怨，哪一件不经过她的慧眼呢？

印度的Ganges（埂奇）河边有一座小村落，村外一个榕绒密绣的湖边，生着一对情醉的男女，他们中间草地上放着一尊古铜香炉，烧着上品的水息，那温柔婉恋的烟篆，沉馥香浓的热气，便是他们爱感的象征——月光从云端里轻俯下来，在那女子胸前的珠串上，水息的烟尾上，印下一个慈吻，微哂，重复登上她的云艇，上前驶去。

一家别院的楼上，窗帘不曾放下，几枝肥满的桐叶正在玻璃上摇曳斗趣，月光窥见了窗内一张小蚊床上紫纱帐里，安眠着一个安琪儿似的小孩，她轻轻挨进身去，在他温软的眼睫上，嫩桃似的腮上，抚摩了一会。又将她银色的纤指，理齐了他脐圆的额发，蔼然微哂着，又回她的云海去了。

一个失望的诗人，坐在河边一块石头上，满面写着幽郁的神情，他爱人的倩影，在他胸中像河水似的流动，他又不能在失望的渣滓里榨出些微的甘液，他张开两手，仰着头，让大慈大悲的月光，那时正在过路，洗沐他泪腺湿肿的眼眶，他似乎感觉到清心的安慰，立即摸出一管笔，在白衣襟上写道：

月光，

你是失望儿的乳娘！

面海一座柴房的窗棂里，望得见屋里的内容：一张小桌上放着半块面包和几条冷肉，晚餐的剩余。窗前几上开着一本家用的圣经，炉架上两座点着的烛台，不住地在流泪，旁边坐着一个皱面驼腰的老妇人，两眼半闭不闭地落在伏在她膝上悲泣的一个少妇，她的长裙散在地板上像一只大花蝶。老妇人掉头向窗外望，只见远远海涛起伏，和慈祥的月光在拥抱密吻，她叹了声气向着斜照在圣经上的月彩嗫道：

“真绝望了！真绝望了！”

少妇伏在皱面驼腰的老妇人膝上悲泣。

她独自在她精雅的书室里，把灯火一齐熄了，倚在窗口一架藤椅上，月光从东墙肩上斜泻下去，笼住她的全身，在花砖上幻出一个窈窕的倩影，她两根垂辫的发梢，她微澹的媚唇，和庭前几茎高峙的玉兰花，都在静谧的月色中微颤，她和她的呼吸，吐出一股幽香，不但邻近的花草，连月儿闻了，也禁不住迷醉，她腮边天然的妙涡，已有好几日不圆满：她瘦损了。但她在想什么呢？月光，你能否将我的梦魂带去，放在离她三五尺的玉兰花枝上。

威尔斯西境一座矿床附近，有三个工人，口衔着笨重的烟斗，在月光中间坐。他们所能想到的话都已讲完，但这异样的月彩，在他们对面的松林，左首的溪水上，平添了不可言语比说的妩媚，惟有他们工余倦极的眼珠不阖，彼此不约而同今晚较往常多抽了两斗的烟，但他们矿火薰黑，煤块擦黑的面容，表示他们心灵的薄弱，在享乐烟斗以外，虽经秋月溪声的戟刺，也不能有精美情绪之反感。等月影移西一些，他们默默地扑出了一斗灰，起身进屋，各自登床睡去。月光从屋背飘眼望进去，只见他们都已睡熟；他们即使有梦，也无非矿内矿外的景色！

月光渡过了爱尔兰海峡，爬上海尔佛林的高峰，正对着静默的红潭。潭水凝定得像一大块冰，铁青色。四围斜坦的小峰，全都满铺着蟹青和蛋白色的岩片碎石，一株矮树都没有。沿潭间有些丛草，那全体形势，正像一大青碗，现在满盛了清洁的月辉，静极了，草里不闻虫吟，水里不闻鱼跃，只有石缝里潜涧沥淅之声，断续地作响，仿佛一座大教堂里点着一星小火，益发对照出静穆宁寂的境界，月儿在铁色的潭面上，倦倚了半晌，重复拔起她的银泻，过山去了。

昨天船离了新加坡以后，方向从正东改为东北，所以前几天的船梢正对落日，此后“晚霞的工厂”渐渐移到我们船的左手来了。

昨夜吃过晚饭上甲板的时候，船右一海银波，在犀利之中涵有幽秘的彩色，凄清的表情，引起了我的凝视。那放银光的圆球正挂在你头上，如其起靠着船头仰望。她今夜并不十分鲜艳；她精圆的芳容上似乎轻笼着一层藕灰色的薄纱；轻漾着一种悲喟的音调；轻染着几痕泪化的雾霭。她并不十分鲜艳，然而她素洁温柔的光线中，犹之少女浅蓝妙眼的斜瞟；犹之春阳融解在山巅白云反映的嫩色，含有不可解的迷力，媚态，世间凡具有感觉性的人，只要承沐着她的清辉，就发生也是不可理解的反应，引起隐复的内心境界的紧张——像琴弦一样——人生最微妙的情绪，戟震生命所蕴藏高洁名贵创现的冲动。有时在心理状态之前，或于同时，撼动躯体的组织，使感觉血液中突起冰流之冰流，嗅神经难禁之酸辛，内藏汹涌之跳动，泪腺之骤热与润湿。那就是秋月兴起的秋思——愁。

昨晚的月色就是秋思的泉湖，岂止，直是悲哀幽骚悱怨沉郁的象征，是季候运转的伟剧中最神秘亦最自然的一幕，诗艺界最凄凉亦最微妙的一个消息。

今夜月明人尽望，不知秋思在谁家。

中国字形具有一种独一的妩媚，有几个字的结构，我看来纯是艺术家的匠心：这也是我们国粹之尤粹者之一。譬如“秋”字，已经是一个极美的字形；“愁”字更是文字史上有数的杰作：有石开湖晕，风扫松针的妙处，这一群点画的配置，简直经过柯罗的书篆，米佗朗基罗的雕圭，Chopin的神感；像——用一个科学的比喻——原子的结构，将旋转宇宙的大力收缩成一个无形无纵的电核；这十三笔造成的象征，似乎是宇宙和人生悲惨的现象和经验，吁喟和涕泪，所凝成最纯粹精密的结晶，满充了催迷的秘力。你若然有高蒂闲（Cautier）异超的知感性，定然可以梦到，愁字变形为秋霞黯绿色的通明宝玉，若用银槌轻击之，当吐银色的幽咽电蛇似腾入云天。

我并不是为寻秋意而看月，更不是为觅新愁而访秋月；蓄意沉浸于悲哀的生活，是丹德所不许的。我盖见月而感秋色，因秋窗而拈新愁：人是一簇脆弱而富于反射性的神经！

我重复回到现实的景色，轻裹在云锦之中的秋月，像一个遍体蒙纱的女郎，她那团圆清朗的外貌像新娘，但同时她幂弦的颜色，那是藕灰，她踟躇的行踵，掩泣的痕迹，又使人疑是送丧的丽姝。所以我曾说：

> 秋月呀！
>
> 我不盼望你团圆。

这是秋月的特色，不论她是悬在落日残照边的新镰，与"黄昏晓"竞艳的眉钩，中宵斗没西陲的金碗，星云参差间的银床，以至一轮腴满的中秋，不论盈昃高下，总在原来澄爽明秋之中，遍洒着一种我只能称之为"悲哀的轻霭"，和"传愁的以太"。即使你原来无愁，见此也禁不得沾染那"灰色的音调"，渐渐兴感起来！

> 秋月呀！

谁禁得起银指尖儿

浪漫地搔爬呀!

不信但看那一海的轻涛,可不是禁不住她玉指的抚摩,在那里低徊饮泣呢!就是那:

无聊的云烟,

秋月的美满,

熏暖了飘心冷眼,

也清冷地穿上了轻缟的衣裳,

来参与这美满的婚姻和丧礼。

志摩

十月六日

北戴河海滨的幻想

他们都到海边去了，我为左眼发炎不曾去。我独坐在前廊，偎坐在一张安适的大椅内，袒着胸怀，赤着脚，一头的散发，不时的有风来撩拂。清晨的晴爽，不曾消醒我初起时睡态；但梦思却半被晓风吹断。我阖紧眼帘内视，只见一斑斑消残的颜色，一似晚霞的余赭，留恋地胶附在天边。廊前的马樱、紫荆、藤萝、青翠的叶与鲜红的花，都将他们的妙影映印在水汀上，幻出幽媚的情态无数；我的臂上与胸前，亦满缀了绿荫的斜纹。从树荫的间隙平望，正见海湾：海波亦似被晨曦唤醒，黄蓝相间的波光，在欣然的舞蹈。滩边不时见白涛涌起，迸射着雪样的水花。浴线内点点的小舟与浴客，小禽似的浮着；幼童的欢叫，与水波拍岸声，与潜涛呜咽声，相间的起伏，竞报一滩的生趣与乐意。但我独坐在廊前，却只是静静的，静静的无甚声响。妩媚的马樱，只是幽幽的微展着，蝇虫也敛翅不飞。只有远近树里的秋蝉在纺纱似的垂引它们不尽的长吟。

在这不尽的长吟中，我独坐在冥想。难得是寂寞的环境。难得是静定的意境；寂寞中有不可言传的和谐，静默中有无限的创造。我的心灵，比如海滨，生平初度的怒潮，已经渐次的消翳，只剩有疏松的海砂中偶尔的回响，更有残缺的贝壳，反映星月的辉芒。此时摸索潮余的斑痕，追想当时汹涌的情景，是梦或是真，再亦不须辨问。只此眉梢的轻皱，唇边的微哂，已足解释无穷奥绪，深深的蕴伏在灵魂的微纤之中。

青年永远趋向反叛，爱好冒险；永远如初度航海者，幻想黄金机缘于浩淼的烟波之外；想割断系岸的缆绳，扯起风帆，欣欣的投入无垠的怀抱。他厌恶的是平安，自喜的是放纵与豪迈。无颜色的生涯，是他目中的荆棘；绝海与凶巘，是他爱取自由的途径。他爱折玫瑰，为她的色香，亦为她冷酷的刺毒。他爱搏狂澜，为他的庄严与伟大，亦为他吞噬一切的天才，最是激发他探险与好奇的动机。他崇拜冲动：不可测、不可节、不可预逆，起、动、消歇皆在无形中，狂飙似的倏忽与猛烈与神秘。他崇拜斗争：从斗争中求剧烈的生命之意义，从斗争中求绝对的实在，在血染的战阵中，呼叫胜利之狂欢或歌败丧的哀曲。

幻象消灭是人生里命定的悲剧；青年的幻灭，更是悲剧中的悲剧，夜一般的沉黑，死一般的凶恶，纯粹的，猖狂的热情之火，不同阿拉亭的神灯，只能放射一时的异彩，不能永久的朗照；转瞬间，或许，便已敛熄了最后的焰舌，只留存有限的余烬与残灰，在未灭的余温里自伤与自慰。

流水之光，星之光，露珠之光，电之光，在青年的妙目中闪耀，我们不能不惊讶造化者艺术之神奇；然可怖的黑影，倦与衰与饱餍的黑影，同时亦紧紧的跟着时日进行，仿佛是烦恼、痛苦、失败，或庸俗的尾曳，亦在转瞬间，彗星似的扫灭了我们最自傲的神辉——流水涸，明星没，露珠散灭，电闪不再！

在这艳丽的日辉中，只见愉悦与欢舞与生趣，希望，闪铄的希望，在荡漾，在无穷的碧空中，在绿荫的光泽里，在虫鸟的歌吟中，在青草的摇曳中——夏之荣华，春之成功。春光与希望，是长驻的；自然与人生，是调谐的。

在远处在福的山谷内，莲馨花在坡前微笑，稚羊在乱石间跳跃，牧童们，有的吹着芦笛，有的平卧在草地上，仰看交幻的浮游的白云，放射下的青影在初黄的稻田中缥缈地移过。在远处安乐的村中，有妙龄的村姑，在流涧边照映她自制的春裙；日衔烟斗的农夫三四，在预度秋收的丰盈，老妇人们坐在家门外阳光中取暖，她们的周围有不少的儿童，手擎着黄白的钱花在环舞与欢呼。

在远——远处的人间，有无限的平安与快乐，无限的春光……

在此暂时可以忘却无数的落蕊与残红；亦可以忘却花荫中掉下的枯叶，私语地预告三秋的情意；亦可以忘却苦恼的僵瘪的人间，阳光与雨露的殷勤。不能再恢复他们腮颊上生命的微笑，亦可以忘却纷争的互杀的人间，阳光与雨露的仁慈，不能感化他们凶恶的兽性；亦可以忘却庸俗的卑琐的人间，行云与朝露的丰姿，不能引逗他们刹那间的凝视，亦可以忘却自觉的失望的人间，绚烂的春时与媚草，只能反激他们悲伤的意绪。

我亦可以暂时忘却我自身的种种；忘却我童年时期清风白水似的天真；忘却我少年期种种虚荣的希冀；忘却我渐次的生命的觉悟；忘却我热烈的理想的寻求；忘却我心灵中乐观与悲

观的斗争；忘却我攀登文艺高峰的艰辛；忘却刹那的启示彻悟之神奇；忘却我生命潮流之骤转；忘却我陷落在危险的旋涡中之幸与不幸；忘却我追忆不完全的梦境；忘却我大海底里埋着的秘密；忘却曾经刳割我灵魂的利刃，炮烙我灵魂的烈焰，摧毁我灵魂的狂飙与暴雨；忘却我的深刻的怨与艾；忘却我的冀与愿；忘却我的恩泽与惠感；忘却我的过去与现在……

过去的实在，渐渐的膨胀，渐渐的模糊，渐渐的不可辨认；现在的实在，渐渐的收缩，逼成了意识的一线，细极狭极的一线，又裂成了无数不相联续的黑点……黑点亦渐次的隐翳，幻术似的灭了，灭了，一个可怕的黑暗的空虚……

远处的人间，有无限的平安与快乐。

罗曼罗兰

罗曼罗兰（Romain Rolland），这个美丽的音乐的名字，究竟代表些什么？他为什么值得国际的敬仰，他的生日为什么值得国际的庆祝？他的名字，在我们多少知道他的几个人的心里，唤起些个什么？他是否值得我们已经认识他思想与景仰他人格的更亲切的认识他，更亲切的景仰他；从不曾接近他的赶快从他的作品里去接近他？

一个伟大的作者如罗曼罗兰或托尔斯泰，正像是一条大河，它那波澜，它那曲折，它那气象，随处不同，我们不能划出它的一湾一角来代表它那全流。我们有幸在书本上结识他们的正比是尼罗河或扬子江沿岸的泥坷，各按我们的受量分沾他们的润泽的恩惠罢了。说起这两位作者——托尔斯泰与罗曼罗兰——他们灵感的泉源是同一的，他们的使命是同一的，他们在精神上有相互的默契（详后），仿佛上天从不教他的灵光在世上完全灭迹，所以在这普遍的混沌与黑暗的世界内往往有这类禀承灵智的大天才在我们中间指点迷途，启示光明。但他们也自有他们不同的地方；如其我们还是引申上面这个比喻，托尔斯泰、罗曼罗兰的前人，就更像是尼罗河的流域，它那两岸是浩瀚的沙碛，古埃及的墓宫，三角金字塔的映影，高矗的棕榈类的林木，间或有帐幕的游行队，天顶永远有异样的明星；罗曼罗兰、托尔斯泰的后人，像是扬子江的流域，更近人间，更近人情的大河，它那两岸是青绿的桑麻，是连栉的房屋，在波鳞里泅着的是鱼是虾，不是长牙齿的鳄鱼，岸边听得见的也不是神秘的驼铃，是随熟的鸡犬声。这也许是斯拉夫与拉丁民族各有的异禀，在这两位大师的身上得到更集中的表现，但他们润泽这苦旱的人间的使命是一致的。

十五年前一个下午，在巴黎的大街上，有一个穿马路的叫汽车给碰了，差一点没有死，他就是罗曼罗兰，那天他要是死了，巴黎也不会怎样的注意，至多报纸上本地新闻栏里登一条小字："汽车肇祸，撞死了一个走路的，叫罗曼罗兰，年四十五岁，在大学里当过音乐史教授，曾经办过一种不出名的杂志叫Cahiers de la Ouinzaine（《半月丛刊》）的。"

但罗兰不死，他不能死；他还得完成他分定的使命。在欧战爆裂的那一年，罗兰的天才，五十年来在无名的黑暗里埋着的，忽然取得了普遍的认识。从此他不仅是全欧心智与精神的领袖，他也是全世界一个灵感的泉源。他的声音仿佛是最高峰上的崩雪，回响在远近的万壑间，五年的大战毁了无数的生命与文化的成绩，但毁不了的是人类几个基本的信念与理想，在这无形的精神价值的战场上，罗兰永远是一个不仆的英雄。对着在恶斗的漩涡里挣扎着的全欧，罗兰喊一声彼此是弟兄放手！对着蜘网似密布，疫疠似蔓延的怨恨，仇毒，虚妄，疯癫，罗兰集中他孤独的理智与情感的力量作战。对着普遍破坏的现象；罗兰伸出他单独的臂膀开始组织人道势力。对着叫褊浅的国家主义与恶毒的报复本能迷惑住的知识阶级，他大声唤醒他们应负的责任，要他们恢复思想的独立，救济盲目的群众，“在战场的空中”——“Above the Battle Field”——不是在战场上，在各民族共同的天空，不是在一国的领土内，我们听得罗兰的呼声，也就是人道的呼声，像一阵光明的骤雨，激斗着地面上互杀的烈焰。罗兰的作战是有结果的，他联合了国际间自由的心灵，替未来的和平筑一层有力的基础。这是他自己的话：

> 我们从战争得到一个付重价的利益，它替我们联合了各民族中不甘受流行的种族怨毒支配的心灵。这次的教训益发激励他们的精力，强固他们的意志。谁说人类友爱是一个绝望的理想？我再不怀疑未来的全欧一致的结合。我们不久可以实现那精神的统一。这战争只是它的热血的洗礼。

这是罗兰，勇敢的人道的战士！当全国的刀锋一致向着德人的时候，他敢说不，真正的敌人是你们自己心怀里的仇毒。当全欧破碎成不可收拾的断片时，他想像到人类更完美的精神的统一。友爱与同情，他相信，永远是打倒仇恨与怨毒的利器；他永远不怀疑他的理想是最后的胜利者，在他的前面有托尔斯泰与道施滔奄夫斯基（虽则思想的形式不同），他同时有泰戈尔与甘地（他们的思想形式也不同），他们的立场是在高山的顶上，他们的视域在时间上是历史的全部，在空间里是人类的全体，他们的声音是天空里的雷震，他们的赠与是精神的慰安，我们都是牢狱里的囚犯，镣铐压住的，铁栏锢住的，难得有一丝雪亮暖和的阳光照上我们黝黑的脸面，难得有喜雀过路的欢声清醒我们昏沉的头脑。“重浊”，罗兰开始他的《贝德芬传》：

> 重浊是我们周围的空气，这世界是叫一种凝厚的污浊的秽息给闷住了……一种卑琐的物质压在我们的心里，压在我们的头上，叫所有民族与个人失却了自由工作的机会。我们会让掐住了转不过气来。来，让我们打开窗子好叫天空自由的空气进来，好叫我们呼吸古英雄们的呼吸。

打破固执的偏见来认识精神的统一；打破国界的偏见来认识人道的统一。这是罗兰与他同理想者的教训。解脱怨毒的束缚来实现思想的自由；反抗时代的压迫来恢复性灵的尊严。这是罗兰与他同理想者的教训。人生原是与苦俱来的；我们来做人的名分不是诅咒人生因为它给我们苦痛，我们正应在苦痛中学习，修养，觉悟，在苦痛中发现我们内蕴的宝藏，在苦痛中领会人生的真谛。英雄，罗兰最崇拜如密仡朗其罗与贝德芬一类人道的英雄，不是别的，只是伟大的耐苦者，那些不朽的艺术家，谁不曾在苦痛中实现生命，实现艺术，实现宗教，实现一切的奥义？自己是个深感苦痛者，他推致他的同情给世上所有的受苦痛者；在他这受苦，这耐苦，是一种伟大，比事业的伟大更深沉的伟大。他要寻求的是地面上感悲哀感孤独的灵魂。“人生是艰难的，谁不甘愿承受庸俗，他这辈子就得不断的奋斗。并且这往往是苦痛的奋斗，没有光彩，没有幸福，独自在孤单与沉默中挣扎，穷困压着你，家累累着你，无意味的沉闷的工作消耗你的精力，没有欢欣，没有希冀，没有同伴，你在这黑暗的道上甚至连一个在不幸中伸手给你的骨肉的机会都没有。”这受苦的概念便是罗兰人生哲学的起点，在这上面他要筑起一座强固的人道寓所，因此在他有名的传记里他用力传述先贤的苦难生涯，使我们憬悟至少在我们的苦痛里，我们不是孤独的，在我们切己的苦痛里隐藏着人道的消息与线索。“不快活的朋友们，不要过分的自伤，因为最伟大的人们也曾分尝你们的苦味，我们正应得跟着他们的努奋自勉，假如我们觉得软弱，让我们靠着他们喘息，他们有安慰给我们，从他们的精神里放射着精力与仁慈。即使我们不研究他们的作品，即使我们听不到他们的声音，单从他们面上的光彩，单从他们曾经生活过的事实里，我们应得感悟到生命最伟大，最生产——甚至最快乐——的时候是在受苦痛的时候。”

我们不知道罗曼罗兰先生想像中的新中国是怎样的；我们不知道为什么他特别示意要听他的思想在新中国的回响，但如其他能知道新中国像我们自己知道它一样，他一定感觉与我们更密切的同情，更贴近的关系，也一定更急急的伸手给我们握着——因为你们知道，我也知道，什么是新中国只是新发现的深沉的悲哀与苦痛深深的盘伏在人生的底里！这也许是我个人对新中国的解释；但如其有人拿一些时行的口号，什么打倒帝国主义等等，或是分裂与猜忌的现象，去报告罗兰先生说这是新中国，我再也不能预料他的感想了。

我已经没有时间与地位叙述罗兰的生平与著述；我只能匆匆的略说梗概。他是一个音乐的天才，在幼年音乐便是他的生命。他妈教他琴，在谐音的波动中他的童心便发现了不可言喻的快乐。莫扎德与贝德芬是他最早发现的英雄，所以在法国经受普鲁士战争爱国主义最高昂的时候，这位年轻的圣人正在“敌人”的作品中尝味最高的艺术。他在自传里写道：“我们家里有好多旧的德国音乐书。德国？我懂得那个字的意义？在我们这一带我相信德国人从没有人见过的。我翻着那一堆旧书，爬在琴上拼出一个个的音符。这些流动的乐音，谐调的细流，灌溉着我的童心，像雨水漫入泥土似的淹了进去。莫扎德与贝德芬的快乐与苦痛，想望的幻梦，渐渐的变成了我的肉的肉，我的骨的骨，我是它们，它们是我。要没有它们我怎过得了我的日子？我小时生病危殆的时候，莫扎德的一个调子就像爱人似的贴近我的枕衾看着我。长大的时候，每回逢着怀疑与懊丧，贝德芬的音乐又在我的心里拨旺了永久生命的火星。每回我精神疲倦了，或是心上有不如意事，我就找我的琴去，在音乐中洗净我的烦愁。”

要认识罗兰的不仅应得读他神光焕发的传记，还得读他十卷的*Jean Christophe*（《约翰·克利斯朵夫》），在这书里他描写他的音乐的经验。

他在学堂里结识了莎士比亚，发现了诗与戏剧的神奇。他的哲学的灵感，与歌德一样，是泛神主义的斯宾诺塞。他早年的朋友是近代法国三大诗人：克洛岱尔（Paul Claudel，法国驻日大使），Ande Suares，与Charles Peguy（后来与他同办Cahiers de al Quinzaine）。那时槐格纳是压倒一时的天才，也是罗兰与他少年朋友们的英雄，但在他个人更重要的一个影响是托尔斯泰。他早就读他的著作，十分的爱慕他，后来他念了他的《艺术论》，那只俄国的老象——用一个偷来的比喻——走进了艺术的花园里去，左一脚踩倒了一盆花，那是莎士比亚，右一脚又踩倒了一盆花，那是贝德芬，这时候少年的罗曼罗兰走到了他的思想的歧路了。莎氏、贝氏、托氏，同是他的英雄，但托氏愤愤的申斥莎、贝一流的作者，说他们的艺术都是要不得，不相干的，不是真的人道的艺术——他早年的自己也是要不得不相干的。在罗兰一个热烈的寻求真理者，这来就好似晴天里一个霹雳；他再也忍不住他的疑虑。他写了一封信给托尔斯泰，陈述他的冲突心理，他那年二十二岁，过了几个星期罗兰差不多把那信都忘了，一天忽然接到一封邮件：三十八满页写的一封长信，伟大的托尔斯泰亲笔给这不知名的法国少年写的！“亲爱的兄弟，”那六十老人称呼他，“我接到你的第一封信，我深深的受感在心，我念你的信，泪水在我的眼里。”下面说他艺术的见解：我们投入人生的动机不应是为艺术的爱，而应是为人类的爱，只有经受这样灵感的人才可以希望在他的一生实现一些值得一做的事业。这还是他的老话，但少年的罗兰受深切感动的地方是在这一时代的圣人竟然这样恳切的同情他，安慰他，指示他，一个无名的异邦人，他那时的感奋我们可以约略想像。因此罗兰这几十年来每逢少年人有信给他，他没有不亲笔作复，用一样慈爱诚挚的心对待他的后辈。这来受他的灵感的少年人更不知多少了。这是一件含奖励性的事实，我们从此可以知道凡是一件不勉强的善事就比如春天的薰风，它一路来散布着生命的种子，唤醒活泼的世界。

但罗兰那时离着成名的日子还远，虽则他从幼年起只是不懈的努力。他还得经受身世的失望（他的结婚是不幸的，近三十年来他几乎是完全隐士的生涯，他现在瑞士的鲁山，听说与他妹子同居），种种精神的苦痛，才能享受他的劳力的报酬——他的天才的认识与接受。他写了十二部长篇剧本，三部最著名的传记（密仡朗其罗，贝德芬，托尔斯泰），十大篇*Jean Christople*，算是这时代里最重要的作品的一部，还有他与他的朋友办了十五年灰色的杂志，但他的名字还是在晦塞的炭堆里掩着——直到他将近五十岁那年，这世界方才开始惊讶他的异彩。贝德芬有几句话，我想可以一样适用到一生劳悴不怠的罗兰身上：

"我没有朋友，我必得单独过活；但是我知道在我心灵的底里上帝是近着我，比别人更近，我走近他我心里不害怕，我一向认识他的。我从不着急我自己的音乐，那不是坏运所能颠仆的，谁要能懂得它，它就有力量使他解除折磨旁人的苦恼。"

泰戈尔

我有几句话想趁这个机会对诸君讲，不知道你们有没有耐心听。泰戈尔先生快走了，在几天内他就离别北京，在一两个星期内他就告辞中国。他这一去大约是不会再来的了。也许他永远不能再到中国。

他是六七十岁的老人，他非但身体不强健，他并且是有病的。所以他要到中国来，不但他的家属，他的亲戚朋友，他的医生，都不愿意他冒险，就是他欧洲的朋友，比如法国的罗曼罗兰，也都有信去劝阻他。他自己曾经踌躇了好久，他心里常常盘算他如其到中国来，他究竟能不能够给我们好处，他想中国人自有他们的诗人、思想家、教育家，他们有他们的智慧、天才、心智的财富与营养，他们更用不着外来的补助与戟刺，我只是一个诗人，我没有宗教家的福音，没有哲学家的理论，更没有科学家实利的效用，或是工程师建设的才能，他们要我去做什么，我自己又为什么要去，我有什么礼物带去满足他们的盼望。他真的很觉得迟疑，所以他延迟了他的行期。但是他也对我们说到冬天完了春风吹动的时候（印度的春风比我们的吹得早），他不由的感觉了一种内迫的冲动，他面对着逐渐滋长的青草与鲜花，不由的抛弃了。忘却了他应尽的职务，不由的解放了他的歌唱的本能，和着新来的鸣雀，在柔软的南风中开怀的讴吟。同时他收到我们催请的信，我们青年盼望他的诚意与热心，唤起了老人的勇气。他立即定夺了他东来的决心。他说趁我暮年的肢体不曾僵透，趁我衰老的心灵还能感受，决不可错过这最后唯一的机会，这博大、从容、礼让的民族，我幼年时便发心朝拜，与其将来在黄昏寂静的境界中萎衰的惆怅，毋宁利用这夕阳未暝时的光芒，了却我晋香人的心愿？

他所以决意的东来，他不顾亲友的劝阻，医生的警告，不顾自身的高年与病体，他也撇开了在本国一切的任务，跋涉了万里的海程，他来到了中国。

自从四月十二在上海登岸以来，可怜老人不曾有过一半天完整的休息，旅行的劳顿不必说，单就公开的演讲以及较小集会时的谈话，至少也有了三四十次！他的，我们知道，不是教授们的讲义，不是教士们的讲道，他的心府不是堆积货品的栈房，他的辞令不是教科书的喇叭。他是灵活的泉水，一颗颗颤动的圆珠从他心里兢兢的泛登水面都是生命的精液；他是瀑布的吼声，在白云间，青林中，石罅里，不住的欢响；他是百灵的歌声，他的欢欣、愤慨、响亮的谐音，弥漫在无际的晴空。但是他是倦了。终夜的狂歌已经耗尽了子规的精力，东方的曙色亦照出他点点的心血染红了蔷薇枝上的白露。

徐志摩与泰戈尔等人合影。

老人是疲乏了。这几天他睡眠也不得安宁，他已经透支了他有限的精力。他差不多是靠散拿吐瑾过日的。他不由的不感觉风尘的厌倦，他时常想念他少年时在恒河边沿拍浮的清福，他想望椰树的清荫与曼果的甜瓤。

但他还不仅是身体的惫劳，他也感觉心境的不舒畅。这是很不幸的。我们做主人的只是深深的负歉。他这次来华，不为游历，不为政治，更不为私人的利益，他熬着高年，冒着病体，抛弃自身的事业，备尝行旅的辛苦，他究竟为的是什么？他为的只是一点看不见的情感，说远一点，他的使命是在修补中国与印度两民族间中断千余年桥梁。说近一点，他只想感召我们青年真挚的同情。因为他是信仰生命的，他是尊崇青年的，他是歌颂青春与清晨的，他永远指点着前途的光明。悲悯是当初释迦牟尼证果的动机，悲悯也是泰戈尔先生不辞艰苦的动机。现代的文明只是骇人的浪费，贪淫与残暴，自私与自大，相猜与相忌，飏风似的倾覆了人道的平衡，产生了巨大的毁灭。芜秽的心田里只是误解的蔓草，毒害同情的种子，更没有收成的希冀。在这个荒惨的境地里，难得有少数的丈夫，不怕阻难，不自馁怯，肩上扛着铲除误解的大锄，口袋里满装着新鲜人道的种子，不问天时是阴是雨是晴，不问是早晨是黄昏是黑夜，他只是努力的工作，清理一方泥土，施殖一方生命，同时口唱着嘹亮的新歌，鼓舞在黑暗中将次透露的萌芽。泰戈尔先生就是这少数中的一个。他是来广布同情的，他是来消除成见的。我们亲眼见过他慈祥的阳春似的表情，亲耳听过他从心灵底里迸裂出的大声，我想只要我们的良心不曾受恶毒的烟煤熏黑，或是被恶浊的偏见污抹，谁不曾感觉他至诚的力量，魔术似的，为我们生命前途开辟了一个神奇的境界，燃点了理想的光明？所以我们也懂得他的深刻的懊怅与失望，如其他知道部分的青年不但不能容纳他的灵感，并且存心的诬毁他的热忱。我们固然奖励思想的独立，但我们决不敢附和误解的自由。他生平最满意的成绩就在他永远能得青年的同情，不论在德国，在丹麦，在美国、日本，青年永远是他最忠心的朋友。他也曾经遭受种种的误解与攻击，政府的猜疑与报纸的诬捏与守旧派的讥评，不论如何的谬妄与剧烈，从不曾扰动他优容的大量，他的希望，他的信仰，他的爱心，他的至诚，完全的托付青年。我的须，我的发是白的，但我的心却永远是青的，他常常的对我们说，只要青年是我的知己，我理想的将来就有着落，我乐观的明灯永远不致黯淡。他不能相信纯洁的青年也会坠落在怀疑、猜忌、卑琐的泥溷，他更不能信中国的青年也会沾染不幸的污点。他真不预备在中国遭受意外待遇。他很不自在，他很感觉异样的怆心。

因此精神的懊丧更加重他躯体倦劳。他差不多是病了。我们当然很焦急的期望他的健康，但他再没有心境继续他的讲演。我们恐怕今天就是他在北京公开讲演最后的一个机会，他有休养的必要。我们也决不忍再使他耗费有限的精力。他不久又有长途的跋涉，他不能不有三四天完全的养息。所以从今天起，所有已经约定的集会，公开与私人的，一概撤销，他今天就出城去静养。

我们关切他的一定可以原谅，就是一小部分不愿意他来作客的诸君也可以自喜战略的成功。他是病了，他在北京不再开口了，他快走了，他从此不再来了。但是同学们，我们也得平心的想想，老人到底有什么罪，他有什么负心，他有什么不可容赦的犯案？公道是死了吗，为什么听不见你的声音？

他们说他是守旧，说他是顽固。我们能相信吗？他们说他是“太迟”，说他是“不合时宜”，我们能相信吗？他自己是不能信，真的不能信。他说这一定是滑稽家的反调。他一生所遭逢的批评只是太新，太早，太急进，太激烈，太革命的，太理想的，他六十年的生涯只是不断的奋斗与冲锋，他现在还只是冲锋与奋斗。但是他们说他是守旧，太迟，太老。他顽固奋斗的对象只是暴烈主义、资本主义、帝国主义、武力主义、杀灭性灵的物质主义；他主张的只是创造的生活，心灵的自由，国际的和平，教育的改造，普爱的实现。但他们说他是帝国政策的间谍，资本主义的助力，亡国奴族的流民，提倡裹脚的狂人！肮脏是在我们的政客与暴徒的心里，与我们的诗人又有什么关系？昏乱是在我们冒名的学者与文人的脑里，与我们的诗人又有什么亲属？我们何妨说太阳是黑的，我们何妨说苍蝇是真理？同学们，听信我的话，像他的这样伟大的声音我们也许一辈子再不会听着的了。留神目前的机会，预防将来的惆怅！他的人格我们只能到历史上去搜寻比拟。他的博大的温柔的灵魂我敢说永远是人类记忆里的一次灵迹。他的无边的想像是辽阔的同情使人们想起惠德曼；他的博爱的福音与宣传的热心使人们记起托尔斯泰；他的坚忍的意志与艺术的天才使我们想起造摩西像的密仡郎其罗；他的诙谐与智慧使我们想像当年的苏格拉底与老聃！他的人格的和谐与优美使我们想念暮年的歌德；他的慈祥的纯爱的抚摩，他的为人道不厌的努力，他的磅礴的大声，有时竟使我们唤起救主的心像，他的光彩，他的音乐，他的雄伟，使我们想念奥林必克山顶的大神。他是不可侵凌的，不可逾越的，他是自然界的一个神秘的现象。他是三春和暖的南风，惊醒树枝上的新芽，增添处女颊上的红晕。他是普照的阳光。他是一派浩瀚的大水，来自不可追寻的渊源，在大地的怀抱中终古的流着，不息的流着，我们只是两岸的居民，凭藉这慈恩的天赋，灌溉我们的田稻，苏解我们的消渴，洗净我们的污垢。他是喜马拉雅积雪的山峰，一般的崇高，一般的纯洁，一般的壮丽，一般的高傲，只有无限的青天枕藉他银白的头颅。

人格是一个不可错误的实在，荒歉是一件大事，但我们是饿惯了的，只认鸠形与鹄面是人生本来的面目，永远忘却了真健康的颜色与彩泽。标准的低降是一种可耻的堕落：我们只是踞坐在井底青蛙，但我们更没有怀疑的余地。我们也许揣详东方的初白，却不能非议中天的太阳。我们也许见惯了阴霾的天时，不耐这热烈的光焰，消散天空的云雾，暴露地面的荒芜，但同时在我们心灵的深处，我们岂不也感觉一个新鲜的影响，催促我们生命的跳动，唤醒潜在的想望，仿佛是武士望见了前峰烽烟的信号，更不踌躇的奋勇前向？只有接近了这样超轶的纯粹的丈夫，这样不可错误的实在，我们方始相形的自愧我们的口不够阔大，我们的嗓音不够响亮；我们的呼吸不够深长，我们的信仰不够坚定，我们的理想不够莹澈，我们的自由不够磅礴，我们的语言不够明白，我们的情感不够热烈，我们的努力不够勇猛，我们的资本不够充实……

我自信我不是恣滥不切事理的崇拜，我如其曾经应用浓烈的文字，这是因为我不能自制我浓烈的感想。但是我最急切要声明的是，我们的诗人，虽则常常招受神秘的徽号，在事实上却是最清明，最有趣，最诙谐，最不神秘的生灵。他是最通达人情，最近人情的。我盼望有机会追写他日常的生活与谈话。如其我是犯嫌疑的，如其我也是性近神秘的（有好多朋友这么说），你们还有适之先生的见证，他也说他是最可爱最可亲的个人：我们可以相信适之先生绝对没有“性近神秘”的嫌疑！所以无论他怎样的伟大与深厚，我们的诗人还只是有骨有血的人，不是野人，也不是天神。惟其是人，尤其是最富情感的人，所以他到处要求人道的温暖与安慰，他尤其要我们中国青年的同情与情爱。他已经为我们尽了责任，我们不应，更不忍辜负他的期望。同学们！爱你的爱，崇拜你的崇拜，是人情不是罪孽，是勇敢不是懦怯！

十二日在真光讲

泰戈尔访华时与徐志摩（右二）、胡适（右三）等人合影。

曼殊斐儿[1]

这心灵深处的欢畅，
这情绪境界的壮旷；
任天堂沉沦，地狱开放，
毁不了我内府的宝藏！
——康河晚照即景

美感的记忆，是人生最可珍的产业。认识美的本能，是上帝给我们进天堂的一把秘钥。

有人的性情，例如我自己的，如以气候作喻，不但是阴晴相间，而且常有狂风暴雨，也有最艳丽蓬勃的春光，有时遭逢幻灭，引起厌世的悲观，铅船的重压在心上，比如冬令阴霾，到处冰结，莫有些微生气；那时便怀疑一切：宇宙、人生、自我，都只是幻的妄的；人情、希望、理想，也只妄的幻的。

① 曼殊斐儿：通译曼斯菲尔德（Katharine Mansfide,1888—1923），英国女作家。

Ah, human nature, how,
If utterly frail thou art and vile,
If dust thou art and ashes, is thy heart so great?
If thou art noble in part,
How are thy loftiest and impulses and thoughts
By So ignoble causes kindled and put out?
"Sopra un ritratto di una bella donna."

这几行是最深入的悲观派诗人理巴第(Leopardi)的诗;一座荒坟的墓碑上,刻着家中人生前美丽的肖像,激起了他这根本的疑问——若说人生是有理可寻的,何以到处只是矛盾的现象,若说美是幻的,何以引起的心灵反动能有如此之深刻,若说美是真的,何以也与常物同归腐朽,但理巴第探海灯似的智力虽则把人间种种事物虚幻的外象,一一给褫剥了,连宗教都剥成了个赤裸的梦,他却没有力量来否认美!美的创现他只能认为神奇的;他也不能否认高洁的精神恋,虽则他不信女子也能有同样的境界。在感美感恋最纯粹的一刹那间,理巴第不能不承认是极乐天国的消息,不能不承认是生命中最宝贵的经验。所以我每次无聊到极点的时候,在层水般严封的心河底里,突然涌起一股消融一切的热流,顷刻间消融了厌世的凝晶,消融了烦恼的苦冻:那热流便是感美感恋最纯粹的一俄顷之回忆。

To see a world in a grain of sand,
And a Heaven in a wild flower,

Hold infinity in the palm of your hand,
And eternity in an hour……
Auguries of Innocence: William Blake
从一颗沙里看出世界,
天堂的消息在一朵野花,
将无限存在你的掌上,
刹那间涵有无穷的边涯……

这类神秘性的感觉，当然不是普遍的经验，也不是常有的经验。凡事只讲实际的人，当然嘲讽神秘主义，当然不能相信科学可解释的神经作用，会发生科学所不能解释的神秘感觉。但世上“可为知者道不可与不知者言”的事正多着哩!

从前在十六世纪，有一次有一个意大利的牧师学者到英国乡下去，见了一大片盛开的苜蓿在阳光中竟同一湖欢舞的黄金，他只惊喜得手足无措，慌忙跪在地上，仰天祷告，感谢上帝的恩典，使他得见这样的美，这样的神景。他这样发疯似的举动，当时一定招起在旁乡下人的哗笑。我这篇要讲的经历，恐怕也有些那牧师狂喜的疯态，但我也深信读者里自有同情的人，所以我也不怕遭乡下人的笑话!

去年七月中有一天晚上，天雨地湿，我独自冒着雨在伦敦的海姆司堆特（Hampstead）问路警，问行人，在寻彭德街第十号的屋子。那就是我初次，不幸也是末次，会见曼殊斐儿——“那二十分不死的时间!”——的一晚。

我先认识麦雷君John Middleton Murry，他是*Atheneaum*[①]的总

① Atheneaum：杂志名，《雅典娜神殿》。

主笔，诗人，著名评衡家，也是曼殊斐儿一生最后十余年间最密切的伴侣。

他和她自一九一三年起，即夫妇相处，但曼殊斐儿却始终用她到英国以后的“笔名”Katharine Mansfield，她生长于纽新兰New Zealand，原名是Kathleen Beanchamp，是纽新兰银行经理Sir Harold Beanchamp的女儿。她十五年前离开了本乡，同着三个小妹子到英国，进伦敦大学皇后学院读书。她从小就以美慧著名，但身体也从小即很怯弱。她曾在德国住过，那时她写她的第一本小说“*In a German Pension*”[①]，大战期内她在法国的时候多。近几年她也常在瑞士、意大利及法国南部。她所以常住外国，就为她身体太弱，禁不得英伦雾迷雨苦的天时，麦雷为了伴她，也只得把一部分的事业放弃，“Atheneaum”之所以并入“London Nation”就为此。跟着他安琪儿似的爱妻，寻求健康。据说可怜的曼殊斐儿后得了肺病证明以后，医生明说她不过两三年的寿限，所以麦雷和她相处有限的光阴，真是分秒可数。多见一次夕照，多经一次朝旭，她优昙似的余荣，便也消灭了如许的活力，这颇使人想起茶花女一面吐血一面纵酒恣欢时的名句：

“You know I have not long to live, therefore I will live fast! ”——你知道我是活不久长的，所以我存心活他一个痛快！

我不知道多情的麦雷，眼看这艳丽无双的夕阳，渐渐消翳，心里“爱莫能助”的悲感，浓烈到何等田地！

但曼殊斐儿的“活他一个痛快”的方法，却不是像茶花女的纵酒恣欢，而是在文艺中努力；她像夏夜榆林中的鹃鸟，呕出缕

---

① “In a German Pension”：曼殊斐儿的短篇小说集，《在德国公寓里》。

缕的心血来制成无双的情曲，便唱到血枯音嘶，也还不忘她的责任是牺牲自己有限的精力，替自然界多增几分的美，给苦闷的人间几分艺术化精神的安慰。

她心血所凝成的便是两本小说集，一本是“*Bliss*”[①]，一本是去年出版的“*Garden Party*”[②]。凭这两部书里的二三十篇小说，她已经在英国的文学界里占了一个很稳固的位置。一般的小说只是小说，她的小说是纯粹的文字，真的艺术；平常的作者只求暂时的流行，博群众的欢迎，她却只想留下几小块“时灰”掩不暗的真晶，只要得少数知音者的赞赏。

但惟其是纯粹的文学，她的著作的光彩是深蕴于内而不是显露于外的，其趣味也须读者用心咀嚼，方能充分的理会。我承作者当面许可选译她的精品，如今她去世，我更应当珍重实行我翻译的特权，虽则我颇怀疑我自己的胜任。我的好友陈通伯他所知道的欧洲文学恐怕在北京比谁都更渊博些，他在北大教短篇小说，曾经讲过曼殊斐儿的，这很使我欢喜，他现在也答应来选译几篇，我更要感谢他了。关于她短篇艺术的长处，我也希望通伯能有机会说一点。

现在让我讲那晚怎样的会晤曼殊斐儿。早几天我和麦雷在Charing Cross[③]背后一家嘈杂的A. B. C茶店里，讨论英法文坛的状况，我乘便说起近几年中国文艺复兴的趋向，在小说里感受俄国作者的影响最深，他喜得几乎跳了起来，因为他们夫妻最崇拜俄国的几位大作家，他曾经特别研究过道施滔摩符斯基，

---

① “Bliss”：《幸福》。

② “Garden Party”：《园会》。

③ Charing Cross：伦敦一街名。

著有一本“*Dostoievsky: A Critical Study*”[①]，曼殊斐儿又是私淑契诃夫 Tchekhov的，他们常在抱憾俄国文学始终不曾受英国人相当的注意，因之小说的质与式，还脱不尽维多利亚时期的philistinism[②]。我又乘便问起曼殊斐儿的近况，他说她一时身体颇过得去，所以此次敢伴着她回伦敦住两个星期，他就给了我他们的住址，请我星期四晚上去会她和他们的朋友。

所以我会见曼殊斐儿，真算是凑巧的凑巧。星期三那天我到惠尔斯（H. G. Wells）乡里的家去了（Easten Glebe），下一天和他的夫人一同回伦敦，那天雨下得很大，我记得回寓时浑身全淋湿了。

他们在彭德街的寓处，很不容易找（伦敦寻地方总是麻烦的，我恨极了那回街曲巷的伦敦），后来居然寻着了，一家小小一楼一底的屋子，麦雷出来替我开门，我颇狼狈的拿着雨伞，还拿着一个朋友还我的几卷中国字画。进了门，我脱了雨具，他让我进右首一间屋子，我那时为止对于曼殊斐儿只是对于一个有名的年轻女作家的景仰与期望；至于她的“仙姿灵态”我那时绝对没有想到，我以为她只是与Rose Macaulay[③]，Verginia Woolf[④]，Roma Wilon[⑤]，Venessa Bell[⑥]几位女文学家的同流人物。平常男子文学家与美术家，已经尽够怪僻，近代女子文学家更似乎故意

---

① “Dostoievsky：A Critical Study”：《陀斯妥耶夫斯基：批评的研究》。

② philistinism：庸俗。

③ Rose Macaulay：罗斯·麦考利（1881–1958）。

④ Verginia Woolf：弗吉尼亚·伍尔芙（1882–1941），英国女小说家、评论家。

⑤ Roma Wilon：罗默·威尔逊（1891–1930），英国女作家。

⑥ Venessa Bell：文尼莎·贝尔（1879–1961），英国女画家。

养成怪僻的习惯，最显著的一个通习是装饰之务淡朴，务不入时，“背女性”：头发是剪了的，又不好好的收拾，一团和糟的散在肩上；袜子永远是粗纱的；鞋上不是沾有泥就带有灰，并且大都是最难看的样式；裙子不是异样的短就是过分的长，眉目间也许有一两圈“天才的黄晕”，或是带着最可厌的美国式龟壳大眼镜，但她们的脸上却从不见脂粉的痕迹，手上装饰亦是永远没有的，至多无非是多烧了香烟的焦痕；哗笑的声音，十次有九次半盖过同座男子；走起路来也是挺脸凸肚的，再也辨不出是夏娃的后身；开起口来大半是男子不敢出口的话：当然最喜欢讨论是Freudian Complex①，Birth Control②，或是George Moore③与James Joyce④私人印行的新书，例如“A Story teller's Holiday”⑤与“Ulysses”⑥。总之她们的全人格只是一幅妇女解放的讽刺画；（Amy Lowell⑦听说整天的抽大雪茄！）和这一班立意反对上帝造人的本意的“唯智的”女子在一起，当然也有许多有趣味的地方，但有时总不免感觉她们矫揉造作的痕迹过深，引起一种性的憎忌。

我当时未见曼殊斐儿以前，固然没有想她是这样一流的Futuristic⑧，但也绝对没有梦想到她是女性的理想化。

---

① Freudian Complex：弗洛依德情结。

② Birth Control：节育。

③ George Moore：乔治·穆尔（1852–1933），爱尔兰小说家。

④ James Joyce：詹姆斯·乔伊斯（1882–1941），爱尔兰小说家，多用“意识流”手法。

⑤ “A Story teller's Holiday”：《一个小说家的假日》。

⑥ “Ulysses”：乔伊斯长篇小说《尤利西斯》。

⑦ Amy Lowell：埃米·洛威尔（1874–1925），美国女作家。

⑧ Futuristic：未来主义的。

所以我推进那门时我就盼望她——一个将近中年和蔼的妇人——笑盈盈的从壁炉前沙发上站起来和我握手问安。

但房里——一间狭长的壁炉对门的房——只见鹅黄色恬静的灯光，壁上炉架上杂色的美术的陈设和画件，几张有彩色画套的沙发围列在炉前，却没有一半个人影。麦雷让我在一张椅上坐了，伴着我谈天，谈的是东方的观音和耶教的圣母，希腊的Virgin Diana①，埃及的Isis②，波斯的Mithraism③里的Virgin④等等之相仿佛，似乎处女的圣母是所有宗教里一个不可少的象征……我们正讲着，只听门上一声剥啄，接着进来了一位年轻的女郎，含笑着站在门口，“难道她就是曼殊斐儿——这样的年轻……”我心里在疑惑，她一头的褐色卷发，盖着一张小圆脸，眼极活泼，口也很灵动，配着一身极鲜艳的衣裳——漆鞋，绿丝长袜，银红绸的上衣，酱紫的丝绒围裙——亭亭的立着，像一棵临风的郁金香。

麦雷起来替我介绍，我才知道她不是曼殊斐儿，而是屋主人，不知是密司Beir还是Beek，我记不清了，麦雷是暂寓在她家的；她是个画家，壁上挂的画，大都是她自己的作品。她在我对面的椅子上坐了。她从炉架上取下一个小发电机似的东西拿在手里，头上又戴了一个接电话生戴的听箍，向我凑得很近的说话，我先还当是无线电的玩具，随后方知这位秀美的女郎听觉是有缺陷的。

---

① Virgin Diana：处女狄安娜。

② Isis：伊希斯，古代埃及司生育和繁殖的女神。

③ Mithraism：密特拉教。

④ Virgin：处女。

她正坐定，外面的门铃大响——我疑心她的门铃是特别响些。来的是我在法兰先生（Roger Fry）家里会过的Sydney Waterloo，极诙谐的一位先生，有一次他从巨大的口袋里一连掏出了七八枝的烟斗，大的小的长的短的，各种颜色的，叫我们好笑。他进来就问麦雷，迦赛琳[①]今天怎样，我耸了耳朵听他的回答。麦雷说："她今天不下楼了，天气太坏，谁都不受用……"华德鲁先生就问他可否上楼去看她，麦说可以的。华又问了密司B的允许站了起来，他正要走出门，麦雷又赶过去轻轻地说："Sydney, don't talk too much! "

楼上微微听得步响，W已在迦赛琳房中了。一面又来了两个客，一个短的M才从游希腊回来，一个轩昂的美丈夫，就是 *London Nation* and *Atheneaum*[②]里每周做科学文章著名S的Sullivan，M就讲他游历希腊的情形，尽背着古希腊的史迹名胜，Parnassus[③]长，Mycenae[④]短，讲个不住。S也问麦雷迦赛琳如何，麦雷说今晚不下楼，W现在楼上。过了半点钟模样W笨重的足音下来了，S问他迦赛琳倦了没有，W说："不，不像倦，可是我也说不上，我怕她累，所以我下来了。"再等一歇，S也问了麦雷的允许上楼去了，麦也照样叮咛他不要让她乏了。麦问我中国的书画，我乘便就拿那晚带去的一幅赵之谦的"草书法画梅"，一幅王觉斯的草书，一幅梁山舟的行书，打开给他们看，讲了些书法大意，密司B听得高兴，手捧着她的听盘，挨近我身旁坐着。

---

① 迦赛琳：曼殊斐儿的名。

② London Nation and Atheneaum：《国家》杂志与《雅典娜神殿》杂志。

③ Parnassus：位于希腊中部的帕纳塞斯山。

④ Mycenae：希腊南部古城迈锡尼。

但我那时心里却颇有些失望，因为冒着雨存心要来一会Bliss的作者，偏偏她又不下楼，同时W，S，麦雷的烘云托月，又增加我对她的好奇心。我想运气不好，迦赛琳在楼上，老朋友还有进房去谈的特权，我外国人的生客，一定是没有份的了。时已十时过半了，我只得起身告别，走出房门，麦雷陪出来帮我穿雨衣。我一面穿衣，一面说我很抱歉，今晚密司曼殊斐儿不能下来，否则我是很想望会她的，不意麦雷竟很诚恳的说，“如其你不介意，不妨请上楼去一见。”我听了这话喜出望外，立即将雨衣脱下，跟着麦雷一步一步地走上楼梯……

上了楼梯，扣门，进房，介绍，S告辞，和M一同出房，关门，她请我坐下，我坐下，她也坐下……这么一大串繁复的手续我只觉得是像电火似的一扯过，其实我只推想应有这么些逻辑的经过，却并不曾觉得：当时只觉一阵模糊。事后每次回想也只觉得是一阵模糊，我们平常从黑暗的街上走进一间灯烛辉煌的屋子，或是从光薄的屋子里出来骤然对着盛烈的阳光，往往觉得耀光太强，头晕目眩的，得定一定神，方能辨认眼前的事物。用英文说就是Senses overwhelmed by excessive light；不仅是光，浓烈的颜色有时也有“潮没”官觉的效能。我想我那时，虽不定是被曼殊斐儿人格的烈光所潮没，她房里的灯光陈设以及她自身衣饰种种各品浓艳璨烂的颜色，已够使我不预防的神经，感觉刹那间的淆惑，那是很可理解的。

她的房给我的印象并不清切，因为她和我谈话时，不容我分心去认记房中的布置，我只知道房是很小，一张大床差不多就占了全房大部分的地位，壁是用画纸表的，挂着好几幅油画大概是主人画的。她和我同坐在床左贴壁一张沙发榻上，因为我斜

与曼殊斐儿同坐在一张沙发榻上交谈。

倚她正坐的缘故，她似乎比我高得多。（在她面前哪一个不是低的，真是！）我疑心那两盏电灯是用红色罩的，否则何以我想起那房，便联想起“红烛高烧”的景象？但背景究竟不甚重要，重要的是给我最纯粹的美感——The purest aesthetic feeling——她；是使我使用上帝给我那管进天国的秘钥的——她；是使我灵魂内府里，又增加了一部宝藏的——她。但要用不驯服的文字来描写那晚的她！不要说显示她人格的精华，就是忠实地表现我当时的单纯感象，恐怕就够难的了。从前有一个人一次做梦，进天堂去玩了，他异样的欢喜，明天一起身就到他朋友那里去，想描摹他神妙不过的梦境。但是！他站在朋友面前，结住舌头，一个字都说不出来，因为他要说的时候，才觉得他所学的在人间适用的字句，绝对不能表现他梦里所见天堂的景色，他气得从此不开口，后来抑郁而死。我此时妄想用字来活现出一个曼殊斐儿，也差不多有同样的感觉，但我却宁可冒猥亵神灵的罪，免得像那位诚实君子活活的闷死。她的打扮与她的朋友B女士相像：也是铄亮的漆皮鞋，闪色的绿丝袜，束红丝绒的围裙，嫩黄薄绸的上衣，领口是尖开的，胸前挂着一串细珍珠，袖口只齐及肘弯。她的发是黑的，也同密司B一样剪短的。但她栉发的样式，却是我在欧美从没有见过的。我疑心她是有心仿效中国式，因为她的发不但纯黑，而且直而不卷，整整齐齐的一圈，前面像我们十余年前的"刘海"梳得光滑异常；我虽则说不出所以然，但觉得她发之美也是生平所仅见。

至于她眉目口鼻之清之秀之明净，我其实不能传神于万一；仿佛你对着自然界的杰作，不论是秋水洗净的湖山，霞彩纷披的夕照，或是南洋莹彻的星空，或是艺术界的杰作，贝德芬的沁芳南，怀格纳的奥配拉，密克朗其罗的雕像，卫师德拉（Whistler）或是柯罗（Corot）的画；你只觉得它们整体的美，纯粹的美，完全的美，不能分析的美，可感不可说的美；你仿佛直接无碍地领会了造化最高明的意志，你在最伟大深刻的戟刺中经验了无限的欢喜，在更大的人格中解化了你的性灵。我看了曼殊斐儿像印度最纯彻的碧玉似的容貌，受着她充满了灵魂的电流的凝视，感着她最和软的春风似的神态，所得的总量我只能称之为一整个的美感。她仿佛是个透明体。你只感讶她粹极的灵彻性，却看不见一些杂质。就是她一身的艳服，如其别人穿着，也许会引起琐碎的批评，但在她身上，你只是觉得妥帖，像牡丹的绿叶，只是不可少的衬托，汤林生她生前的一个好友，以阿尔帕斯山岭万古不融的雪，来比拟她清极超俗的美，我以为很有意味的；他说：

> 曼殊斐儿以美称，然美固未足以状其真，世以可人为美，曼殊斐儿固可人矣，然何其脱尽尘寰气，一若高山琼雪，清澈重霄，其美可惊，而其凉亦可感。艳阳被雪，幻成异彩，亦明明可识，然亦似神境在远，不隶人间。曼殊斐儿肌肤明皙如纯牙，其官之秀，其目之黑，其颊之腴，其约发环整如髹，其神态之闲静，有华族粲者之明粹，而无西艳伉杰之容；其躯体尤苗约，绰如也，若明蜡之静焰，若晨星之澹妙，就语者未尝不自讶其吐息之重浊，而虑是静且澹者之且神化……

汤林生又说她锐敏的目光，似乎直接透入你的灵府深处，将你所蕴藏的秘密，一齐照彻。所以他说她有鬼气，有仙气；她对着你看，不是见你的面之表，而是见你心之底，但她却不是侦刺你的内蕴，不是有目的搜罗，而只是同情的体贴。你在她面前，自然会感觉对她无慎密的必要；你不说她也有数，你说了她不会惊讶。她不会责备，她不会纵恿，她不会奖赞，她不会代你出什么物质利益的主意，她只是默默的听，听完了然后对你讲她自己超于善恶的见解——真理。

这一段从长期的交谊中出来深入的话，我与她仅仅一二十分钟的接近当然不曾体会到，但我敢说从她神灵的目光里推测起来，这几句话不但是可能，而且是极近情的。

所以我那晚和她同坐在蓝丝绒的榻上，幽静的灯光，轻笼住她美妙的全体，我像受了催眠似的，只是痴对她神灵的妙眼，一任她利剑似的光波，妙乐似的音浪，狂潮骤雨似的向我灵府泼淹。我那时即使有自觉的感觉，也只似开茨（Keats）听鹃啼时的：

My heart aches, and a drowsy numbness pains
My Sense, as though of homlock had drunk
"Tis not through envy of thy happy lot, ……
But being too happy in thy happiness."

曼殊斐儿的声音之美，又是一个Miracle[①]。一个个音符从她脆弱的声带里颤动出来，都在我习于尘俗的耳中，启示着一种神奇的异境，仿佛蔚蓝的天空中一颗一颗的明星先后涌现。像听音乐似的，虽则明明你一生从不曾听过，但你总觉得好像曾经闻到过的，也许在梦里，也许在前生。她的，不仅引起你听觉的美感，而竟似直达你的心灵底里，抚摩你蕴而不宣的苦痛，温和你半冷半僵的希望，洗涤你窒碍性灵的俗累，增加你精神快乐的情调，仿佛凑住你灵魂的耳畔私语你平日所冥想不得的仙界消息。我便此时回想，还不禁内动感激的悲慨，几乎零泪；她是去了，她的音声笑貌也似蜃彩似的一翳不再，我只能学Abt Vogler[②]之自慰，虔信——

Whose voice has gone forth, but each survives for the

① Miracle：奇迹。

② Abt Vogler：阿布特·沃格勒（1749–1814），法国作曲家。

melodist when eternity affirms the conception of an hour.

…

Enough that he heard it once; we shall hear it by and by.

曼殊斐儿，我前面说过，是患肺痨病的，我见她时正离她死不过半年，她那晚说话时，声音稍高，肺管中便如吹荻管似的呼呼作响，她每句语尾收顿时，总有些气促，颧颊间便也多添一层红润，我当时听出了她肺弱的声息，便觉得切心的难过，而同时她天才的兴奋，偏是逼迫她音度的提高，音愈高，肺嘶亦更呖呖，胸间的起伏，亦隐约可辨，可怜！我无奈何，只得将自己的声音特别的放低，希冀她也跟着放低些。果然很灵效，她也放低了不少。但不久她又似内感思想的戟刺，重复节节的高引。最后我再也不忍因我而多耗她珍贵的精力，并且也记得麦雷再三叮嘱W和S的话，就辞了出来，总计我进房至出房——她站在房口送我——不过二十分的时间。

我与她所讲的话也很有意味，但大部分是她对于英国当时最风行的几个小说家的批评——例如Rebeclea West[①]，Romer Wilson，Hutchingson[②]，Swinnerton[③]等——恐怕因为一般人不稔悉，那类简约的评语不能引起相当的兴味所以从略。麦雷自己是现在英国中年的评衡家最有学有识的一人——他去年在牛津大学讲的“*The Problem of Style*”有人誉为安诺德（Mathew Arnold）以后评衡界最重要的一部贡献——而他总常常推尊曼殊斐儿，说

---

① Rebeclea West：丽贝卡·韦斯特（1892–1983），英国小说家、评论家。

② Hutchingson：赫金森（1907–1975），英国小说家。

③ Swinnerton：斯温纳顿（1884–1982），英国小说家和评论家。

她是评衡的天才，有言必中肯的本能。所以我此刻要把她简评的珠沫，略过不讲，很觉得有些可惜。她说她方才从瑞士回来，在那边和罗素夫妇的寓所相距颇近，常常谈起东方的好处，所以她原来对中国景仰，更一进而为爱慕的热忱。她说她最爱读Arthur Waley[①]所翻的中国诗，她说那样的艺术在西方真是一个Wonderful revelation，她说新近Amy lowell译的很使她失望，她这里又用她爱用的短句， That's not the thing! 她问我译过没有，她再三劝我应当试试，她以为中国诗只有中国人能译得好的。

她又问我是否也是写小说的，她又殷勤问中国顶喜欢契诃夫的哪几篇，译得怎么样，此外谁最有影响。

她问我最喜欢读哪几家小说，我说哈代，康德拉，她的眉梢耸一耸笑道！

“Isn't it! we have to go back to the old masters for good literature—the real thing! ”

她问我回中国去打算怎么样，她希望我不进政治，她愤愤地说现代政治的世界，不论哪一国，只是一乱堆的残暴和罪恶。

后来说起她自己的著作。我说她的太是纯粹的艺术，恐怕一般人反而不认识，她说：

“That's just it, Then of course, popularity is never the thing for us. ”

我说我以后也许有机会试翻译她的小说，愿意先得作者本人的许可。她高兴的说她当然愿意，就怕她的著作不值得翻译的劳力。

她盼望我早日回欧洲，将来如到瑞士再去找她，她说怎样的

① Arthur Waley：阿瑟·韦利（1889–1966），英国汉学家、汉语和日语翻译家。

爱瑞士风景，琴妮湖怎样的妩媚，我那时就仿佛在湖心柔波间与她荡舟玩景。

"Clear, placid leman! …

Thy soft murmuring sounds sweet as if a sister's voice reproved.

That I with stern delights should ever have been so moved…"

1927年北新书局版徐志摩译《曼殊斐儿小说集》。

我当时就满口的答应，说将来回欧一定到瑞士去访她。

末了我说恐怕她已经倦了，深恨与她相见之晚，但盼望将来还有再见的机会。她送我到房门口，与我很诚挚地握别。

将近一月前我得到曼殊斐儿已经在法国的芳丹卜罗去世。这一篇文字，我早已想写出来，但始终为笔懒，延到如今，岂知如今却变了她的祭文了！

济慈的夜莺歌

诗中有济慈（Johe Keats）的《夜莺歌》，与禽中有夜莺一样的神奇。除非你亲耳听过，你不容易相信树林里有一类发痴的鸟，天晚了才开口唱，在黑暗里倾吐她的妙乐，愈唱愈有劲，往往直唱到天亮，连真的心血都跟着歌声从她的血管里呕出；除非你亲自咀嚼过，你也不易相信一个二十三岁的青年有一天早饭后坐在一株李树底下迅笔的写，不到三小时写成了一首八段八十行的长歌，这歌里的音乐与夜莺的歌声一样的不可理解，同是宇宙间一个奇迹，即使有那一天大英帝国破裂成无可记认的断片时，《夜莺歌》依旧保有她无比的价值：万万里外的星亘古的亮着，树林里的夜莺到时候就来唱着，济慈的《夜莺歌》永远在人类的记忆里存着。

那年济慈住在伦敦的Wentworth Place。百年前的伦敦与现在的英京大不相同，那时候“文明”的沾染比较的不深，所以华次华士站在威士明治德桥上，还可以放心的讴歌清晨的伦敦，还有福气在“无烟的空气”里呼吸，望出去也还看得见“田地、小山、石头、旷野，一直开拓到天边”。那时候的人，我猜想，也一定比较的不野蛮，近人情，爱自然，所以白天听得着满天的云雀，夜里听得着夜莺的妙乐。要是济慈迟一百年出世，在夜莺绝迹了的伦敦市里住着，他别的著作不敢说，那首《夜莺歌》至少，怕就不会成功，供人类无尽期的享受。说起真觉得可悲，在我们南方，古迹而兼是艺术品的，只淘成了西湖上一座孤单的雷峰塔，这千百年来雷峰塔的文学还不曾见面，雷峰塔的映影已经永别了波心！也许我们的灵性是麻皮做的，木屑做的，要不然这时代普遍的苦痛与烦恼的呼声还不是最富灵感的天然音乐——但是我们的济慈在哪里？我们的《夜莺歌》在哪里？济慈有一次低低的自语——“I feel the flowers growing on me”。意思是“我觉得鲜花一朵朵的长上了我的身”，就是说他一想着了鲜花，他的本体就变成了鲜花，在草丛里掩映着，在阳光里闪亮着，在和风里一瓣瓣的无形的伸展着，在蜂蝶轻薄的口吻下羞晕着。这是想像力最纯粹的境界：孙猴子能七十二般变化，诗人的变化力更是不可限量——莎士比亚戏剧里至少有一百多个永远有生命的人物，男的女的，贵的贱的、伟大的、卑琐的、严肃的、滑稽的，还不是他自己摇身一变变出来的。济慈与雪莱最有这与自然谐合的变术；——雪莱制“云歌”时我们不知道雪莱变了云还是云变了雪莱；歌“西风”时不知道歌者是西风还是西风是歌者；颂“云雀”时不知道是诗人在九霄云端里唱着还是百灵鸟在字句里叫着；同样的济慈咏“忧郁”“Ode on Melancholy”时他自己就变了忧愁本体，“忽然从天上吊下来像一朵哭泣的云”；他赞美“秋”“To Autumn”时他自己就是在树叶底下挂着的叶子中心那颗渐渐发长的核仁儿，或是在稻田里静偃着玫瑰色的秋阳！

这样比称起来，如其赵松雪关紧房门伏在地下学马的故事可信时，那我们的艺术家就落粗蠢，不堪的“乡下人气味”！

他那《夜莺歌》是他一个哥哥死的那年做的，据他的朋友有名肖象画家Robert Hayden 给Miss Mitford的信里说，他在没有写下以前早就起了腹稿，一天晚上他们俩在草地里散步时济慈低低的背诵给他听——“…in a low, tremulous undertone which affected me extremely.”那年碰巧——据着济慈传的Lord Houghton说，在他屋子的邻近来了一只夜莺，每晚不倦的歌唱，他很快活，常常留意倾听，一直听得他心痛神醉逼着他从自己的口里复制了一套不朽的歌曲。我们要记得济慈二十五岁那年在意大利在他一个朋友的怀抱里作古，他是，与他的夜莺一样，呕血死的！

能完全领略一首诗或是一篇戏曲，是一个精神的快乐，一个不期然的发现，这不是容易的事；要完全了解一个人的品性是十分难，要完全领会一首小诗也不得容易。我简直想说一半得靠你的缘分，我真有点儿迷信。就我自己说，文学本不是我的行业，我的有限的文学知识是“无师传授”的。斐德（Walter Pater）是一天在路上碰着大雨到一家旧书铺去躲避无意中发现的，歌德（Goethe）——说来更怪了——是司蒂文孙（R. L. S）介绍给我的，在他的*Art of Writing*那书里他称赞George Henry Lewes的歌德评传；Everyman edition一块钱就可以买到一本黄金的书。柏拉图是一次在浴室里忽然想着要去拜访他的。雪莱是为他也离婚才去仔细请教他的，杜思退益夫斯基、托尔斯泰、丹农雪乌、波特莱耳、卢骚，这一班人也各有各的采法，反正都不是经由正宗的介绍，都是邂逅，不是约会。这次我到平大教书也是偶然的，我教着济慈的《夜莺歌》也是偶然的，乃至我现在动手写这一篇短文，更不是料得到的。友鸾再三要我写才鼓起我的兴来，我也很高兴写，因为看了我的乘兴的话，竟许有人不但发愿去读那《夜莺歌》，并且从此得到了一个亲口尝味最高级文学的门径，那我就得意极了。

但是叫我怎样讲法呢？在课堂里一头讲生字一头讲典故，多少有一个讲法，但是现在要我坐下来把这首整体的诗分成片段诠释他的意义，可真是一个难题！领略艺术与看山景一样，只要你地位站得适当，你这一望一眼便吸收了全景的精神；要你“远视”的看，不是近视的看；如其你捧住了树才能见树，那时即使你不惜工夫一株一株的审查过去，你还是看不到全林的景子。所以分析的看艺术，多少是煞风景的，综合的看法才对。所以我现在勉强讲这《夜莺歌》，我不敢说我能有什么心得的见解！我并没有！我只是在课堂里讲书的态度，按句按段的讲下去就是；至于整体的领悟还得靠你们自己，我是不能帮忙的。

你们没有听过夜莺先是一个困难。北京有没有我都不知道。下回萧友梅先生的音乐会要是有贝德芬的第六个“沁芳南”（The Pastoral Symphony）时，你们可以去听听，那里面有夜莺的歌声。好吧，我们只要能同意听音乐——自然的或人为的——有时可以使我们听出神。譬如你晚上在山脚下独步时听着清越的笛声，远远的飞来，你即使不滴泪，你多少不免“神往”不是？或是在山中听泉乐，也可使你忘却俗景，想像神境。我们假定夜莺的歌声比白天听着的什么鸟都要好听；他初起像是袭云甫，嗓子发沙的，很懈的试她的新歌；顿上一顿，来了，有调了。可还不急，只是清脆悦耳，像是珠走玉盘（比喻是满不相干的！）。慢慢的她动了情感，仿佛忽然想起了什么事情使他激成异常的愤慨似的，他这才真唱了，声音越来越亮，调门越来越新奇，情绪越来越热烈，韵味越来越深长，像是无限的欢畅，像是艳丽的怨慕，又像是变调的悲哀——直唱得你在旁倾听的人不自主的跟着她兴奋，伴着她心跳。你恨不得和着她狂歌，就差你的嗓子太粗太浊合不到一起！这是夜莺，这是济慈听着的夜莺；本来晚上万籁俱寂后声音的感动力就特强，何况夜莺那样不可模拟的妙乐。

好了，你们先得想像你们自己也叫音乐的沉醴浸醉了，四肢软绵绵的，心头痒荠荠的，说不出的一种浓味的馥郁的舒服，眼帘也是懒洋洋的挂不起来，心里满是流膏似的感想，辽远的回忆，甜美的惆怅，闪光的希冀，微笑的情调一齐兜上方寸灵台时——再来——"in a low, tremulous undertone"——开诵济慈的《夜莺歌》，那才对劲儿！

这不是清醒时的说话，这是半梦呓的私语，心里畅快的压迫太重了流出口来绻缱的细语——我们用散文译过他的意思来看：

（一）"这唱歌的，唱这样神妙的歌的，决不是一只平常的鸟；她一定是一个树林里美丽的女神，有翅膀会飞翔的。她真乐呀，你听独自在黑夜的树林里，在枝干交叉，浓荫如织的青林里，她畅快的开放她的歌调，赞美着初夏的美景，我在这里听她唱，听的时候已经很多，她还是恣情的唱着；啊，我真被她的歌声迷醉了，我不敢羡慕她的清福，但我却让她无边的欢畅催眠住了，我像是服了一剂麻药，或是喝尽了一剂鸦片汁，要不然为什么这睡昏昏思离离的像进了黑甜乡似的，我感觉着一种微倦的麻痹，我太快活了，这快感太尖锐了，竟使我心房隐隐的生痛了！"

（二）"你还是不倦的唱着——在你的歌声里我听出了最香冽的美酒的味儿。呵，喝一杯陈年的真葡萄酒都痛快呀！那葡萄是长在暖和的南方的，普鲁罔斯那种地方，那边有的是幸福与欢乐，他们男的女的整天在宽阔的太阳光底下作乐，有的携着手跳着舞，有的弹着琴唱恋歌；再加那遍野的香草与各样的树馨——在这快乐的地土下他们有酒窖埋着美酒。现在酒味益发的澄静，香冽了。真美呀，真充满了南国的乡土精神的美酒，我要来引满一杯，这酒好比是希宝克林灵泉的泉水，在日光里滟滟发虹光的清泉，我拿一只古爵盛一个扑满。啊，看呀！这珍珠似的酒沫在这杯边上发瞬，这杯口也叫紫色的浓浆染一个鲜艳；你看看，我这一口就把这一大杯酒吞了下去——这才真醉了，我的神魂就脱离了躯壳，幽幽的辞别了世界，跟着你清唱的音响，像一个影子似澹澹的掩入了你那暗沉沉的林中。”

（三）“想起这世界真叫人伤心。我是无沾恋的，巴不得有机会可以逃避，可以忘怀种种不如意的现象，不比你在青林茂荫里过无忧的生活，你不知道也无须过问我们这寒伧的世界，我们这里有的是热病、厌倦、烦恼，平常朋友见面时只是愁颜相对，你听我的牢骚，我听你的哀怨；老年人耗尽了精力，听凭痹症摇落他们仅存的几茎可怜的白发，年轻人也是叫不如意事蚀空了，满脸的憔悴，消瘦得像一个鬼影，再不然就进墓门；真是除非你不想他，你要一想的时候就不由得你发愁，不由得你眼睛里钝迟迟的充满了绝望的晦色；美更不必说，也许难得在这里，那里，偶然露一点痕迹，但是转瞬间就变成落花流水似没了，春光是挽留不住的，爱美的人也不是没有，但美景既不常驻人间，我们至多只能实现暂时的享受，笑口不曾全开，愁颜又回来了！因此我只想顺着你歌声离别这世界，忘却这世界，解化这忧郁沉沉的知觉。”

（四）“人间真不值得留恋，去吧，去吧！我也不必乞灵于培克司（酒神）与他那宝辇前的文豹，只凭诗情无形的翅膀我也可以飞上你那里去。啊，果然来了！到了你的境界了！这林子里的夜是多温柔呀，也许皇后似的明月此时正在她天中的宝座上坐着，周围无数的星辰像侍臣似的拱着她。但这夜却是黑，暗阴阴的没有光亮，只有偶然天风过路时把这青翠荫蔽吹动，让半亮的天光丝丝的漏下来，照出我脚下青茵浓密的地土。”

（五）“这林子里梦沉沉的不漏光亮，我脚下踏着的不知道是什么花，树枝上渗下来的清馨也辨不清是什么香；在这薰香的黑暗中我只能按着这时令猜度这时候青草里，矮丛里，野果树上的各色花香；——乳白色的山楂药，有刺的野蔷薇，在叶丛里掩盖着的紫罗兰已快萎谢了，还有初夏最早开的麝香玫瑰，这时候准是满承着新鲜的露酿，不久天暖和了，到了黄昏时候，这些花堆里多的是采花来的飞虫。”

我们要注意从第一段到第五段是一顺下来的：第一段是乐极了的谵语，接着第二段声调跟着南方的阳光放亮了一些，但情调还是一路的缠绵。第三段稍为激起一点浪纹，迷离中夹着一点自觉的愤慨，到第四段又沉了下去，从“already with thee! ”起，语调又极幽微，像是小孩子走入了一个阴凉的地窖子，骨髓里觉着凉，心里却觉着半害怕的特别意味，他低低的说着话，带颤动的，断续的；又像是朝上风来吹断清梦时的情调；他的诗魂在林子的黑荫里闻着各种看不见的花草的香味，私下一一的猜测诉说，像是山涧平流入湖水时的尾声……这第六段的声调与情调可全变了；先前只是畅快的惝恍，这下竟是极乐的谵语了。他乐极了，他的灵魂取得了无边的解脱与自由，他就想永保这最痛快的俄顷，就在这时候轻轻的把最后的呼吸和入了空间，这无形的消灭便是极乐的永生；他在另一首诗里说——

I know this being's lease,
My fancy to its utmost bliss spreads,
Yet could I on this very midnight cease,
And the worlds gaudy ensign see in shreds;
Verse, Fame and Beauty are intense indeed,
But Death intenser——Death is Life's high Meed

在他看来（或是在他想来），“生”是有限的，生的幸福也是有限的——诗，声名与美是我们活着时最高的理想，但都不及死，因为死是无限的，解化的，与无尽流的精神相投契的，死才是生命最高的蜜酒，一切的理想在生前只能部分的，相对的实现，但在死里却是整体的绝对的谐合，因为在自由最博大的死的境界中一切不调谐的全调谐了，一切不完全的全完全了，他这一段用的几个状词要注意，他的死不是苦痛；是“Easeful death”舒服的，或是竟可以翻作“逍遥的死”；还有他说“Quiet breath”，幽静或是幽静的呼吸，这个观念在济慈诗里常见，很可注意；他在一处排列他得意的幽静的比象——

AUTUMN SUNS
Smiling at eve upon the quiet sheaves
Sweet Sapphos cheek—a sleeping infant's breath——
The gradual sand that through an hour glass runs
A woodland rivulet, a poet's death

秋田里的晚霞，沙浮女诗人的香腮，睡孩的呼吸，光阴渐缓的流沙，山林里的小溪，诗人的死。他诗里充满着静的，也许香艳的，美丽的静的意境，正如雪莱的诗里无处不是动，生命的振动，剧烈的，有色彩的，嘹亮的。我们可以拿济慈的《秋歌》对照雪莱的《西风歌》，济慈的《夜莺》对比雪莱的《云雀》，济慈的《忧郁》对比雪莱的《云》，一是动、舞、生命、精华的、光亮的、搏动的生命，一是静、幽、甜熟的、渐缓的，“奢侈”的死，比生命更深奥更博大的死，那就是永生。懂了他的生死的概念我们再来解释他的诗。

（六）“但是我一面正在猜测着这青林里的这样那样，夜莺他还是不歇的唱着，这回唱得更浓更烈了。（先前只像荷池里的雨声，调虽急，韵节还是很匀净的；现在竟像是大块的骤雨落在盛开的丁香林中，这白英在狂颤中缤纷的堕地，雨中的一阵香雨，声调急促极了。）所以他竟想在这极乐中静静的解化，平安的死去，所以他竟与无痛苦的解脱发生了恋爱，昏昏的随口编着钟爱的名字唱着赞美他，要他领了他永别这生的世界，投入永生的世界。这死所以不仅不是痛苦，真是最高的幸福，不仅不是不幸，并且是一个极大的奢侈；不仅不是消极的寂灭，这正是真生命的实现。在这青林中，在这半夜里，在这美妙的歌声里，轻轻的挑破了生命的水泡，啊，去吧！同时你在歌声中倾吐了你的内蕴的灵性，放胆的尽性的狂歌好像你在这黑暗里看出比光明更光明的光明，在你的叶荫中实现了比快乐更快乐的快乐：——我即使死了，你还是继续的唱着，直唱到我听不着，变成了土，你还是永远的唱着。”

这是全诗精神最饱满音调最神灵的一节，接着上段死的意思与永生的意思，他从自己又回想到那鸟的身上，他想我可以在这歌声里消散，但这歌声的本体呢？听歌的人可以由生入死，由死得生，这唱歌的鸟，又怎样呢？以前的六节都是低调，就是第六节调虽变，音还是像在浪花里浮沉着的一张叶片，浪花上涌时叶片上涌，浪花低伏时叶片也低伏；但这第七节是到了最高点，到了急调中的急调——诗人的情绪，和着鸟的歌声，尽情的涌了出来，他的迷醉中的诗魂已经到了梦与醒的边界。

这节里Ruth的本事是在旧约书里*The Book of Ruth*，她是嫁给一个客民的，后来丈夫死了，她的姑要回老家，叫她也回自己的家再嫁人去，罗司一定不肯，情愿跟着她的姑到外国去守寡。后来她在麦田里收麦，她常常想着她的本乡，济慈就应用这段故事。

（七）“方才我想到死与灭亡，但是你，不死的鸟呀，你是永远没有灭亡的日子，你的歌声就是你不死的一个凭证。时代尽迁异，人事尽变化，你的音乐还是永远不受损伤，今晚上我在此地听你，这歌声还不是在几千年前已经在着，富贵的王子曾经听过你，卑贱的农夫也听过你。也许当初罗司那孩子在黄昏时站在异邦的田里割麦，她眼里含着一包眼泪思念故乡的时候，这同样由歌声，曾经从林子里透出来，给她精神的慰安，也许在中古时期幻术家在海上变出蓬莱仙岛，在波心里起造着楼阁，在这里面住着他们摄取来的美丽的女郎，她们凭着窗户望海思乡时，你的歌声也曾经感动她们的心灵，给她们平安与愉快。”

（八）这段是全诗的一个总束，夜莺放歌的一个总束，也可以说人生大梦的一个总束。他这诗里有两个相对的（动机）：一个是这现世界，与这面目可憎的实际的生活，这是他巴不得逃避，巴不得忘却的，一个是超现实的世界，音乐声中不朽的生命，这是他所想望的，他要实现的，他愿意解脱了不完全暂时的生为要化入这完全的永久的生。他如何去法，凭酒的力量可以去，凭诗的无形的翅膀亦可以飞出尘寰，或是听着夜莺不断的唱声也可以完全忘却这现世界的种种烦恼。他去了，他化入了温柔的黑夜，化入了神灵的歌声——他就是夜莺；夜莺就是他。夜莺低唱时他也低唱，高唱时他也高唱，我们辨不清谁是谁，第六第七段充分发挥“完全的永久的生”那个动机，天空里，黑夜里已经充塞了音乐——所以在这里最高的急调尾声一个字音forlom里转回到那一个动机，他所从来那个现实的世界，往来穿着的还是那一条线，音调的接合，转变处也极自然；最后揉和那两个相反的动机，用醒（现世界）与梦（想像世界）结束全文，像拿一块石子掷入山壑内的深潭里，你听那音乐又清切又谐和，余音还在山壑里回荡着，使你想见那石块慢慢的，慢慢的沉入了无底的深潭……音乐完了，梦醒了，血呕尽了，夜莺死了！但他的余韵却袅袅的永远在宇宙间回响着……

在剑桥读书时的徐志摩。

十三年十二月二日夜半

谒见哈代的一个下午[1]

一

“如其你早几年，也许就是现在，到道骞司德的乡下，你或许碰得到‘裘德’[2]的作者，一个和善可亲的老者，穿着短裤便服，精神飒爽的，短短的脸面，短短的下颏，在街道上闲暇的走着，照呼着，答话着，你如其过去问他卫撒克士小说里的名胜，他就欣欣的从详指点讲解；回头他一扬手，已经跳上了他的自行车，按着车铃，向人丛里去了。我们读过他著作的，更可以想象这位貌不惊人的圣人，在卫撒克士广大的，起伏的草原上，在月光下，或在晨曦里，深思地徘徊着。天上的云点，草里的虫吟，远处隐约的人声都在他灵敏的神经里印下不磨的痕迹；或

---

① 本文发表时作为《汤麦士哈代》一文的附录，其实是一篇独立的散文，这里另置一题。

② “裘德”即哈代的长篇小说《无名的裘德》。

在残败的古堡里拂拭乱石上的苔青与网结；或在古罗马的旧道上，冥想数千年前铜盔铁甲的骑兵曾经在这日光下驻踪：或在黄昏的苍茫里，独倚在枯老的大树下，听前面乡村里的青年男女，在笛声琴韵里，歌舞他们节会的欢欣；或在济茨①或雪莱或史文庞②的遗迹，悄悄的追怀他们艺术的神奇……在他的眼里，像在高蒂闲③（Theuophile Gautier）的眼里，这看得见的世界是活着的；在他的'心眼'（The Inward Eye）里，像在他最服膺的华茨华士④的心眼里，人类的情感与自然的景象是相联合的；在他的想象里，像在所有大艺术家的想象里，不仅伟大的史绩，就是眼前最琐小最暂忽的事实与印象，都有深奥的意义，平常人所忽略或竟不能窥测的。从他那六十年不断的心灵生活——观察、考量、揣度、印证——从他那六十年不懈不驰的真纯经验里，哈代，像春蚕吐丝制茧似的，抽绎他最微妙最桀傲的音调，纺织他最缜密最经久的诗歌——这是他献给我们可珍的礼物。"

二

上文是我三年前慕而未见时半自想象半自他人传述写来的哈代。去年七月在英国时，承狄更生⑤先生的介绍，我居然见

① 济茨：通译济慈（1795—1821），英国诗人。

② 史文庞：通译史文朋（1837—1909），英国诗人。

③ 高蒂闲：通译戈蒂埃（1811—1872），法国诗人。

④ 华茨华士：通译华兹华斯（1770—1850），英国诗人。

⑤ 狄更生：英国学者，曾任剑桥大学王家学教授。

到了这位老英雄，虽则会面不及一小时，在余小子已算是莫大的荣幸，不能不记下一些踪迹。我不讳我的“英雄崇拜”。山，我们爱踹高的；人，我们为什么不愿意接近大的？但接近大人物正如爬高山，往往是一件费劲的事；你不仅得有热心，你还得有耐心。半道上力乏是意中事，草间的刺也许拉破你的皮肤，但是你想一想登临危峰时的愉快！真怪，山是有高的，人是有不凡的！我见曼殊斐儿[①]，比方说，只不过二十分钟模样的谈话，但我怎么能形容我那时在美的神奇的启示中的全生的震荡？

> 我与你虽仅一度相见——
> 但那二十分不死的时间[②]

果然，要不是那一次巧合的相见，我这一辈子就永远见不着她——会面后不到六个月她就死了。自此我益发坚持我英雄崇拜的势利，在我有力量能爬的时候，总不教放过一个“登高”的机会。我去年到欧洲完全是一次“感情作用的旅行”；我去是为泰戈尔，顺便我想去多瞻仰几个英雄。我想见法国的罗曼罗兰；意大利的丹农雪乌[③]，英国的哈代，但我只见着了哈代。

在伦敦时对狄更生先生说起我的愿望，他说那容易，我给你写信介绍，老头精神真好，你小心他带了你到道骞斯德林子里去走路，他仿佛是没有力乏的时候似的！那天我从伦敦下去到道

---

① 曼殊斐儿：通译曼斯菲尔德（1888—1923），英国女小说家。

② 这两句诗见本书《曼殊斐儿》一文附诗《哀曼殊斐儿》。

③ 丹农雪乌：通译邓南遮（1863—1938），意大利作家。

骞斯德，天气好极了，下午三点过到的。下了站我不坐车，问了 Max Gate[1]的方向，我就欣欣的走去。他家的外园门正对一片青碧的平壤，绿到天边，绿到门前；左侧远处有一带绵邈的平林。进园径转过去就是哈代自建的住宅，小方方的壁上满爬着藤萝。有一个工人在园的一边剪草，我问他哈代先生在家不，他点一点头，用手指门。我拉了门铃，屋子里突然发一阵狗叫声，在这宁静中听得怪尖锐的，接着一个白纱抹头的年轻下女开门出来。

“哈代先生在家，”她答我的问，“但是你知道哈代先生是‘永远’不见客的。”

我想糟了。“慢着，”我说，“这里有一封信，请你给递了进去。”“那末请候一候，”她拿了信进去，又关上了门。

她再出来的时候脸上堆着最俊俏的笑容。“哈代先生愿意见你，先生，请进来。”多俊俏的口音！“你不怕狗吗，先生，”她又笑了。“我怕，”我说。“不要紧，我们的梅雪就叫，她可不咬，这儿生客来得少。”

我就怕狗的袭来！战兢兢的进了门，进了官厅，下女关门出去，狗还不曾出现，我才放心。壁止挂着沙琴德[2]（John Sargent）的哈代画像，一边是一张雪莱的像，书架上记得有雪莱的大本集子，此外陈设是朴素的，屋子也低，暗沉沉的。

我正想着老头怎么会这样喜欢雪莱，两人的脾胃相差够多远，外面楼梯上一阵急促的脚步声和狗铃声下来，哈代推门进来了。我不知他身材实际多高，但我那时站着平望过去，最初几乎

---

① Max Gate：即马克斯门。哈代1885年在英国西南部多塞特郡多切斯特郊区建立的住宅，他在此定居直到逝世。

② 沙琴德：通译约翰·萨金特（1856—1925），意大利裔的美国画家，晚年在伦敦定居。

没有见他，我的印象是他是一个矮极了的小老头儿。我正要表示我一腔崇拜的热心，他一把拉了我坐下，口里连着说“坐坐”，也不容我说话，仿佛我的“开篇”辞他早就有数，连着问我，他那急促的一顿顿的语调与干涩的苍老的口音，“你是伦敦来的？”“狄更生是你的朋友？”“他好？”“你译我的诗？”“你怎么翻的？”“你们中国诗用韵不用？”前面那几句问话是用不着答的（狄更生信上说起我翻他的诗），所以他也不等我答话，直到末一句他才收住了。他坐着也是奇矮，也不知怎的，我自己只显得高，私下不由的跼蹐，似乎在这天神面前我们凡人就在身材上也不应占先似的！（啊，你没见过萧伯纳——这比下来你是个蚂蚁！）这时候他斜着坐，一只手搁在台上头微微低着，眼往下看，头顶全秃了，两边脑角上还各有一鬃也不全花的头发；他的脸盘粗看像是一个尖角往下的等边形三角，两颧像是特别宽，从宽浓的眉尖直扫下来束住在一个短促的下巴尖；他的眼不大，但是深窈的，往下看的时候多，不易看出颜色与表情。最特别的，最“哈代的”，是他那口连着两旁松松往下坠的夹腮皮。如其他的眉眼只是忧郁的深沉，他的口脑的表情分明是厌倦与消极。不，他的脸是怪，我从不曾见过这样耐人寻味的脸。他那上半部，秃的宽广的前额，着发的头角，你看了觉得好玩，正如一个孩子的头，使你感觉一种天真的趣味，但愈往下愈不好看，愈使你觉着难受，他那皱纹龟驳的脸皮正使你想起一块苍老的岩石，雷电的猛烈，风霜的侵陵，雨雷的剥蚀，苔藓的沾染，虫鸟的斑斓，什么时间与空间的变幻都在这上面遗留着痕迹！你知道他是不抵抗的，忍受的，但看他那下颏，谁说这不泄露他的怨毒，他的厌倦，他的报复性的沉默！他不露一点笑容，你不易相信他与我们一样也有喜笑的本能。正如他的脊背是倾向伛偻，他面上的表情也只是一种不胜压迫的伛偻。喔哈代！

回讲我们的谈话。他问我们中国诗用韵不。我说我们从前只有无韵的散文，没有无韵的诗，但最近……但他不要听最近，他赞成用韵，这道理是不错的。你投块石子到湖心里去，一圈圈的水纹漾了开去，韵是波纹，少不得。抒情诗（Lyric）是文学的精华的精华。颠不破的钻石，不论多小，磨不灭的光彩。我不重视我的小说。什么都没有做好的小诗难——他背了莎“Tell me where is Fancy bred”[①]，朋琼生（Ben Jonson）的“Drink to me only with thine eyes”[②]高兴的说子[③]。我说我爱他的诗因为它们不仅结构严密像建筑，同时有思想的血脉在流走，像有机的整体。我说了Organic[④]这个字；他重复说了两遍：“Yes, Organic yes, Organic: A poem ought to be a living thing.”[⑤]练习文字顶好学写诗；很多人从学诗写好散文，诗是文字的秘密。

他沉思了一晌。“三十年前有朋友约我到中国去。他是一个教士，我的朋友，叫莫尔德，他在中国住了五十年，他回英国来时每回说话先想起中文再翻英文的！他中国什么都知道，他请我去，太不便了，我没有去。但是你们的文字是怎么一回事？难极了不是？为什么你们不丢了它，改用英文或法文，不方便吗？”哈代这话骇住了我。一个最认识各种语言的天才的诗人要我们

① 莎士比亚的这句话的意思是“告诉我是什么培养了想象力”。

② 本·琼生的这句话的意思是“为你的观察力干杯”。

③ 说子：江浙方言，犹如“说道”。

④ Organic：有机的。

⑤ 这句话意为“是的，有机的，是的，有机的：诗必须是活的东西”。

丢掉几千年的文字！我与他辩难了一晌，幸亏他也没有坚持。

说起我们共同的朋友。他又问起狄更生的近况，说他真是中国的朋友。我说我明天到康华尔去看罗素。谁？罗素？他没有加案语。我问起勃伦腾[①]（Edmund Blunden），他说他从日本有信来，他是一个诗人。讲起麦雷[②]（John M. Murry）他起劲了。“你认识麦雷？”他问。“他就住在这儿道骞斯德海边，他买了一所古怪的小屋子，正靠着海，怪极了的小屋子，什么时候那可以叫海给吞了去似的。他自己每天坐一部破车到镇上来买菜。他是有能干的。他会写。你也见过他从前的太太曼殊斐儿？他又娶了，你知道不？我说给你听麦雷的故事。曼殊斐儿死了，他悲伤得很，无聊极了，他办了他的报（我怕他的报维持不了），还是悲伤。好了，有一天有一个女的投稿几首诗，麦雷觉得有意思，写信叫她去看他，她去看他，一个年轻的女子，两人说投机了，就结了婚，现在大概他不悲伤了。”

他问我那晚到那里去。我说到Exeter[③]看教堂去，他说好的，他就讲建筑，他的本行[④]。我问你小说里常有建筑师，有没有你自己的影子？他说没有。这时候梅雪出去了又回来，咻咻的爬在我的身上乱抓。哈代见我有些窘，就站起来呼开梅雪，同时说我们到园里去走走吧，我知道这是送客的意思。我们一起走出门绕到屋子的左侧去看花，梅雪摇着尾巴咻咻的跟着。我说哈代先生，我远道来你可否给我一点小纪念品。他回头见我手里有

① 勃伦腾：通译布伦登（1896—1974），英国诗人，二十年代在日本教书。

② 麦雷：通译默里（1889—1956），英国批评家，编辑，曾与曼斯菲尔德同居。

③ Exeter：通译埃克塞特，英国德文郡一区（城市），历史名城。

④ 哈代早年学过建筑。

照相机，他赶紧他的步子急急的说，我不爱照相，有一次美国人来给了我很多的麻烦，我从此不叫来客照相，——我也不给我的笔迹（Autograph），你知道？他脚步更快了，微偻着背，腿微向外弯一摆一摆的走着，仿佛怕来客要强抢他什么东西似的！“到这儿来，这儿有花，我来采两朵花给你做纪念，好不好？”他俯身下去到花坛里去采了一朵红的一朵白的递给我：“你暂时插在衣襟上吧，你现在赶六点钟车刚好，恕我不陪你了，再会，再会——来，来，梅雪：梅雪……”老人扬了扬手，径自进门去了。

吝刻的老头，茶也不请客人喝一杯！但谁还不满足，得着了这样难得的机会？往古的达文謇[①]、莎士比亚、歌德、拜伦，是不回来了的；——哈代！多远多高的一个名字！方才那头秃秃的背弯弯的腿屈屈的，是哈代吗？太奇怪了！那晚有月亮，离开哈代家五个钟头以后，我站在哀克刹脱[②]教堂的门前玩弄自身的影子，心里充满着神奇。

（原刊1928年3月《新月》第1卷第1期）

① 达文謇：通译达·芬奇（1452—1519），意大利文艺复兴时期画家、雕塑家。

② 哀克刹脱：通译埃克塞特，即上文中提到的Exeter。

白郎宁夫人的情诗

一

“伟大的灵魂们是永远孤单的。”不是他们甘愿孤单，他们是不能不孤单。他们的要求与需要不是寻常人的要求与需要；他评价的标准也不是寻常的标准。他们到人间来一样的要爱、要安慰、要认识、要了解。但不幸他们的组织有时是太复杂太深奥太曲折了，这浅薄的人生不能担保他们的满足。只有生物性生活的人们，比方说，只要有饭吃，有衣穿，有相当的异性配对，他们就可以平安的过去，再不来抱怨什么，惆怅什么。一个诗人，一个艺术家，却往往不能这样容易对付。天才是不容易伺候的。在别的事情方面还可以迁就，配偶这件事最是问题。想像你做一个大诗人或大画家的太太（或是丈夫，在男女享受平等权利的时候！）你做到一个贤字，他不定见你情，你做到一个良字，他不定说你对，他们不定要生活上的满足，那他们有时尽可随便，他们却想像一种超生活的满足，因为他们的生活不是生根在这现象的世界上。你忙着替他补袜子，端整点心，他说你这是白忙，他破的不是袜子，他饿的不是肚子！这样的男人（或是女人）真是够别扭的，叫你摸不着他（或她）的脾胃。他快活的时候简直是发疯，也许当着人前就搂住了你亲吻，也不知是为些什么。他发愁的时候一只脸绷得老长，成天可以不开口，整晚可以不睡，像是跟谁不共天日的过不去，也不知是又为些什么。一百个女人里有九十九喜欢她们的丈夫是明白晓畅一流，说什么是什么，顾室家，体惜太太，到晚上睡着了就开着嘴甜甜的打呼。谁受得了一个诗人，他——

> …Wants to know
> What one has felt from earliest days,
> Why one thought not in other ways,
> And one's loves of long ago.

因此家室这件事在有天才的人们十九是没有幸福的。"我不能想像一个有太太的思想家。"尼采说。怎怪得很多的大艺术家，比如达文謇与密仡郎其罗，终身不曾想到过成家？他们是为艺术活着的，再没有余力来敷衍一个家。就是在成家的中间，在全部思想文艺史上，你举得出几个人在结婚这件事上说得到圆满的。拜伦的离婚，他一生颠沛的张本，就为得他那太太只顾得替他补袜子端整点心。歌德一生只是浮沉在无定的恋爱的浪花间，但他的结婚是没有多大光彩的。卢骚先生检到了一个客寓里扫地的下女就算完事一宗。哈哀内的玛蒂尔代又是一个不识字的姑娘，虽则她的颜色足够我们诗人的倾倒。史文庞孤独了一生，济慈为了一个娶不着的女人呕血。喀莱尔蒙着了一个又俊又慧的洁痕韦尔许，但他的怪僻只酿成了一个历史上有名不快活的家庭。这一路的人真难得知道幸福的。

二

本来恋爱是一件事，夫妻又是一件事。拿破仑说结婚是恋爱的埋葬。这话的意思是说这两件事儿是不相容的。这不是说夫妻间就没有爱。世上尽有十分相爱的夫妻。但“浪漫的爱”，它那热度不是不寻常温度表所能测量的，却是提另一回事。比如罗米欧与朱丽叶那故事。它那动人，它那美，它那力量，就在一个惨死。死是有恩惠的。它成全了真有情人热情的永恒，朱丽叶要是做了罗米欧太太，过天发了福，走道都显累赘，再带着一大群的子女，那还有什么意味？剧烈的东西是不能久长的；这是物理。由恋爱而结婚的人当然多的是，但谁能维持那初恋时一股子又泼辣又猖獗像是狂风像是暴雨的热情？结婚是成家。家本身就包涵有长久，即使不是永久的意义。有家就免不了家务，家累，尤其免不了小安琪儿们的降生。所以全看你怎样看法。如其现代多的是新发明的种种人生观，恋爱观的种类也不得单简。最发挥狭义的恋爱观的要算是哥谛霭的马斑小姐，她只准她的情人一整宵透明的浓艳的快乐，算是彼此尽情的还愿，不到天晓她就偷偷的告别，一辈子再不许他会面，她的唯一的理由就是要保全那“浪漫的热恋”的晶莹的印象。一往下拖就毁！但是话说回来，这类的见解，虽则美，当然是窄，有时竟有害，为人类繁衍的大目标计，是不应得听凭蔓延的。爱是不能没有的，但不能太热了。情感不能不受理性的相当节制与调剂。浪漫的爱虽则是纯粹的吕律格，但结婚的爱也不一定是宽弛的散文。靠着在月光中泛滥的白石栏杆，散披着一头金黄的发丝，在夜莺的歌声中吸呼情致的缠绵，固然是好玩，但带上老棉帽披着睡衣看尊夫人忙着招呼小儿女的鞋袜同时得照料你的早餐的冷热，也未始没有一种可寻味的幽默。露水甜，雨水也不定是酸。

假如更进一步说，一对夫妻的结合不但是渊源于纯粹的相爱，不是肤浅的颠倒，而是意识的心性的相知，而且能使这部纯粹的感情建筑成一个永久的共同生活的基础，在一个结婚的事实里阐发了不止一宗美的与高尚的德性，哪一对夫妻怕还不是人类社会一个永久的榜样与灵感？

三

但不幸这类完全的夫妻在人类社会上实在是难得，虽则恋爱与结婚同是普遍而且普通的一回事。好夫妻，贤孟梁，才子佳人，福寿双全子孙满堂的老伉俪，当然是有，多的是，但要一对完全创造性的配偶，在人类进化史上划高一道水平线，同时给厌世主义者一个积极的答复，哪里有？男子间常有伟大的友谊，例如歌德与席勒的，他们那彼此相互的启发与共同擎举的事业是一个永远不可磨灭的灵感。夫妻呢？

在女子在教育上不曾得到完全的解放，在社会不得到与男子平等的地位，我们不能得到一个正确的夫妇的观念。在一个时候女性是战利品。在又一个时候女性是玩物。在一个时候女性是装饰，是奢侈品。在又一个时候女性是家奴。在所有的时候女性是“母畜”，它的唯一的使命与用处是为人类传种。因此人类的历史是男性的光荣，它的机会是男性的专利。直到最近的百年前，跟着一般思想的解放，女性身上的压迫方始有松放的希冀，又跟着女权的运动，婚姻的观念方始得到了根本的修正，原先的谬误渐次在事实的显著中消失。

这是一件大事，因为女性的解放不仅给我们文化努力一宗新添的力量，它是我们理想中合理生活的实现的一个必要条件。夫妻是两个个性自由的化合；这是最密切的伙伴，最富创造性的一宗冒险。

四

诗人白郎宁与衣里查白裴雷德的结合是人类一个永久的纪念。如其他们结婚以前的经过是一叶薰香的恋迹；他们结婚以后的生活一样是值得我们的赞美。如其他们彼此感情的交流是不涉丝毫强勉，他们各自的忍耐与节制同样是一宗理性的胜利。如其这婚姻使他们二个完全实现这地面上可能的幸福，他们同时为蹒跚的人类立下了一个健全的榜样。他们使我们艳羡，也使我们崇仰，他们的不是那猥琐的局促的一流。如其白郎宁在这段情史中所表现的品格是男性的高尚与华贵，白夫人的是女性的坚贞与优美与灵感。他们完全实现了配偶的理想，他们是一对理想的夫妻。

白郎宁是一个比较晚成的诗人，在他同时期的谭宜孙诗名炫耀全国的时候认识他的天才只有少数的几个人，例如穆勒约翰与诗人画家罗刹蒂，他在大英博物院中亲手抄缮白郎宁的第一首长诗。但他的诗，虽则不曾入时，已经有幸运得着了衣里查白裴雷德的深闺中的认识与同情。同时白郎宁也看到了裴雷德的诗，发现她引用他自己的诗句，这给了他莫大的愉快。这是第一步。经由一个父执的介绍，裴雷德是他的表妹，白郎宁开始与他未来的夫人通信。裴雷德早年是极活泼的一个女孩，但不幸为骑马闪损了脊骨，终年困守在她楼上的静室里，在一只沙发上过生活，莎士比亚与古希腊的诗人是她唯一的慰藉。她有一个严厉的经商的父亲，但她的姊妹是与她同情并且随后给她帮助的。她有一个忠心的女仆叫威尔逊，一只更忠心的狗叫佛露喜。她比白郎宁大至六岁，与他开始通信的那年已是三十九岁。

你们见过她的画像的不能忘记她那凝注的悲怆的一双眼，与那蓬松的厚重的两鬓垂鬈。她的本来是无欢的生活。一个废人，一个病人，空怀着一腔火热的情感与希有的天才，她的日子是在生死的边界上黯然的消散着，在这些黯惨的中间造化又给她一下无情的打击，她的一个爱弟，无端做了水鬼，这惨酷的意外几乎把她震成一种失心的狂痫，正如近时曼殊斐儿也有同样的悲伤。她是一个可怜人，哀愁与绝望是人生给她的礼物。

但这哀愁与绝望是运定不久长的。当代她最崇拜的一个诗人开始对她谦卑的表示敬意，她不能不为他的至诚所感动。在病榻上每日展读矫健敦笃的来书，从病榻上每日邮送郑重绰约的去缄。彼此贡献早晚的灵感，彼此许诺忠实的批评。由文学到人生，由兴会到性情，彼此发现彼此开始在是一致的同心。在不曾会面以先，他俩已经听熟了彼此的声音不可错误的性灵的声音。

这初期五个月密接的通信，在她感到一种新来的光明驱散了她生活上的暗塞，在他却是更深一层的认识。这还不是她理想中的伴侣？没有她人生是一个伟大的虚无，有了她人生是一个实现的奇迹，他再不能怀疑，这是造化恩赐给他的唯一的机缘。她准许他去见她，在她的病房中，他见着了她，可怜的瘦小的病模样，蜷伏在她的沙发上，贵客来都不能欠身让坐！他知道这是不治的病，但他只感到无限的悲怜。他爱她，他不能不爱她。在第一次会见以后，伟大的白郎宁再不能克制他的热情。他要她。他的尽情倾吐的一封信给了温坡尔街五十号的病人一次不预期的心震，一宵不眠的踌躇。到早上她写回信，警告他再要如此她就不再见他。伟大的白郎宁这次当真红了脸，顾不得说谎，立即写信谢罪，解释前信只是感激话说过了分，请求退还原函（他生平就这一次不说真话）。信果然退了回来，他又带着脸红立即给毁了去（他们的通信单缺了这一封，这使白夫人事后颇感到懊怅的），这风险过去，他们重复回到原先平稳的文字的因缘。裴雷德准许他的朋友过时去看她，同时邮梭的投织更显得殷勤，他讲他的意大利忻快的游踪，但她酬答他的只有她的悲惨的余生——这不使他感到单调吗？他们每周会面的一天是他俩最光亮的日子。他那时住在伦敦的近郊。这正是花香的季候，乡间的清芬，黄的玫瑰，紫的铃兰，相继在函缄内侵入温斐尔街五十号的楼房。裴雷德的感情也随着初秋的阳光渐渐的成熟。她不能不把她心里的郁积——她的悲哀，她的烦闷——缓缓的流向她唯一朋友的心里。他的感激又是一度的过分，但他还记得他三月前的冒昧，既然已经忍何妨忍耐到底。他现在早已认定，无上的幸福是他的了。她不能一天不接他的信，她不能定心，她求他“一行的慈善”，她的心已经为他跳着了。但她还不能完全放开她的踌躇。她能承受他的爱吗？这是公平吗？他，一个完全的丈夫。她，一个颓废的病人。他能不白费他的黄金吗？这砂留得住这清泉吗？她是一个对生命完全放弃的人，幸福，又是这样的幸福，这念头使她忖着时都觉得眩晕。但这些不是阻难。在他只求每天在她的身旁坐一小时，承受她的灵感，写他的诗，由此救全他的灵魂，他还有什么可求的？不，她即使是永远残废都不成问题，他要的只是性灵的化合。她再不能固执，再不能坚持，她只求他不要为她过分迁就，她如其有命，这命完全是他一手救活的，对他她只有无穷的感恩。她准许他用她的乳名称呼！

五

现在唯一的困难就只裴雷德的家庭，她的父亲。他不能想像他女儿除了对上帝和他自己忠贞还能有别的什么感情的活动。他是一个无可通融的人。他唯一的德性是他每天非得到下午六点不得回家，这一点他的女儿们都是知感的。裴雷德想到南方去，地中海的边沿，阳光暖和处去养息身体，因为她现在的生命是贵重的了。从死的黑影里劫出来，幸福已经不是不可能的梦想了。但她的父亲如何能容她有这种思想。她只要一开口这狮子就会叫吼得一屋子发震。她空怀着希望，却完全没有主意。她的朋友是永远主张抵御恶的势力的，他贡献他的勇敢，他建议积极的动作。裴雷德不能不信任他那雄健的膀臂与更雄健的意志。同时他俩的感情也已经到了无可再容忍的程度。至少在文字上他们再不能防御真情的泛滥。纯粹的爱在了解的深处流溢着。他们这时期的通信不再是书柬，不再是文字，是——“一对搏动的心”。从黑暗转到光明，从死转到爱，从残废的绝望转到健康的欢欣，爱的力量是一个奇迹。等到第二个春天回来的时候裴雷德已经恢复她步履的愉快，走出病室的囚困，重享呼吸的清新。在阳光下，在草青与花香间，在禽鸟的歌声中，她不能不讶异生活的神秘，不能不膜拜造化的慈恩。他给她的庄严的爱在她的心中像是一盆发异香的仙花，她是在这香息中迷醉了。正如他的玫瑰，他的铃兰曾经从乡间输入她的深闺，她这时也在和风中为他亲手采撷浓蕊的蝴蝶花。在这些甜蜜的时光的流转中，她的家庭的困难一天严重似一天，她的父亲的颟顸是无法可想的，这使情人们不得不立即商量一条干脆的出路，他们决意走。到意大利去，他俩的精神的故乡。他们先结了婚，在一个隐僻的教堂里，在上帝的跟前永远合成了一个体；再过了几天他俩悄悄的离别了岛国，携着忠心的威尔逊与更忠心的佛露喜，投向自由的大陆，攀度了阿尔帕斯，在阿诺河入海处玲珑的皮萨城中小住，随后又迁去翡冷翠，在那有名的Casa Euidi中过他们无上的幸福的生活。

六

这无上的幸福有十五年的生命，在这十五年中他俩不知道一天的分离。他们是爱游历的，在罗马与巴黎与伦敦间他们流转着他们按季候的踪迹。白夫人，本来一个沙发上的废人，如今是一个健游者，巴黎是她的“软弱”，意大利是她的“热情”，她也能登山，也能涉水。她的创作的成绩也不弱于她的“劳勃脱”，虽则她是常病，有时还得收拾她的“盆”儿的嘴脸与袜鞋。他俩的幸福正是英国文学的幸福。劳勃脱在他的“巴”的天才的跟前，只是低头，他自己即使有什么成就，那都是她的灵感。“盆”儿是他们最大的欢欣，忠心的佛露喜也给他们不少的快乐。在交友上他们也是十分幸运的。白郎宁的刚健与博大，他夫人的率真与温驯，使得凡是接近他们的没有不感到深彻的愉快。出名坏脾气的喀莱尔，“狂窜的火焰”似的老诗人兰道（Savage landor），伟大的罗斯金，美秀的罗刹蒂弟兄，都一致的倾倒这一双无双的佳偶。罗刹蒂最说得妙，他说他就奇怪“那两个小小的人儿（指白氏夫妇）何以会得包容真实世界的那么多的一部分，他们在舟车上占不到多大的位置，在客寓里用不到一只双人床？”他们所知道的唯一的悲伤与遗憾就只白郎宁的母亲的死和白夫人父亲的倔强，他们的幸福始终得不到他的宽恕。白夫人对意大利的自由奋斗有最热烈的同情，也正当意大利得到完全解放的那一年——一八六一——白夫人和她的劳勃脱永诀。如其她在生时实现了人生的美满，她的死更是一个美满的纪录。她并没有什么病痛，只是觉得倦，临终的那一晚她正和白郎宁商量消夏的计划。“她和他说着话，说着笑话，用最温存的话表示她的爱情；在半夜的时候，她觉得倦，她就偎倚在白郎宁的手臂上假寐着。在几分钟内，她的头垂了下来。他以为她是暂时的昏晕，但她是去了，再不回来。”那临终时一些温存的话是白郎宁终身的神圣的纪念。她最后的一句话，回答白郎宁问她觉到怎么样，是一单个无价的字——“Beautiful”！“微笑的，快活的，容貌似少女一般”，她在她情人的怀抱中瞑目。

七

美！苦闷的人生难得有这样完全的美满！这不仅是文艺史的一段佳话，这是人类史上一次光明的纪录。这是不可磨灭的。这是值得永久流传的。但这段恋史本身固然是可贵，更可贵的是白夫人留给我们那四十四首十四行诗（The Sonnets from the Portuguese）。在这四十四首情诗里白夫人的天才凝成了最透明的纯晶。这在文学史上是第一次一个女子澈透的供承她对一个男子的爱情，她的情绪是热烈而抟聚的，她的声音是在感激与快乐中颤震着，她的精神是一团无私的光明。我们读她的情诗，正如我们读她的情书，我们不觉得是窥探一种不应得探窥的秘密，在这里正如在别的地方，真诚是解释一切，辩护一切，洁化一切的。她的是一种纯粹的热情，它的来源是一切人道与美德的来源，她的是不灭的神圣的火焰。只有白夫人才能感受这些伟大的情绪，也只有她才能不辜负这些伟大的情绪。这样伟大的内心的表现是稀有的。

关于那四十四首诗也还有一小段的佳话。白夫人发心写这一束情诗大约是在她秘密结婚以前，也许大半还是在她那楼房里写的。她不让白郎宁知道她的工作，她只在一次通信上隐隐的提过，“将来到了皮萨”，她说，“我再让你看我现在不给你看的东西。”他们夫妇俩写诗的工作是划清疆界的。在一首诗完成以前，谁都不能要求看谁的。在皮萨那时候，白夫人的书房是在楼上，照例每天在楼下吃过早饭，她就上楼去作工，让他在楼下做他的。有一天早上白夫人已经上楼去，白郎宁正站在窗前看街，他忽然觉得屋子里有人偷偷的走着，他正要回头，他的身子已经叫他夫人给推住了，叫他不许动，一面拿一卷纸塞在他的口袋里。她要他看一遍，要是不喜欢就把它撕了，话说完就逃上了楼去。这卷纸就是她那一束的情诗。白郎宁看过了就直跳了起来，说：她不但是给了他一份无价的礼物，她是给人类创造了一种独一的至宝。因此他坚持她有公开这些诗的必要。最早的单印本是一八四七年在李亭地方印的送本，书面上写着——*Sonnets by E. B. B*，一八五〇年的印本才改称*Sonnets from the Portugese*，那是白郎宁的主意。他特别挑葡萄牙因为她有过一首诗"Cotarina to Camoens"是讲葡萄牙的一段故事，他又常把夫人叫作"我的小葡萄牙人"。这四十四首情诗现在已经闻一多先生用语体文译出。这是一件可纪念的工作。因为"商籁体"（一多译）那诗格是抒情诗体例中最美最庄严、最严密亦最有弹性的一格，在英国文学史上从汤麦斯槐哀德爵士（Sir Thomas Wyatt）到阿塞沙孟士（Arthur Symons）这四百年间经过不少名手的应用还不曾穷尽它变化的可能。这本是意大利的诗体彼屈阿克（Petrach）的情诗多是商籁体，在英国槐哀德与石垒伯爵（Earl of Sarrey）最初试用时是完全仿效彼屈阿克的体裁与音韵的组织，这就叫作彼屈阿克商籁体。后来莎士比亚也用商籁体写他的情诗，但他又另创一格，韵的排列与意大利式不同，虽则规模还是相仿的，这叫做莎士比亚商籁体。写商籁体最有名的，除了莎士比亚自己与史本塞，近代有华茨华士与罗刹蒂，与阿丽思梅纳儿夫人，最近有沙孟士。白夫人当然是最显著的一个。她的地位是在莎士比亚与罗刹蒂的中间。初学诗的很多起首就试写商籁体，正如我们学做诗先学律诗，但很少人写得出色，即在最大的诗人中，有的，例如雪莱与白郎宁自己，简直是不会使用的（如同我们的李白不会写律诗）。商籁体是西洋诗式中格律最谨严的，最适宜于表现深沉的盘旋的情绪。像是山风、像是海潮，它的是圆浑的有回响的声音。在能手中它是一只完全的弦琴，它有最激昂的高音，也有最呜咽的幽声。一多这次试验也不是轻率的，他那耐心先就不易，至少有好几首是朗然可诵的。当初槐哀德与石磊伯爵既然能把这原种从意大利移植到英国，后来果然开结成异样的花果，我们现在，在解放与建设我们文字的大运动中，为什么就没有希望再把它从英国移植到我们这边来？开端都是至微细的，什么事都得人们一半凭纯粹的耐心去做。为要一来宣传白夫人的情诗，二来引起我们文学界对于新诗体的注意，我自告奋勇在一多已经锻炼的译作的后面加上这一篇多少不免蛇足的散文。

第一首

我们已经知道在白郎宁还不曾发现她的时候，白夫人是怎样一个在绝望中沉沦着的病人。她简直是一个残废。年纪将近四十，在病房中不见天日，白夫人自分与幸福的人生是永远断绝缘分了。但她不是寻常女子，她的天赋是丰厚的，她的感情是热烈的。像她这样人偏叫命运给“活埋”在病房中，够多么惨！白郎宁对她的知遇之感从初起就不是平常的，但在白夫人，这不仅使她惊奇，并且使她苦痛。这个心理是自然的，就比是一个瞎眼的忽然开眼，阳光的刺激是十分难受的。

在这第一首诗里她说她自己万不料想的叫“爱”给找到时的情形，她说的那位希腊诗人是梯奥克立德斯（THeocritus）。他是古希腊文化最迟开的一朵鲜花。他是雪腊古市人，但他的生活多半是西西利岛上过的。他是一个真纯乐观的诗人。在他的诗里永远映照着和暖的阳光，回响着健康的笑声。所以白夫人在这诗里说她最初想起那位乐观诗人，在他光阴不是一个警告因为他随时随地都可以发现轻松的快活的人生。春风是永远骀荡的，果子永远在秋阳中结实，少也好，老也好，人生何处不是快乐。但她一转念想着了她自己。既然按那位诗人说光阴是有恩有惠的，她自己年头又是怎样过的呢。她先想起她的幼年，那时她是多活泼的一个孩子，那些年头在回忆中还是甜的，但自从她因骑马闪成病废以来她的时光不再是可爱，她的一个爱弟又叫无情的水波给吞了去，在这打击下她的日子益发显得黯惨，到现在在想像中她只见她自己的生命道上重重的盖着那些怆心的年分的黑影，她不由的悲不自制了。但正在这悲伤的时候她忽然觉到在她的身后晃动着一个神秘的形象，它过来一把拧住了她的头发直往后拉。在挣扎中她听着一个有权威的声音——“你猜猜，这是谁揪住你？”“是死吧”。她说，因为她只能想到死。但是那“银钟似”的声音的答话更使她奇特了，那声音说——“不是死，是爱。”

第二首

这一声银钟似的震荡顿时使她从悲惋的迷醉中惊醒。她不信吗？不，她不能不信，这声音的充实与响亮不能使她怀疑。那末她信吗？这又使她踌躇。正如一个瞎眼的重见天日，她轻易还不能信任她的感觉。她的理性立时告诉她：“这即使是真，也还是枉然的。你想你能有这样的造化吗？运命，一向待你苛刻的运命，能骤然的改变吗？”“枉然的”，她想不错，虽则爱乔装了死侵入了她的深闼，他还是不能留的。爱不能留，因为运命不许——造物不许，所以在这首诗里她说在爱开口的时候只有三个人听见，说话的你，听话的我，再就是无所不在的上帝。在她还不曾从初起的惊疑中苏醒，她似乎听到在她与他中间的上帝已经为他们下了案语。他说“你配吗？”她顿时觉得这句刺心的话黑暗似的障住了她的眼，这使她连睁眼对爱一看的机会都给夺去了。她巴望她自己还是死了的好，死倒也罢了：这活着受罪，已然见到光明还得回向黑暗的可怖，是太难受了。但上帝的是无上的权威，他喝一声“不行”，比别的什么阻难更没有办法。人间的阻隔是分不了我们的，海洋的阔大不能使我们变异，风雨的暴戾也不能使我们软弱。任凭地面上的山岭有多么高，我们还得到天空里去携手。即使无际的天空也来妨碍我们的结合，我们也还得超出天空到更辽远的星海中去实现我们的情爱。

第三首

所以不是阻碍，那不是情人们所怕的，但我还得凭理性来忖忖这句话“你配吗”？我配吗？我现在已然见到了你，我不能不把事实的真相认一个清切。你爱我，不错，但是；我的贵人，我俩实在不是一路上的人！我们的生活，我们的归宿，都不是一致的，即使我们曾经彼此相会，呵护你的与我的两个安琪儿们彼此是不相认的，在他们的翅膀相与交错时，他俩都显着诧异，因为我们本来是走不到一起的。你想，你自己是何等样人，我如何能攀附得着你的高贵？你是王后们的上宾，在她们的盛大的筵会上，你是一个崇仰与爱慕的目标，几百双的妙眼都望着你（它们要比我的泪眼更显得光亮），要求你施展你的吟咏的天才。这样的你与我又有什么相关，我是一个穷苦的、疲倦的、流浪的唱唱儿，偎倚着一棵苍劲的翠柏，在黑暗中歌唱着凄凉的音调，你站在那灯光明艳的窗子里边望着我，你是什么意思，能有什么意思？在你前额上涂着的是祝福的圣油，——在我就有冰凉的露水。那样的你，这样的我，还有什么说的？在生前是无望的了，除非到了死，那平等一切的死，我们才有会合的希望。

第四首

你是一个大诗人，一个高雅的歌者，只有华丽的宫院才配款留你的踪迹。你是人中的凤，为要看着你从腴满的口唇吐露异样的清商，舞女们不由的翘企着她们的脚踵。这些才是你的去处，你为什么偏要到我的门外来徘徊？我的是卑陋的门庭，怎当得起大驾的枉顾？你难道当真舍得漫不经心的让你的妙乐掉落在我的门前，浪费你黄金比价的诗才？你不信时抬头来看这是一个什么的所在。屋子是破烂的，窗户是都叫风雨侵蚀坏了的，小心这屋椽间飞袭出怪状的蝙蝠与鸱鸮，因为它们是在这里做家的。你有你的昆琶，我这里，可怜，只有慰情长夜的秋虫。请你再不要弹唱了，因为响应你的就只一些荒凉的回音，你唱你的去吧，我的心灵深处有一个声音在悲泣着，孤独的，寂寞的。

第五首

到上首为止诗的音调是沉郁与凄怆。一份炫耀的至礼已经献致在她的跟前，但她能接受吗？她的半墓穴似的病室能霎时间容受这多的光辉与温暖吗？她已经忍着心痛低喊了一声“挡驾”，但那位拜门的贵人还是耐心的等候着。他这份礼是送定了的。他的坚决，他的忍耐，尤其是他的诚意，不能不使她踌躇。从这首诗起我们可以看出她的情绪，像一弯玲珑的新月，渐渐的在灰色的背幕里透露出来。但她还得逼紧一步。这回她声音放大了，她仿佛说，“你再不躲开，将来要有什么懊悔，你可赖不了我！我的话是说完了的。”最初她是万想不到爱会得找着她，她想到的只有死，她第一个念头以为这只是运命的一种嘲讽，她如何再能接近爱，但爱的迫切再不能使她疑惑，那么是真的，她非但不曾走入死道，在她跟前站着的的确是爱。她非但听清了它的声音，她还认清了它的面目。她又一转念这还是白费，她如何能收受它，她与他什么都是悬殊的。但爱只当没有听见她的话，一双手还是对她伸着。她有点儿动了。但她还得把话说明白了。爱如果一定要她，她也未始不知道感激，她可不能让他误会，她不是不回他的爱，她是怕害他，所以在这首诗里她说：——我严肃的捧起我的心来，如同古代的绮雷克拉捧着她那尸灰坛，我一见你眼内的神情，不由的失手倒翻了我的心坛，把所有的灰一起泼在你的跟前。这回我再不能隐瞒了，我的心已经一起倒了出来。你看看这是些什么？这是些死灰，中间隐隐还夹着些血红的火星在灰堆里透着光亮。你这一看出我的寒伧，要是你鄙蔑的一脚踹灭了这些余烬，给它们一个永远的黑暗，那倒也完事一宗，再没有麻烦了。但如其你站着不动，回头风一吹动重新把这堆死灰吹活了过来，那可危险了，亲爱的，这火要是在风前一旺，就难保不会烧着你的发肤，纵然你头上戴着桂冠，怕也不能保护你吧。因此我警告你还是站远些的好，你去你的吧。

第六首

在这五六两首的中间，评衡家高士（Edmund Gosse）很有见地的指出白夫人另有一首绝美的短诗叫作《问与答》的应得放在一起读。那首诗与商籁体第五首（即上一首）表现同一种情调，但这是宛转的清丽的，不同上一诗的激昂嘹亮。意思是说你心目中所要的爱当然是热烈蓬勃一流，你怎么来找着我？你错了罢？你有见过在雪地里发芽开花的玫瑰没有？它不但不能长，就有也叫雪给冻死了。我的身世只是一片的冬景，满地的雪，哪有什么鲜艳的生命？你一定是走错了，到这雪地里来寻花！你看你脚上不是已经踏着了雪，快洒脱吧，回头让你也给冻了。（第一段）我又好比是一处残破的古迹，几垒乱石子，长着些个冷落的青藤，你到这边来又是为什么了？你倒是要寻葡萄苹果呢，还是就为了这些可怜的绿叶？如果你是为了绿叶来的，那么好吧，既然承你情，你就不妨顺手摘三两张带回去做一个纪念也好！

但这时候白夫人心里的雪早就化了。叫白郎宁火热的爱给烫化了！所以在第六首里，她虽则开口还是“躲着我去吧”。接着就是她的“软化”的招承。

趁早躲开我吧。但我从今后再不是原先的我，我此后永远在你的阴影下站着。我再不能在我单独的身世的门前呼吸我的思想，也不能在阳光里静定的举起我的手掌，而不感觉到你给我的深邃的影响。我的掌心永远存记着你的抚摩。你的心已经交互在我的心里，我的脉搏里跳荡着你的脉搏。我的思想里有你，行动里有你，梦里也有你。正如在葡萄酒里尝出葡萄的滋味，我的新来的生命里也处处按得出你造成它的原素。每回我为我自己对上帝祈求，他在我的声音里听出你名字，在我的眼睛里他看出两个人的眼泪。

第七首

自从我听得你灵魂的脚步近我的身畔，仿佛这整个的世界都为我改变了面目。我本来只是在死的边沿上逗留着，自己早晚都在往下掉，谁想到爱来救了我，抱住了我，教给我生命的整体，在一种新的节奏里波动着。有了你近在我的身边，我的悲苦的已往都取得了意味，多甜的意味，那是上帝为我特定下的灵魂的浸礼。有了你这地面这天都变了样，我还能怨吗？就说我现在弹着的琴，唱着的歌，它们的可爱也就为有你的名字在歌声与琴韵里回响着。

第八首

这一弯眉月似的情绪已经渐渐的开展，在每一个字里跳跃着欢喜与感激，在每一个字里预映着圆满的光明，但她还得踌躇，一层浅色的游云暂时又掩住了亮月的清光。初起“我配吗”那一个动机又浮现了上来。她说：

你待我当然是再好没有的了，我的慷慨大量的恩人。你送我这份礼是最重也没有了。你带了你的无价的纯洁的心来，放在我的破屋子的墙外，听凭我收受或是鄙弃，可是我要是收了你这份厚礼，我又有什么东西来回敬你呢？不受太负了你，受了我又实在说不过去，人家能不骂我冷心肠说我无情义吗？但不是的，我不是冷，也不是狠，说实话，我是穷。上帝知道，不信你问他。日常的涕泪冲淡了我生命的颜色，剩下的就只这奄奄的惨白的躯体。我怎么能不自惭形秽，这是不配用作你的枕头的，实在是不配。你还是去你的吧！我这样的身世只配供人践踏的。

第九首

但是话说回来，我也并不是完全没有东西给你，最使我迟疑的就在这“事情的对不对”。我能给你些什么？什么也没有，除了眼泪，除了悲伤，因为我一辈子是这样过来的。我虽则有时也会笑，但这些笑都是不能长驻的。你劝我，你开导我，也是枉然。我实在的担忧，这是不对的！我不能让你为我这么受罪。你我不是同等人，如何能说到相爱。你待我那么厚，我待你这么寒伧，这如何能说得过去？去吧，可叹，我不能让我的灰土玷污你的袍服，我不能让我的悲苦连累你的爽恺的心胸，我也不能给你什么爱——这事情是不公平的呀！我爱，我就只爱你！再没有什么说的了。

第十首

在这首诗那一道云又扯了过去，更显得亮月的光明。她说——

我不说我是穷得什么东西都不能给你除了我的涕泪与悲伤吗？但是我爱你是真的。我初起只是放心不下这该不该：像我这样人该不该爱你？你我总觉得有些不公平，拿我这寒伧的来交换你那高贵的。但我转念一想这事情也不能执着一边看，也许在上帝的眼里，凭我的血诚，我这份回敬的礼物不至于完全没有它的价值。爱，只要是爱，不沾染什么的纯粹的爱，就不丑，就美，这份礼是值得收受的。你没有看见火吗？不论烧着的是圣庙或是贱麻，火总是明亮的。不论烧着的是松柏或是芜草，光焰是一般的。爱就是火。即如我现在，感着内心的驱使再不能隐匿我灵魂的秘密，朗声的对你供承"我爱你"——听呀，我爱你——我就觉得我是在爱的光焰里站着，形貌都变化了，神明的异彩从我的颜面对向着你的放射。说到爱高卑的分别是没有的；最渺小的生灵们也献爱给上帝，上帝还不一样接受他们的爱并且还爱它们。相信我，爱的灵感是神奇的，我又何尝不明白我自己的本真，但盘旋在我心里的那一团圣火照亮了我的思想，也照亮了我的眉目。这不是爱的伟大的力量可以"升华"造物的工程的一个凭证吗？

（原刊1928年3月《新月》第1卷第1期）

我的彼得

一个八九岁的小孩子比画着拉小提琴。

新近有一天晚上，我在一个地方听音乐，一个不相识的小孩，约莫八九岁光景，过来坐在我的身边，他说的话我不懂，我也不易使他懂我的话，那可并不妨事，因为在几分钟内我们已经是很好的朋友，他拉着我的手，我拉着他的手，一同听台上的音乐。他年纪虽则小，他音乐的兴趣已经很深：他比着手势告我他也有一张提琴，他会拉，并且说那几个是他已经学会的调子，他那资质的敏慧，性情的柔和，体态的秀美，不能使人不爱；而况我本来是喜欢小孩们的。

但那晚虽则结识了一个可爱的小友，我心里却并不快爽；因为不仅见着他使我想起你，我的小彼得，并且在他活泼的神情里我想见了你，彼得，假如你长大的话，与他同年龄的影子。你在时，与他一样，也是爱音乐的；虽则你回去的时候刚满三岁，你爱好音乐的故事，从你襁褓时起，我屡次听你妈与你的“大大”讲，不但是十分的有趣可爱，竟可说是你有天赋的凭证，在你最初开口学话的日子，你妈已经写信给我，说你听着了音乐便异常的快活，说你在坐车里常常伸出你的小手在车栏上跟着音乐按拍；你稍大些会淘气的时候，你妈说，只要把话匣开上，你便在旁边乖乖的坐着静听，再也不出声不闹：——并且你有的是可惊的口味，是贝德芬是槐格纳你就爱，要是中国的戏片，你便盖没了你的小耳，决意不让无意味的锣鼓，打搅你的清听！你的大大（她多疼你！）讲给我听你得小提琴的故事：怎样那晚上买琴来的时候，你已经在你的小床上睡好，怎样她们为怕你起来闹赶快灭了灯亮把琴放在你的床边。怎样你这小机灵早已看见，却偏不作声，等你妈与大大都上了床，你才偷偷地爬起来，摸着了你的宝贝，再也忍不住你的技痒，站在漆黑的床边，就开始你“截桑柴”的本领。后来怎样她们干涉了你，你便乖乖的把琴抱进你的床去，一起安眠。她们又讲你怎样欢喜拿着一根短棍站在桌上摹仿音乐会的导师，你那认真的神情常常叫在座的人大笑。此外还有不少趣话，大大记得最清楚，她都讲给我听过；但这几件故事已够见证你小小的灵性里早长着音乐的慧根。实际我与你妈早已经同意想叫你长大时留在德国学习音乐；——谁知道在你的早殇里我们失去了一个可能的莫扎特（Mozart）：在中国音乐最饥荒的日子，难得见这一点希冀的青芽，又教命运无情的脚根踏倒，想起怎不可伤？

彼得，可爱的小彼得，我“算是”你的父亲，但想起我做父亲的往迹，我心头便涌起了不少的感想；我的话你是永远听不着了，但我想借这悼念你的机会，稍稍疏泄我的积愫，在这不自然的世界上，与我境遇相似或更不如的当不在少数，因此我想说的话或许还有人听，竟许有人同情。就是你妈，彼得，她也何尝有一天接近过快乐与幸福，但她在她同样不幸的境遇中证明她的智断，她的忍耐，尤其是她的勇敢与胆量；所以至少她，我敢相信，可以懂得我话里意味的深浅，也只有她，我敢说，最有资格指证或相诠释，在她有机会时，我的情感的真际。

但我的情愫！是怨、是恨、是忏悔、是怅惘？对着这不完全，不如意的人生，谁没有怨，谁没有恨，谁没有怅惘？除了天生颟顸的，谁不曾在他生命的经途中——歌德说的——和着悲哀吞他的饭，谁不曾拥着半夜的孤衾饮泣？我们应得感谢上苍的是他不可度量的心裁，不但在生物的境界中他创造了不可计数的种类，就这悲哀的人生也是因人差异，各个不同，——同是一个碎心，却没有同样的碎痕，同是一滴眼泪，却难寻同样的泪晶。

彼得我爱你，我说过我是你的父亲，但我最后见你的时候你才不满四个月，这次我再来欧洲你已经早一个星期回去，我见着的只是你的遗像，那太可爱，与你一撮的遗灰，那太可惨。你生前日常把弄的玩具——小车、小马、小鹅、小琴、小书——，你妈曾经件件的指给我看，你在世时穿着的衣、褂、鞋、帽，你妈与你大大也曾含着眼泪从箱里理出来给我抚摩，同时她们讲你生前的故事，直到你的影像活现在我的眼前，你的脚踪仿佛在楼板上踹响。你是不认识你父亲的，彼得，虽则我听说他的名字常在你的口边，他的肖像也常受你小口的亲吻，多谢你妈与你大大的慈爱与真挚，她们不仅永远把你放在她们心坎的底里，她们也使我——没福见着你的父亲，知道你，认识你，爱你，也把你的影像、活泼、美慧、可爱，永远镂上了我的心版。那天在柏林的会馆里，我手捧着那收存你遗灰的锡瓶，你妈与你七舅站在旁边止不住滴泪，你的大大哽咽着，把一个小花圈挂上你的门前——那时候我，你的父亲，觉着心里有一个尖锐的刺痛，这才初次明白曾经有一点血肉从我自己的生命里分出，这才觉着父性的爱像泉眼似的在性灵里汩汩的流出；只可惜是迟了，这慈爱的甘液不能救活已经萎折了的鲜花，只能在他纪念日的周遭永远无声的流转。

彼得，我说我要借这机会稍稍爬梳我年来的郁积，但那也不见得容易；要说的话仿佛就在口边，但你要它们的时候，它们又不在口边。像是长在大块岩石底下的嫩草，你得有力量翻起那岩石才能把它不伤损的连根起出——谁知道那根长的多深！是恨，是怨，是忏悔，是怅惘？许是恨，许是怨，许是忏悔，许是怅惘？荆棘刺入了行路人的胫踝，他才知道这路的难走；但为什么有荆棘？是它们自己长着，还是有人存心种着的？也许是你自己种下的，至少你不能完全抱怨荆棘。一则因为这道是你自愿才来走的；再则因为那刺伤是你自己的脚踏上了荆棘的结果，不是荆棘自动来刺你。——但谁又知道？因此我有时想，彼得像你倒真是聪明：你来时是一团活泼，光亮的天真，你去时也还是一个光亮，活泼的灵魂；你来人间真像是短期的作客，你知道的是慈母的爱，阳光的和暖与花草的美丽，你离开了妈的怀抱，你回到了天父的怀抱，我想他听你欣欣的回报这番作客——只尝甜浆，不吞苦水——的经验，他上年纪的脸上一定满布着笑容——你的小脚踝上不曾碰着过无情的荆棘，你穿来的白衣不曾沾着一斑的泥污。

但我们，比你住久的，彼得，却不是来作客；我们是遭放逐，无形的解差永远在后背催逼着我们赶道，为什么受罪，前途是哪里，我们始终不曾明白，我们明白的只是底下流血的胫踝，只是这无恩的长路，这时候想回头已经太迟，想中止也不可能，我们真的羡慕，彼得，像你那谪期的简净。

在这道上遭受的，彼得，还不止是难，不止是苦，最难堪的是逐步相追的嘲讽，身影似的不可解脱。我既是你的父亲，彼得，比方说，为什么我不能在你的生前，日子虽短，给你应得的慈爱，为什么要到这时候，你已经去了不再回来，我才觉着骨肉的关连，并且假如我这番不到欧洲，假如我在万里外接到你的死耗，我怕我只能看作水面上的云影，来时自来，去时自去；正如你生前我不知欣喜，你在时我不知爱惜，你去时也不能过分动我的情感，我自分不是无情，不是寡恩，为什么我对自身的血肉，反是这般不近情的冷漠？彼得，我问为什么，这问的后身便是无限的隐痛；我不能怨，我不能恨，更无从悔。我只是怅惘，

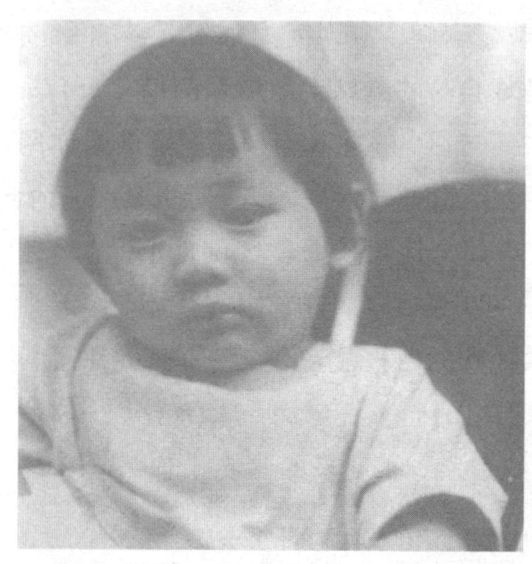

徐志摩与张幼仪不幸夭折的幼子彼得两岁时摄于柏林。

我只能问！明知是自苦的揶揄，但我只能忍受。而况揶揄还不止此，我自身的父母，何尝不赤心的爱我；但他们的爱却正是造成我痛苦的原因。我自己也何尝不笃爱我的双亲，但我不仅不能尽我的责任，不仅不曾给他们想望的快乐，我，他们的独子，也不免加添他们的烦愁，造作他们的痛苦，这又是为什么？在这里，我也是一般的不能恨，不能怨，更无从悔，我只是怅惘——我只能问，昨天我是个孩子，今天已是壮年；昨天腮边还带着圆润的笑涡，今天头上已见星星的白发；光阴带走的往迹，再也不容追赎，留下在我们心头的只是些揶揄的鬼影；我们在这道上偶尔停步回想的时候，只能投一个虚圈的“假使当初”，解嘲以往的一切。但以往的教训，即使有，也不能给我们利益，因为前途还是不减启程时的渺茫，我们还是不能选择自由的途径——到那天我们无形的解差喝住的时候，我们唯一的权利，我猜想，也只是再丢一个虚圈更大的“假使”，圆满这全程的寂寞，那就是止境了。

（原刊《自剖》新月书店1928年1月初版）

徐志摩与张幼仪合影。

我的祖母之死

一

一个单纯的孩子，
过他快活的时光，
兴匆匆的，活泼泼的，
何尝识别生存与死亡？

这四行诗是英国诗人华茨华斯（William Wordsworth）一首有名的小诗叫做《我们是七人》（We are Seven）的开端，也就是他的全诗的主意。这位爱自然、爱儿童的诗人，有一次碰着一个八岁的小女孩，发鬈蓬松的可爱，他问她兄弟姊妹共有几人，她说我们是七个，两个在城里，两个在外国，还有一个姊妹一个哥哥，在她家里附近教堂的墓园里埋着。但她小孩的心理，却不分清生与死的界限，她每晚携着她的干点心与小盘皿，到那墓园的草地里，独自的吃，独自的唱，唱给她的在土堆里眠着的兄姊听，虽则他们静悄悄的莫有回响，她烂漫的童心却不曾感到生死间有不可思议的阻隔；所以任凭华翁多方的譬解，她只是睁着一只灵动的小眼，回答说：

"可是，先生，我们还是七人。"

二

其实华翁自己的童真，也不比那小女孩的完全，他曾经说"以孩童时期，我不能相信我自己有一天也会得悄悄地躺在坟里，我的骸骨会变成尘土"。又一次他对人说："我做孩子时最想不通的，是死这回事将来也会得轮到我自己身上。"

孩子们天生是好奇的，他们要知道猫儿为什么要吃耗子，小弟弟从哪里变出来的，或是究竟先有鸡还是先有鸡蛋；但人生最重大的变端——死的现象与实在，他们也只能含糊的看过，我们不能期望一个个小孩子们都是搔头穷思的丹麦王子。他们临到丧故，往往跟着大人啼哭；但他只要眼泪一干，就会到院子里踢毽子，赶蝴蝶，即使在屋子里长眠不醒了的是他们的亲爹或亲娘，大哥或小妹，我们也不能盼望悼死的悲哀可以完全翳蚀了他们稚羊小狗似的欢欣。你如其对孩子说，你妈死了，你知道不知道——他十次里有九次只是对着你发呆；但他等到要妈叫妈，妈偏不应的时候，他的嫩颊上就会有热泪流下。但小孩天然的一种表情，往往可以给人们最深的感动，我生平最忘不了的一次电影，就是描写一个小孩爱恋已死母亲的种种天真的情景。

她在园里看种花，园丁告诉她这花在泥里，浇下水去，就会长大起来。那天晚上天下大雨，她睡在床上，被雨声惊醒了，忽然想起园丁的话，她的小脑筋里就发生了绝妙的主意。她偷偷的爬出了床，走下楼梯，到书房里去拿下桌上供着的她死母的照片，一把揣在怀里，也不顾倾倒着的大雨，一直走到园里，在地上用园丁的小锄掘松了泥土，把她怀里的亲妈，谨慎的取了出来，栽在泥里，把松泥掩护着；她做完了工就蹲在那里守候——一个三四岁的女孩，穿着白色的睡衣，在深夜的暴雨里，蹲在露天的地上，专心笃意的盼望已经死去的亲娘，像花草一般，从泥土里发长出来！

三

我初次遭逢亲属的大故，是二十年前我祖父的死，那时我还不满六岁，那是我生平第一次可怕的经验，但我追想当时的心理，我对于死的见解也不见得比华翁的那位小姑娘高明。我记得那天夜里，家里人吩咐祖父病重，他们今夜不睡了，但叫我和我的姊妹先上楼睡去，回头要我们时他们会来叫的。我们就上楼去睡了，底下就是祖父的卧房，我那时也不十分明白，只知道今夜一定有很怕的事，有火烧，强盗抢，做怕梦，一样的可怕。我也不十分睡着，只听得楼下的急步声，碗碟声，唤婢仆声，隐隐的哭泣声，不息的响音。过了半夜，他们上来把我从睡梦里抱了下去，我醒过来只听得一片的哭声，他们已经把长条香点起来，一屋子的烟，一屋子的人，围拢在床前，哭的哭，喊的喊，我也捱了过去，在人丛里偷看大床里的好祖父。忽然听说醒了醒了，哭喊声也歇了，我看见父亲爬在床里，把病父抱持在怀里，祖父倚在他的身上，双眼紧闭着，口里衔着一块黑色的药物他说话了，很轻的声音，虽则我不曾听明他说的什么话，后来知道他经过了一阵昏晕，他又醒了过来对家人说：“你们吃吓了，这算是小死。”他接着又说了好几句话。随讲音随低，呼气随微，去了，再不醒了，但我却不曾亲见最后的弥留，也许是我记不起，总之我那时早已跪在地板上，手里擎着香，跟着大众高声地哭喊了。

四

此后我在亲戚家收殓虽则看得不少，但死的实在的状况却不曾见过。我们念书人的幻想力是比较的丰富，但往往因为有了幻想力，就不管生命现象的实在，结果是书呆子，陆放翁说“百无一用是书生”。人生的范围是无穷的，我们少年时精力充足什么都不怕尝试，只愁没有出奇的事情做，往往抱怨这宇宙太窄，青天太低，大鹏似的翅膀飞不痛快，但是……但是平心的说，且不论奇的，怪的，特别的，离奇的，我们姑且试问人生里最基本的事实，最单纯的，最普遍的，最平庸的，最近人情的经验，我们究竟能有多少的把握，我们能有多少深彻的了解，我们是否都亲身经历过？譬如说：生产，恋爱，痛苦，悲，死，妒，恨，快乐，真疲倦，真饥饿，渴，毒焰似的渴，真的幸福，冻的刑罚，忏悔，种种的情热，我可以说，我们平常人生观，人类，人道，人情，真理，哲理，本能等等名词不离口吻的念书人们，什么文学家，什么哲学家——关于真正人生基本的事实的实在，知道的——恐怕是极微至鲜，即使不等于圆圈。我有一个朋友，他和他夫人的感情极厚，一次他夫人临到难产，因为在外国，所以进医院什么都得他自己照料，最后医生宣言只有用手术一法，但性命不能担保，他没有法子，只好和他半死的夫人诀别（解剖时亲属不准在旁的）。满心毒魔似的难受，他出了医院，走在道上，走上桥上，像得了离魂病似的，心脉舂臼似的跳着，最后他听着了教堂和缓的钟声，他就不自主的跟着钟声，进了教堂，跟着在做礼拜的跪着，祷告，忏悔，祈求，唱诗，流泪（他并不是信教的人），他这样的捱过时刻，后来回转医院时，一步步都是惨酷的磨难，比上行刑场的犯人，加倍的难受，他怕见医生与护士，仿佛他的命运是在他们手掌里握着。事后他对人说："我这才知道了人生一点子的意味！"

五

所以不曾经历过精神或心灵的大变的人们，只是在生命的户外徘徊，也许偶尔猜想到几分墙内的动静，但总是浮的浅的，不切实的，甚至完全是隔膜的。人生也许是个空虚的幻梦，但在这幻象中，生与死，恋爱与痛苦，毕竟是陡起的奇峰，应得激动我们彷徨者的注意，在此中也许有可以感悟到一些幻里的真，虚中的实，这浮动的水泡不曾破裂以前，也应得饱吸自由的日光，反射几丝颜色！

我是一只不羁的野驹，我往往纵容想像的猖狂，诡辩人生的现实；比如凭借凹折的玻璃，觉察当前景色。但时而复再，我也能从烦嚣的杂响中听出清新的乐调，在炫耀的杂彩里，看出有条理的意匠。这次祖母的大故，老家庭的生活，给我不少静定的时刻，不少深刻的反省。我不敢说我因此感悟了部分的真理，或是取得了若干的智慧；我只能说我因此与实际生活更深了一层的接触，益发激动我对于人生种种好奇的探讨，益发使我惊讶这迷谜的玄妙，不但死是神奇的现象，不但生命与呼吸是神奇的现象，就连日常的生活与习惯与迷信，也好像放射着异样的光闪，不容我们擅用一两个形容词来概状，更不容我们昌言什么主义来抹煞——一个革新者的热心，碰着了实在的寒冰！

我在我的日记里翻出一封不曾写完不曾付寄的信，是我祖母死后第二天的早上写的。我那时在极强烈的极鲜明的时刻内很想把那几日经过的感想与疑问，痛快的写给一个同情的好友，使他在数千里外也能分尝我强烈的鲜明的感情。那位同情的好友我选中了通伯，但那封信却只起了一个呆重的头，一为丧中忙，二为我那时眼热不耐用心，始终不曾写就，一直挨到现在再想补写，恐怕强烈已经变弱，鲜明已经透暗，逃亡的囚逋，不易追获的了。我现在把那封残信录在这里，再来追摹当时的情景。

通伯：

我的祖母死了！从昨夜十时半起，直到现在，满屋子只是号啕呼抢的悲音，与和尚、道士、女僧的礼忏鼓磬声。二十年前祖父丧时的情景，如今又在眼前了。忘不了的情景！你愿否听我讲些？

我一路回家，怕的是也许已经见不到老人，但老人却在生死的交关仿佛存心的弥留着，等待她最钟爱的孙儿——即不能与他开言诀别，也使他尚能把握她依然温暖的手掌，抚摩她依然跳动着的胸怀，凝视她依然能自开自阖虽则不再能表情的目睛。她的病是脑充血的一种，中医称为“卒中”（最难救的中风）。她十日前在暗房里蹶仆倒地，从此不再开口出言，登仙似的结束了她八十四年的长寿，六十年良妻与贤母的辛勤，她现在已经永远的脱辞了烦恼的人间，还归她清净自在的来处。我们承受她一生的厚爱与荫泽的儿孙，此时亲见，将来追念。她最后的神化，不能自禁中怀的摧痛，热泪暴雨似的盆涌，然痛心中却亦隐有无穷的赞美，热泪中依稀想见她功成德备的微笑，无形中似有不朽的灵光，永远的临照她绵衍的后裔……

七

旧历的乞巧那一天，我们一大群快活的游踪，驴子灰的黄的白的，轿子四个脚夫抬的，正在山海关外，纡回的，曲折的绕登角山的栖贤寺，面对着残圮的长城，巨虫似的爬山越岭，隐入烟霭的迷茫。那晚回北戴河海滨住处，已经半夜，我们还打算天亮四点钟上莲峰山去看日出，我已经快上床，忽然想起了，出去问有信没有，听差递给我一封电报，家里来的四等电报，我就知道不妙，果然是“祖母病危速回”！我当晚就收拾行装，赶早上六时车到天津，晚上才上津浦快车。正嫌路远车慢，半路又为水发冲坏了轨道过不去，一停就停了十二点钟有余，在车里多过了一夜，直到第三天的中午方才过江上沪宁车。这趟车如其准点到上海，刚好可以接上沪杭的夜车，谁知道又误了点，误了不多不少的一分钟，一面我们的车进站，他们的车头呜的一声叫，别断别断的去了！我若然是空身子，还可以冒险跳车，偏偏我的一双手又被行李雇定了，所以只得定着眼睛送它走。

所以直到八月二十二日的中午我方才到家。我给通伯的信说“怕是已经见不着老人”，在路上那几天真是难受，缩不短的距离没有法子，但是那急人的水发，急人的火车，几面凑拢来，叫我整整的迟一昼夜到家！试想病危了的八十四岁的老人，这二十四点钟不是容易过的，说不定她刚巧在这个期间内有什么动静，那才叫人抱憾哩！但是结果还算没有多大的差池——她老人家还在生死的交关等着！

八

奶奶——奶奶——奶奶！——奶奶！你的孙儿回来了！奶奶！没有回音。老太太阖着眼，仰面躺在床里，右手拿着一把半旧的雕翎扇很自在的扇动着。老太太原来就怕热，每年暑天总是扇子不离手的，那几天又是特别的热。这还不是好好的老太太，呼吸顶匀净的，定是睡着了，谁说危险！奶奶，奶奶！她把扇子放下了，伸手去摸着头顶上挂着的冰袋，一把抓得紧紧的，呼了一口长气，像是暑天赶道儿的喝了一杯凉汤似的，这不是她明明的有感觉不是？我把她的手拿在我的手里。她似乎感觉我手心的热，可是她也让我握着，她开眼了！右眼张得比左眼开些，瞳子却是发呆，我拿手指在她的眼前一挑，她也没有瞬，那准是她瞧不见了——奶奶，奶奶，——她也真没有听见，难道她真是病了，真是危险，这样爱我疼我宠我的好祖母，难道真会得……我心里一阵的难受，鼻子里一阵的酸，滚热的眼泪就迸了出来。这时候床前已经挤满了人，我的这位，我的那位，我一眼看过去，只见一片惨白忧愁的面色，一双双装满了泪珠的眼眶，我的妈更看的憔悴。她们已经伺候了六天六夜，妈对我讲祖母这回不幸的情形，怎样的她夜饭前还在大厅上吩咐事情，怎样的饭后进房去自己擦脸，不知怎样的闪了下去，外面人听着响声进去，已经是不能开口了，怎样的请医生，一直到现在还没有转机……

一个人到了天伦骨肉的中间，整套的思想情绪，就变换了式样与颜色。你的不自然的口音与语法没有用了；你的耀眼的袍服可以不必穿了；你的洁白的天使的翅膀，预备飞翔出人间到天堂的，不便在你的慈母跟前自由的开豁；你的理想的楼台亭阁，也不轻易的放进这二百年的老屋；你的佩剑，要塞，以及种种的防御，在竞争的外界即使是必要的，到此只是可笑的累赘。在这里，不比在其余的地方，他们所要求于你的，只是随熟的声音与笑貌，只是好的，纯粹的本性，只是一个没有斑点子的赤裸裸的好心。在这些纯爱的骨肉的经纬中心，不由得你不从你的天性里抽出最柔弱亦最有力的几缕丝线来加密或是缝补这幅天伦的结构。

所以我那时坐在祖母的床边，含着两朵热泪，听母亲叙述她的病况，我脑中发生了异常的感想，我像是至少逃回了二十年的光阴，正如我膝前子侄辈一般的高矮，回复了一片纯朴的童真，早上走来祖母的床前，揭开帐子叫一声软和的奶奶，她也回叫了我一声，伸手到里床去摸给我一个蜜枣或是三片状元糕，我又叫了一声奶奶，出去玩了，那是如何可爱的辰光，如何可爱的天真，但如今没有了，再也不回来了，现在床里躺着的，还不是我的亲爱的祖母，十个月前我伴着到普陀登山拜佛清健的祖母，但现在何以不再答应我的呼唤，何以不再能表情，不再能说话，她的灵性哪里去了，她的灵性哪里去了？

九

一天，一天，又是一天——在垂危的病榻前过的时刻，不比平常飞驶无碍的光阴，时钟上同样的一声嘀嗒，直接的打在你的焦急的心里，给你一种模糊的隐痛——祖母还是照样的眠着，右手的脉自从起病以来已是极微仅有的，但不能动弹的却反是有脉的左侧，右手还是不时在挥扇，但她的呼吸还是一例的平匀，面容虽不免瘦削，光泽依然不减，并没有显著的衰象，所以我们在旁边看她的，差不多每分钟都盼望她从这长期的睡眠中醒来，打一个呵欠，就开眼见人，开口说话——果然她醒了过来，我们也不会觉得离奇，像是原来应当似的。但这究竟是我们亲人绝望中的盼望，实际上所有的医生，中医、西医、针医，都已一致的回绝。说这是“不治之症”。中医说这脉象是凭证，西医说脑壳里血管破裂，虽则植物性机能——呼吸、消化——不曾停止，但言语中枢已经断绝——此外更专门更玄学更科学的理论我也记不得了。所以暂时不变的原因，就在老太太本来的体元太好了，拳术家说的“一时不能散工”，并不是病有转机的兆头。

我们自己人也何尝不明白这是个绝症；但我们却总不忍自认是绝望：这“不忍”便是人情。我有时在病榻前，在凄恻的静默中，发生了重大的疑问。科学家说人的意识与灵感，只是神经系统最高的作用，这复杂、微妙的机械，只要部分有了损伤或是停顿，全体的动作便发生相当的影响；如其最重要的部分受了扰乱，他不是变成反常的疯癫，便是完全的失去意识。照这一说，体即是用，离了体即没有用；灵魂是宗教家的大谎，人的身体一死什么都完了。这是最干脆不过的说法，我们活着时有这样有那样已经足够麻烦，尽够受，谁还有兴致，谁还愿意到坟墓的那一边再去发生关系，地狱也许是黑暗的，天堂是光明的，但光明与黑暗的区别无非是人类专擅的假定，我们只要摆脱这皮囊，还归我清静，我就不愿意头戴一个黄色的空圈子，合着手掌跪在云端里受罪！

再回到事实上来，我的祖母——一位神智最清明的老太太——究竟在哪里？我既然不能断定因为神经部分的震裂，她的灵感性便永远的消灭，但同时她又分明的失却了表情的能力，我只能设想她人格的自觉性，也许比平时消淡了不少，却依旧是在着，像在梦魇里将醒未醒时似的，明知她的儿女孙曾不住的叫唤她醒来，明知她即使要永别也总还有多少的嘱咐，但是可怜她的眼球再不能反映外界的印象，她的声带与口舌再不能表达她内心的情意，隔着这脆弱的肉体的关系，她的性灵再不能与她最亲的骨肉自由的交通——也许她也在整天整夜的伴着我们焦急，伴着我们伤心，伴着我们出泪，这才是可怜，这才真叫人悲感哩！

十

到了八月二十七那天，离她起病的第十一天，医生吩咐脉象大大的变了，叫我们当心，这十一天内每天她只咽入很困难的几滴稀薄的米汤，现在她的面上的光泽也不如早几天了，她的目眶更陷落了，她的口部的筋肉也更宽弛了，她右手的动作也减少了，即使拿起了扇子也不再能很自然的扇动了——她的大限的确已经到了。但是到晚饭后，反是没有什么显象。同时一家人着了忙，准备寿衣的，准备冥银的，准备香灯等等的。我从里走出外，又从外走进里，只见匆忙的脚步与严肃的面容。这时病人的大动脉已经微细得不可辨，虽则呼吸还不至怎样的急促。这时一家的骨肉已经齐集在病房里，等候那不可避免的时刻。到了十时光景，我和我的父亲正坐在房的那一头一张床上，忽然听得一个哭叫的声音说——“大家快来看呀，老太太的眼睛张大了！”这尖锐的喊声，仿佛是一大桶的冰水浇在我的身上，我所有的毛管一齐竖了起来，我们踉跄的奔到了床前，挤进了人丛。果然，老太太的眼睛张大了，张得很大了！这是我一生从不曾见过，也是我一辈子忘不了的眼见的神奇。（恕罪我的描写！）不但是两眼，面容也是绝对的神变了（transfigured）；她原来皱缩的面上，发出一种鲜润的彩泽，仿佛半淤的血脉，又一度充满了生命的精液，她的口，她的两颊，也都回复了异样的丰润：同时她的呼吸渐渐的上升，急进的短促，现在已经几乎脱离了气管，只在鼻孔里脆响的呼出了。但是最神奇不过的是一双眼睛！她的瞳孔早已失去了收敛性，呆顿的放大了。但是最后那几秒钟！不但眼眶是充分的张开了，不但黑白分明，瞳孔锐利的紧敛了，并且放射着一种不可形容，不可信的辉光，我只能称它为“生命最集中的灵光”！这时候床前只是一片的哭声，子媳唤着娘，孙子唤着祖母，婢仆争喊着老太太，几个稚龄的曾孙，也跟着狂叫太太……但老太太最后的开眼，仿佛是与她亲爱的骨肉，作无言的诀别，我们都在号泣的送终，她也安慰了，她放心的去了。在几秒钟内，死的黑影已经移上了老人的面部，遏灭了生命的异彩，她最后的呼气，正似水泡破裂，电光杳灭，菩提的一响，生命呼出了窍，什么都止息了。

老太太最后的开眼，仿佛是与她亲爱的骨肉，作无言的诀别。

十一

我满心充塞了死象的神奇，同时又须顾管我有病的母亲，她那时出性的号啕，在地板上滚着，我自己反而哭不出来；我自己也觉得奇怪了，眼看着一家长幼的涕泪滂沱，耳听着狂沸似的呼抢号叫，我不但不发生同情的反应，却反而达到了一个超感情的，静定的，幽妙的意境，我想像的看见祖母脱离了躯壳与人间，穿着雪白的长袍，冉冉的上升天去，我只想默默的跪在尘埃，赞美她一生的功德，赞美她一生的圆寂。这是我的设想！我们内地人却没有这样纯粹的宗教思想；他们的假定是不论死的是高年厚德的老人或是无知无愆的幼孩，或是罪大恶极的凶人，临到弥留的时刻总是一例的有无常鬼，摸壁鬼，牛头马面，赤发獠牙的阴差等等到门，拿着镣链枷锁，来捉拿阴魂到案。所以烧纸帛是平他们的暴戾，最后的呼抢是没奈何的诀别。这也许是大部分临死时实在的情景，但我们却不能概定所有的灵魂都不免遭受这样的凌辱。譬如我们的祖老太太的死，我只能想她是登天，只能想像她慈祥的神化——像那样鼎沸的号啕，固然是至性不能自禁，但我总以为不如匐伏隐泣或默祷，较为近情，较为合理。

理智发达了，感情便失了自然的浓挚；厌世主义的看来，眼泪与笑声一样是空虚的，无意义的。但厌世主义姑且不论，我却不相信理智的发达，会得妨碍天然的情感；如其教育真有效力，我以为效力就在剥削了不合理性的“感情作用”，但决不会有损真纯的感情；他眼泪也许比一般人流得少些，但他等到流泪的时候，他的泪才是应流的泪。我也是知识愈开流泪愈少的一个人，但这一次却也真的哭了好几天。一次是伴我的姑母哭的，她为产后不曾复元，所以祖母的病一直瞒着她，一直到了祖母故后的早上方才通知她。她扶病来了。她还不曾下轿，我已经听出她在啜泣，我一时感到一阵的悲伤，等到她出轿放声时，我也在房中歔欷不住。又一次是伴祖母当年的赠嫁婢哭的。她比祖母小十一岁，今年七十三岁，亦已是个白发的婆子，她也来哭她的“小姐”，她是见着我祖母的花烛的唯一的人，她一哭我也哭了。

再有是伴我的父亲哭的。我总是觉得一个身体伟大的人，他动情感的时候，动人的力量也比平常人伟大些。我见了我父亲哭泣，我就忍不住要伴着淌泪。但是感动我最强烈的几次，是他一人倒在床里，反复的啜泣着，叫着妈，像一个小孩似的，我就感到最热烈的伤感，在他伟大的心胸里浪涛似的起伏，我就感到母子的感情的确是一切感情的起原与总结，等到一失慈爱的荫庇，仿佛一生的事业顿时莫有了根柢，所有的快乐都不能填平这唯一的缺陷；所以他这一哭，我也真哭了。

但是我的祖母果真是死了吗？她的躯体是的。但她是不死的。诗人勃兰恩德（Bryant）说：

> So Live, that when thy summons comes to join the innumerable caravan which moves to that mysteriousr-ealm where each one takes his chamber in the silent halls of death, then go not, like the quarry slave at night scurged to his dungeon, but sustained and soothed.
>
> By an unfaltering truth, approach thy grave like one that wraps the drapery of his couch, about him, and lies down to Pleasant dreams.

如果我们的生前是尽责任的，是无愧的，我们就会安坦的走近我们的坟墓，我们的灵魂里不会有惭愧或悔恨的刀痕。人生自生至死，如勃兰恩德的比喻，真是大队的旅客在不尽的沙漠中进行，只要良心有个安顿，到夜里你卧倒在帐幕里也就不怕噩梦来缠绕。

我的祖母，在那旧式的环境里，到我们家来五十九年，真像是做了长期的苦工，她何尝有一日的安闲，不必说子女的嫁娶，就是一家的柴米油盐，扫地抹桌，哪一件事不在八十岁老人早晚的心上！我的伯父快近六十岁了，但他的起居饮食，还差不多完全是祖母经管的，初出世的曾孙如其有些身热咳嗽，老太太晚上就睡不安稳；她爱我宠我的深情，更不是文学所能描写；她那深厚的慈荫，真是无所不包，无所不蔽。但她的身心即使劳碌了一生，她的报酬却在灵魂无上的平安；她的安慰就在她的儿女孙曾，只要我们能够步她的前例，各尽天定的责任，她在冥冥中也就永远的微笑了。

十一月二十四日

关于女子

苏州！谁能想像第二个地名有同样清脆的声音，能唤起同样美丽的联想，除是南欧的威尼市或翡冷翠，那是远在异邦，要不然我们就得追想到六朝时代的金陵广陵或许可以仿佛？当然不是杭州，虽则苏杭是常联着说到的；杭州即使有几分美秀，不幸都教山水给占了去，更不幸就那一点儿也成了问题：你们不听说雷峰塔已经教什么国术大力士给打个粉粹，西湖的一汪水也教大什么会的电灯给照干了吗？不，不是杭州；说到杭州我们不由的觉得舌尖上有些儿发锈。所以只剩了一个苏州准许我们放胆的说出口，放心的拿上手。比是乐器中的笙箫，有的是袅袅的余韵。比是青青的柏子，有的是沁人心脾的留香。在这里，不比别的地处，人与地是相对无愧的；是交相辉映的；寒山寺的钟声与吴侬的软语一般的令人神往；虎丘的衰草与玄妙观的香烟同样的勾人留恋。

但是苏州——说也惭愧，我这还是第二次到，初次来时只匆匆地过了一宵，带走的只有采芝斋的几罐糖果和一些模糊的印象。就这次来也不得容易。要不是陈淑先生相请的殷勤。——聪明的陈淑先生，她知道一个诗人的软弱，她来信只淡淡的说你再不来时天平山经霜的枫叶都要凋谢了——要不是她的相请的殷勤，我说，我真不知道几时才得偷闲到此地来，虽则我这半年来因为往返沪宁间每星期得经过两次，每星期都得感到可望而不可即的惆怅。为再到苏州来我得感谢她。但陈先生的来信却不单单提到天平山的霜枫，她的下文是我这半月来的忧愁：她要我来说话——到苏州来向女同学说话！我如何能不忧愁？当然不是愁见诸位同学，我愁的我现在这相儿，一个人孤伶伶地站在台上说话！我们这坐惯冷板凳日常说废话的所谓教授们最厌烦的，不瞒诸位说，就是我们自己这无可奈何的职务——说话（我再不敢说讲演，那样粗蠢的字样在苏州地方是说不出口的）。

就说谈话吧，再让一步，说随便谈话吧，我不能想像更使人窘的事情！要你说话，可不指定要你说什么，“随便说些什么都行”，那天陈先生在电话里说。你拿艳丽的朝阳给一只芙蓉或是一只百灵，它就对你说一番极美丽动听的话；即使它说过了你冒失的恭维它说你这“讲演”真不错，它也不会生气，也不会惭愧，但不幸我不是芙蓉更不是百灵。我们乡里有一句俗话说宁愿听苏州人吵架，不愿听杭州人谈话。我的家乡又不幸是在浙江，距着杭州近，离着苏州远的地处。随便说话，随你说什么，果然我依了陈先生扯上我的乡谈，恐怕要不到三分钟你们都得想念你们房里备着的八卦丹或是别的止头痛的药片了！

但陈先生非得逼我到，逼我献丑，写了信不够，还亲自到上海来邀。我不能不答应来。“但是我去说些什么呢，苏州，又是女同学们？”那天我放下陈先生的电话心头就开始踌躇。不要忙，我自己安慰自己说，在上海不得空闲，到南京去有一个下午可以想一想。那天在车上倒是有福气看到镇江以西，尤其是栖霞山一带的雪叶。虽则那草上是雾茫茫的，但雪总是好东西，它盖住地面的不平和丑陋，它也拓开你心头更清凉的境界，山变了银山，树成了玉树，窗以外是彻骨的凉，彻骨的静，不见一个生物，鸟雀们不知藏躲在哪里，雪花密团团的在半空里转。栖霞那一带的大石狮子，雄踞在草田里张着大口向着天的怪东西，在雪地里更显得白，更显得壮，更见得精神。在那边相近还有一座塔，建筑雕刻，都是第一流的美术，最使人想见六朝的风流，六朝的闲暇。在那时政治上没有统一的野心家，江以南，江以北，各自成家，汉也有，胡也有，各造各的文化。且不说龙门，且不说云冈，就这栖霞的一些遗迹，就这雄踞在草田里的大石狮，已够使我们想见当时生活的从容，气魄的伟大，情绪的俊秀。

我们在现代感到的只是局促与忽忙。我们真是忙，谁都是忙。忙到倦，忙到厌。但忙的是什么？为什么忙？我们的子孙在一千年后，如其我们的民族再活得到一千年，回看我们的时代，他们能不能了解我们的匆忙？我们有什么东西遗留给他们可以使他们骄傲，宝贵，值得他们保存，证见我们的存在，认识我们的价值，可以使他们永久停留他们爱慕的纪念——如同那一只雄踞在草田里的大石狮？我们诗人文人贡献了些什么伟大的诗篇与文章？我们的建筑与雕刻，且不说别的，有哪样可以留存到一百年乃至十年五年而还值得一看的？我们的画家怎样描写宇宙的神奇？我们哪一个音乐家是在解释我们民族的性灵的奥妙？但这时候我眼望着的江边的雪地已经戏幕似的变形成为北方赤地几千里的灾区，黄沙天与黄土地的中间只有惨淡的风云，不见人烟的村庄以及这里那里枝条上不留一张枯叶的林木，我也望得见几千万已死的将死的未死的人民，在不可名状的苦难中为造物主的地面上留下永久的羞耻。在他们迟钝的眼光中，他们分明说他们的心脏即使还在跳动他们已经失去感觉乃至知觉的能力，求生或将死的呼号早已逼死在他们枯竭的咽喉里；他们分明说生活、生命，乃至单纯的生存已经到了绝对的绝境，前途只是沙漠似的浩瀚的虚无与寂灭，期待着他们，引诱着他们，如同春光，如同微笑，如同美。我也望见勾结在连环战祸中的区域与民生；为了谁都不明白的高深的主义或什么的相互的屠杀，我也望见那少数的妖魔，踞坐在跸卫森严的魔窟中计较下一幕的布景与情节，为表现他们的贪，他们的毒，他们的野心，他们的威灵，他们手擎着全体民族的命运当作一掷的孤注。我也望见这时代的烦闷毒气似的在半空里没遮拦的往下盖，被牺牲的是无量数春花似的青年。这憧憬中的种种都指点着一个归宿，一个结局——沙漠似的浩瀚的虚无与寂灭，不分疆界永不见光明的死。

我方才不还在眷恋着文化的消沉吗？文化，文化，这呼声在这可怖的憧憬前，正如灾民苦痛的呼声，早已逼死在枯竭的咽喉里，再也透不了声响，但就这无声的叫喊已经在我的周围引起异怪的回响，像是哭，像是笑，像是鸱枭，像是鬼……

但这声响来源是我座位邻近一位肥胖的旅伴的雄伟的呵欠。在这呵欠声中消失了我重叠的幻梦似的憧憬，我又见到了窗外的雪，听到车轮的响动。下关的车站已经到了。

我能把我这一路的感想拉杂来充当我去苏州的谈话资料

吗？我在从下关进城时心里计较。秀丽的苏州，天真的女同学们，能容受这类荒伧，即使不至怪诞的思想吗？她们许因为我是教文学的想从我听一些文学掌故或文学常识。但教书是无可奈何，我最厌烦的是说本行话。他们又许因为我曾经写过一些诗是在期望一个诗人的谈话，那就得满缀着明月和明星的光彩，透着鲜花与鲜草的馨香，要不然她们竟许期待着雪莱的云雀或是济慈的夜莺。我的倒像是鸱枭的夜蹄，不是太煞尽了风景？这，我又转念，或许是我的过虑，他们等着我去谈话正如他们每月或每星期等着别人去谈话一样，无非想听几句可乐的插科与诙谐，（如其有的话，那算是好的。）一篇，长或是短，勉励或训诲的陈腐（那是你们打呵欠乃至瞌睡的机会），或是关于某项专门知识的讲解（那你们先生们示意你们应得掏出铅笔在小本子上记下的），写了几句自己谦让道歉不曾预备得好的话，在这末尾与他鞠躬下台时你们多少间酬报他一些鼓掌，就算完事一宗，但事实上他讲的话，正如讲的人，不能希望（他自己也不希望）在你们的脑筋里留有仅仅隔夜的印象，某人不是到你们这里来讲过的吗，隔几天许有人问，嗄，不错是有的，他讲些什么了？谁知道他讲什么来了，我一句也没有听进去，不是你提起，我忘都忘了我听过他讲哪！

这是一班到处应酬讲演人的下场头，他们事实上只配得这样的下场头。穷、窘、枯、干，同学们，是现代人们的生活。干、枯、窘、穷，同学们，是现代人们的思想。不要把上年纪的人们，占有名气或地位的人们看太高了，他们的苦衷只有他们自家得知，这年头的荒歉是一般的。

也不知怎的我想起来说些关于女子的杂话。不是女子问题。我不懂得科学，没有方法来解剖“女子”这个不可思议的现象。我也不是一个社会学家，搬弄一套现成的名词来清理恋爱，改良婚姻或是家庭。我也没有一个道学家的权威，来督责女子们去做良妻贤母，或奖励她们去做不良的妻不贤的母。我没有任何解决或解答的能力。我自己所知道的只是我的意识的流动，就那个我也没有支配的力量。就比是隔着雨雾望远山的景物，你只能辨认一个大概。也不知是哪里来的光照亮了我意识的一角，给我一个辨认的机会，我的困难是在想用粗笨的语言来传达原来极微纤的印象，像是想用粗笨的织针来绘描细致的图案。我今天所要查考的，所以不是女子，更不是什么女子问题，而是我自己的意识的一个片段。

我说也不知怎的我的思想转上了关于女子的一路。最显浅的原由，我想，当然是为我到一个女子学校里来说话。但此外的也还有别的给我暗示的机会。有一天我在一家书店门首见着某某女士的一本新书的广告，书名是《蠹鱼生活》。这倒是新鲜，我想，这年头有甘心做书虫的女子。三百年来女子中多的是良妻贤母，多的是诗人词人，但出名的书虫不就是一位郝夫人王照圆女士吗？这是一件事，再有是我看到一篇文章英国一位名小说家做的她说妇女们想从事著述至少得有两个条件；一是她得有她自己的一间屋子，这她随时有关上或锁上的自由；二是她得有五百一年 （那合华银有六千元）的进益。她说的是外国情形，当然和我们的相差得远，但原则还不一样是相通的？你们或许要说外国女人当然比我们强，我们怎好跟她们比；她们的环境要比我们的好多少，她们的自由要比我们的大多少；好，外国女人，先让我们的男人比上了外国的男人再说女人吧！

可是你们先别气馁，你们来听听外国女人的苦处。在Queen Anne[①]的时候，不说更早，那就是我们清朝乾隆的时候，有天才的贵族女子们（平民更不必说了）实在忍不住写下了些诗文就许往抽屉里堆着给蛀虫们享受，哪敢拿著作公开给庄严伟大的男子们看，那不让他们笑掉了牙。男人是女人的“反对党”，Lady Winchilsea说。趁早，女人，谁敢卖弄谁活该遭殃，才学那是你们的分！一个女人拿起笔就像是在做贼，谁受得了男人们的讥笑。别看英国人开通，他们中间多的是写《妇学篇》的章实斋。倒是章先生那板起道学面孔公然反对女人弄笔墨还好受些。他们的浦伯，他们的John Gray[②]，他们管爱文学有才情的女人叫做蓝袜子，说她们放着家务不管，“痒痒的就爱乱涂”。（Mar garet of New castle）。另一位才学的女子，也愤愤的说：“女人像蝙蝠或猫头鹰似的活着，牲口似的工作，虫子似的死……”且不说男人的态度，女性自己的谦卑也是可以的。Dorothy Osbume那位清丽的书翰家一写到那位有文才的爵夫人就生气，她说：“那可怜的女人准是有点儿偏心的，她什么傻事不做倒来写什么书，又况是诗，那不太可笑了，要是我就算我半个月不睡觉我也到不了那个。”奥斯朋自己可没有想到自己的书翰在千百年后还有人当作宝贵的文学作品念着，反比那“有点儿偏心胆敢写书的女人”风头出得更大，更久！

再说近一点，一百年前英国出一位女小说家，她的地位，有一个批评家说，是离着莎士比亚不远的Jane Austen——她的环境

---

① Queen Anne：安妮女王（1665–1714），英国女王。

② John Gray：格雷（1866–1934），英国诗人。

也不见得比你们的强。实际上她更不如我们现代的女子。再说她也没有一间她自己可以开关的屋子，也没有每年多少固定的收入。她从不出门，也见不到什么有学问的人；她是一位在家里养老的姑娘，看到有限几本书，每天就在一间永远不得清静的公共起坐间里装作写信似的起草她的不朽的作品。“女人从没有半个钟头”，Florence Nightingale[①]说：“女人从没有半个钟头可以说是她们自己的。”再说近一点，白龙德（Bronti）姊妹们，也何尝有什么安逸的生活。在乡间，在一个牧师家里，她们生，她们长，她们死。她们至多站在露台上望望野景，在雾茫茫的天边幻想大千世界的形形色色，幻想她们无颜色无波浪的生活中所不能的经验。要不是她们卓绝的天才，蓬勃的热情与超越的想像，逼着她们不得不写，她们也无非是三个平常的乡间女子，都死在无欢的家里，有谁想得到她们——光明的十九世纪于她们有什么相干，她们得到了些什么好处？

说起来还是我们的情形比他们的见强哪。清朝的大文人王渔洋、袁子才、毕秋帆、陈碧城都是提倡妇女文学最大的功臣。要不是他们几位间接与直接的女弟子的贡献，清朝一代的妇女文学还有什么可述的？要不是他们那时对于女子做诗文做学问的铺张扬厉，我们那位文史通义先生也不至于破口大骂自失身分到这样可笑的地步。他在妇学篇里说——

> 近有无耻文人，以风流自命，蛊惑士女，大率以优

① Florence Nightingale：南丁格尔（1820–1910），护理事业创始人，现代护理教育的奠基人。

> 伶杂剧所演才子佳人惑人，大江以南名门大家闺阁，多为所诱，征诗刻稿，标榜声名，无复男女之嫌，殆忘其身之雌矣。此等闺娃，妇学不修，岂有真才可取，而为邪人播弄，浸成风俗，人心世道，大可忧也。

章先生要是活到今天看见女子上学堂，甚至和男子同学，上衙门公司店铺工作和男子同事，进这个那个的党和男子同志，还不把他老人家活活的给气瘪了！

所以你们得记得就在英国，女权最发达的一个民族，女子的解放，不论哪一方面，都还是近时的事情。女子教育算不上一百年的历史。女子的财产权是五十年来才有法律保障的。女子的政治权还不到十年。但这百年来女性方面的努力与成绩不能不说是惊人的。在百年以前的人类的文化可说完全是男性的成绩，女性即使有贡献是极有限的或至多是间接的，女子中当然也不少奇才异能，历史上不少出名的女子，尤其是文艺方面。希腊的沙浮至今还是个奇迹。中世纪的Hypatia，Heloise是无可比的。英国的依利萨伯，唐朝的武则天，她们的雄才大略，哪一个男子敢不低头？十八世纪法国的沙龙夫人们是多少天才和名著的保姆。在中国，我们只要记起曹大家的汉书，苏若兰的回文，徐淑、蔡文姬、左九嫔的词藻，武诩的升仙太子碑，李若兰、鱼玄机的诗，李清照、朱淑真的词，明文氏的九骚——哪一个不是照耀百世的奇才异禀。

这固然是，但就人类更宽更大的活动方面看，女性有什么可以自傲的？有女莎士比亚女司马迁吗？有女牛顿女培根吗？有女柏拉图女但丁吗？就说到狭义的文艺，女性的成绩比到男性的还不是培塿比到泰山吗?你怪得男性傲慢,女性气馁吗?

在英国乃至全欧洲,奥斯丁以前的可以说女性没有一个成家的作者。从依利萨伯至法国革命查考得到的女子作品只是小诗与故事。就中国论,清朝一代相近三百年间的女作家,按新近钱单夫人的《清闺秀艺文略》看,可查考的有二千三百十二人之多,但这数目,按胡适之先生的统计,只有百分之一的作品是关于学问,例如考据历史、算学、医术,就那也说不上有什么重要的贡献,此外百分之九十九都是诗词一类的文学,而且妙的地方是这些诗集诗卷的题名,除了风花雪月一类的风雅,都是带着虚心道歉的意味,仿佛她们都不敢自信女子有公然著作成书的特权似的,都得声明这是她们正业以外的闲情,本算不上什么似的,因之不是绣余,就是爨余,不是红余,就是针余,不是脂余梭余,就是织余绮余(陈圆圆的职业特别些,她的词集叫舞余词),要不然就是焚余烬余未焚未烧未定一类的通套,再不然就是断肠泪稿一流的悲苦字样。(除了秋瑾的口气那是不同些。)情形是如此,你怪得男性的自美,女性的气短吗?

但这文化史上女性远不如男性的情形自有种种的解释,自然的趋势,女性当然不能藉此来证明女子的能力根本不如男子,女性也不能完全推托到男性有意的压迫。谁要奇怪女性迟缓,要问何以女权论要等到玛丽乌尔夫顿克辣夫德方有具体的陈词,只须记得人权论要本身也要到相差不远的日子才出世。人的思想的能力是奇怪的,有时他连窜带跳的在短时期内发现了很多,例如希腊黄金时代与近一百五十年来的欧洲,有时睡梦迷糊的在长时期一无新鲜,例如欧洲的中世纪或中国的明代。它不动的时候就像是冬天，一切都是静定的无生气的，就像是生命再不会回来，但它一动的时候那就比是春雷的一震，转眼间就是蓬勃绚烂的春时。在欧洲从亚理斯多德直到卢梭乃至叔本华，没有一个思想家不承认男女的不平等是当然的，绝对不值得并且也无从研究的；即使偶有几个天才不容自掩的女子，在中国我们叫作才女，那还是客气的，如同叫长花毛的鸭作锦鸡，在欧洲百年前叫做蓝袜子，那就不免有嘲笑的意思。但自从约翰弥勒纯正通达论妇女论的大文出世以来，在理论上所有女性不如男性或是女性不能和男性享受平等机会以及共同负责文化社会的生存与进步的种种谬见、偏见与迷信都一齐从此失去了根据，在事实上在这百年来女性自强的努力也已经显明的证明，女性只要有同等的机会不论在哪样事情上都不能比男性不如；人类的前途展开了一个伟大的新的希望，就是此后文化的发展是两性共同的企业，不再是以前似的单性的活动。在这百年来虽则在别的方面人类依然不免继续他们的谬误、愚蠢、固执、迷信，但这百余年是可纪念的因为这至少是一个女性开始光荣的世纪。在政治上，在社会上，在法律与道德上，在理论方面，至少女性已经争得与男性完全平等的地位。在事实上，女子的职业一天增多一天，我们现在不易想像一种职业男性可以胜任而女性不能的——也许除了实际的上战场去打仗，但这项职业我们都希望将来有完全的淘汰的一天，我们决不希望温柔的女性在任何情形下转变成善斗杀的凶恶。文学与艺术不用说，女子是早就占有地位的，但近百年来的扩大也是够惊人的。诗人就说白朗宁夫人、罗刹蒂小姐、梅耐儿夫人三个名字已经是够辉煌的。小说更不用说，英美的出版界已有女作家超过男作家的趋势，在品质方面一如数量。George Eliot[①], George Sand[②], Brontë Sisters，近时如曼殊斐儿、薇金娜吴尔夫等等都是卓然成家为文字史上增加光彩的作者。演剧方面如沙拉贝娜 Duse[③], Ellen Terry[④]，都是人类永久不可磨灭的记忆。论跳舞，女子的贡献更分明的超过男子，我们不能想像一个男性的Isadora Duncan[⑤]。音乐、画、雕刻，女子的出人头地的也在天天的加多，科学与哲学，向来是男性的专业，但跟着教育的发展女子的贡献也在日渐的继长增高。你们只记得Madame Gurie[⑥]就可以无愧。讲到学问，现在有哪一门女子提不起来的。

但这情形，就按最先进几国说，至多也不过百年来的事，然而成绩已有如此的可观。再过了两千年，我想，男子多半再不敢对女子表示性的傲慢。将来的女子自会有她们的莎士比亚、培根、亚理斯多德、卢梭，正如她们在帝王中有过依利萨伯、武则天，在诗人中有过白朗宁、罗刹蒂，在小说家中有过奥斯丁与白龙德姊妹。我们虽则不敢预言女性竟可以有完全超越男性的一天，但我们很可以放心的相信此后女性对文化的贡献比现在总可以超过无量倍数，倒男子要担心到他的权威有摇动的危险的一天。

但这当然是说得很远的话。按目前情形，尤其是中国的，我们一方面固然感到女子在学问事业日渐进步的兴奋与快慰，但

---

① George Eliot：乔治·艾略特（1819–1880），英国女作家。

② George Sand：乔治·桑（1804–1876），法国女小说家。

③ Duse：杜丝（1858–1924），意大利著名的女戏剧演员。

④ Ellen Terry：特丽（1847–1928），英国著名女演员。

⑤ Isadora Duncan：邓肯（1877–1927），美国杰出女舞蹈家。

⑥ Madame Gurie：居里夫人（1867–1934），法国著名物理学家、化学家，生于波兰。

同时我们也深刻的感觉到种种阻碍的势力，还是很活动的在着。我们在东方几乎事事是落后的，尤其是女子，因为历史长，所以习惯深，习惯深所以解放更觉费力。不说别的，中国女子先就忍就了几千年身体方面绝无理性可说的束缚，所以人家的解放是从思想作起点，我们先得从身体解放起。我们的脚还是昨天放开的，我们的胸还是正在开放中。事实上固然这一代的青年已经不至感受身体方面的束缚，但不幸长时期的压迫或束缚是要影响到血液与神经的组织的本体的。即如说脚，你们现有的固然是极秀美的天足，但你们的血液与纤维中，难免还留有几十代缠足的鬼影。又如你们的胸部虽已在解放中，但我知道有的年轻姑娘们还不免感到这解放是一种可羞的不便。所以单说身体，恐怕也得至少到你们的再下去三四代才能完全实现解放，恢复自然发长的愉快与美。身体方面已然如此，别的更不用说了。再说一个女子当然还不免做妻做母，单就生产一件事说，男性就可以无忌惮的对女性说“这你总逃不了，总不能叫我来替代你吧”！事实上的确有无数本来在学问或事业上已经走上路的女子为了做妻做母的不可避免临了只能自愿或不自愿的牺牲光荣的成就的希望。这层的阻碍说要能完全去除，当然是不可能，但按现今种种的发明与社会组织与制度逐渐趋向合理的情形看，我们很可以设想这天然阻碍的不方便性消解到最低限度的一天。有了节育的方法，比如说，你就不必有生育除了你自愿，如此一个女子很容易在她十年的生活中匀出几个短期间来尽她对人类的责任。还有将来家庭的组织也一定与现在的不同，趋势是在去除种种不必要精力的消耗（如同美国就有新法的合作家庭，女子管家的担负不定比男子的重，彼此一样可以进行各人的事业）。所以问题倒不在这方面。成问题的是女子心理上母性的牢不可破，那与男子的父性是相差得太远了。我来举一个例。近代最有名的跳舞家Isadora Duncan在她的自传里说她初次生产时的心理，我觉得她说得非常的真。在初怀孕时她觉得处处的不方便，她本是把她的艺术——舞——看得比她的生命都更重要的，她觉得这生产的牺牲是太无谓了。尤其是在生产时感到极度的痛苦时（她的是难产），她是恨极了上帝叫女人担负这惨毒的义务；她差一点死了。但等到她的孩子一下地，等到看护把一个稀小的喷香的小东西偎到她身旁去吃奶时，她的快乐，她的感激，她的兴奋，她的母爱的激发，她说，简直是不可名状。在那时间她觉得生命的神奇与意义——这无上的创造——是绝对盖倒一切的，这一相比她原来看作比生命更重要的艺术顿时显得又小又浅，几乎是无所谓的了。在那时间把性的意识完全盖没了后天的艺术家的意识。上帝得了胜了！这，我说，才真是成问题，倒不在事实上三两个月的身体的不便这根蒂深而力道强的母性当然是人生的神秘与美的一个重要成分，但它多少总不免阻碍女子个人事业的进展。

所以按理论说男女的机会是实在不易说成完全平等的，天生不是一个样子你有什么办法？但我们也只能说到此，因为在一女子，母性的人格，母性的实现，按理是不应得与她个人的人格，个性的实现相冲突的。除了在不合理的或迷信打底的社会组织里，一个女子做了妻母再不能兼顾别的，她尽可以同时兼顾两种以上的资格，正如一个男子的父性并不妨害他的个性。就说 Duncan，她不能不说是一个母性特强（因为情感富强）的女子，但她事实上并不曾为恋爱与生育而至放弃她的艺术的追求。她一样完成了她的艺术。此外做女子的不方便当然比男子的多，但那些都是比较不重要的。

我们国内的新女子是在一天天可辨认的长成，从数千年来有形与无形的束缚与压迫中渐次透出性灵与身体的美与力，像一支在箨里中透露着的新笋。有形的阻碍虽则多，虽则强有力，还是比较容易克除的，无形的阻碍，心理上，意识与潜意识的阻碍，倒反需要更长时间与努力方有解脱的可能。分析的说，现社会的种种都还是不适宜于我们新女子的长成的。我再说一个例，比如演戏，你认识戏的重要，知道它的力量。你也知道你有舞台表演的天赋。那为你自己，为社会，你就得上舞台演戏去不是？这时候你就逢到了阻力。积极的或许你家庭的守旧与固执。消极的或许你见不到相当的同志与机会。这些就算都让你过去，你现在到了另一个难关。有一个戏非你充不可，比如说，那碰巧是演坏人，那是说按人事上习惯的评判，在表现艺术上是没有这种区分的，艺术须要你做，但你开始踌躇了。说一个实例，新近南国社演的《沙乐美》，那不是一个贞女，也不是一个节妇。有一位俞女士，她是名门世家的一位小姐，去担任主角。她只知道她当前表现的责任。事实上她居然排除了不少的阻难而登台演那戏了。有一晚她正演到要热慕的叫着“约翰我要亲你的嘴”，她瞥见她的母亲坐在池子里前排瞪着眼望着她，她顿时萎了，原来有热有力的声音与诗句几于嗫嚅的勉强说过了算完事。她觉得她再也鼓不住她为艺术的一往的勇气，在她母亲怒目的一视中，艺术家的她又萎成了名门世家事事依傍爱母的小姐——艺术失败了！习惯胜利了！

所以我说这类无形的阻碍力量有时更比有形的大。方才说的无非是现成的一个例。在今日一个女子向前走一个步都得有极大的决心和用力，要不然你非但不上前，你难说还向后退——根性、习惯、环境的势力，种种都牵制着你，阻搁着你。但你们各个人的成或败于未来完全性的新女子的实现都有关联。你多用一分力，多打破一个阻碍，你就多帮助一分，多便利一分新女子的产生。简单说，新女子与旧女子的不同是一个程度，不定是种类的不同。要做一个新女子，做一个艺术家或事业家，要充分发展你的天赋，实现你的个性，你并没有必要不做你父母的好女儿，你丈夫的好妻子，或是你儿女的好母亲——这并不一定相冲突的（我说不一定因为在这发轫时期难免有各种牺牲的必要，那全在你自己判清了利弊来下决断）。分别在旧观念是要求你做一个扁人，纸剪似的没有厚度没有血脉流通的活性，新观念是要你做一个真的活人，有血有气有肌肉有完全性的！这有完全性要紧——的一个个人。这分别是够大的，虽则话听来不出奇。旧观念叫你准备做妻做母，新观念并不叫你准备做妻做母，但在此外先要你准备做人，做你自己。从这个观点出发，别的事情当然都换了透视。我看古代留传下来的女作家有一个有趣味的现象。她们多半会写诗，这是说拿她们的心思写成可诵的文句。按传说说，至少一个女子的文才多半是有一种防身作用，比如现在上海有钱人穿的铁马甲。从周南的蔡人妻作的“芣莒三章”《召南》申人女“行露三章”《卫》共姜“柏舟诗”《陈风》“墓门”陶婴“黄鹄歌”宋韩凭妻“南山有乌”句乃至罗敷女“陌上桑”都是全凭编了几句诗歌而得幸免男性的侵凌的。还有卓文君写了“白头吟”，司马相如即不娶姨太太，苏若兰制了回文诗，扶风窦滔也就送掉他的宠妾。唐朝有几个宫妃在红叶上题了诗（“一人深宫里，无由得见春。题诗花叶上，寄与接流人。”）从御沟里放流出外因而得到夫婿的。此外更有多少女子作品不是慕就是怨。如是看来文学之于古代妇女多少都是于她们婚姻问题发生密切关系的。这本来是，有人或许说，就现在女子念书的还不是都为写情书的准备，许多人家把女孩送进学校的意思还不无非是为了抬高她在婚姻市场上的卖价？这类情形当然应得书篇似的翻阅过去，如其我们盼望新女子及早可以出世。

这态度与目标的转变是重要的。旧女子的弄文墨多少是一种不必要的装饰；新女子的求学问应分是一种发现个性必要的过程。旧女子的写诗词多少是抒写她们私人遭际与偶尔的情感；新女子的志向应分是与男子共同继承并且继续生产人类全部的文化产业。旧女子的志愿是承认女子无才便是德的大条件而后红着脸做的事情，因而绣余炊余一流的道歉；新女子的志愿是要为报复那一句促狭的造孽格言而努力给男性一个不容否认的反证。旧女子有才学的理想是李易安的早年的生涯——当然不一定指她的“被翻红浪，起来慵自梳头”一类的艳思——嫁一个风流跌宕一如赵明诚公子的夫婿（“赖有闺房如学舍，一编横放两人看”），这一些风流而兼风雅的日子；新女子——我们当然不能不许她私下期望一个风流的有情郎（“易求无价宝，难得有情郎”），但我们却同时期望她虽则身体与心肠的温柔都给了她的郎，她的天才她的能力却得贡献给社会与人类。

自　剖

我是个好动的人；每回我身体行动的时候，我的思想也仿佛就跟着跳荡。我做的诗，不论它们是怎样的“无聊”，有不少是在旅行期中想起的。我爱动，爱看动的事物，爱活泼的人，爱水，爱空中的飞鸟，爱车窗外掣过的田野山水。星光的闪动，草叶上露珠的颤动，花须在微风中的摇动，雷雨时云空的变动，大海中波涛的汹涌，都是在触动我感兴的情景。是动，不论是什么性质，就是我的兴趣，我的灵感。是动就会催快我的呼吸，加添我的生命。

近来却大大的变样了。第一我自身的肢体，已不如原先灵活；我的心也同样的感受了不知是年岁还是什么拘絷。动的现象再不能给我欢喜，给我启示。先前我看着在阳光中闪烁的金波，就仿佛看见神仙宫阙——什么荒诞美丽的幻觉不在我的脑中一闪闪的掠过；现在不同了，阳光只是阳光，流波只是流波，任凭景色怎样的灿烂，再也照不化我的呆木的心灵。我的思想，如其偶尔有，也只似岩上的藤萝，贴着枯干的粗糙的石面，极困难的蜒着；颜色是苍黑的，姿态是倔强的。

我自己也不懂得何以这变迁来得这样的兀突，这样的深彻。原先我在人前自觉竟是一注的流泉，时时有飞沫，时时有闪光；现在这泉眼，如其还在，仿佛是叫一块石板不留余隙的给镇住了。我再没有先前那样蓬勃的情趣，每回我想说话的时候，就觉着那石块的重压，怎么也掀不动，怎么也推不开，结果只能自安沉默！“你再不用想什么了，你再没有什么可想的了”；“你不用开口了，你再没有什么话可说的了”，我常觉得我沉闷的心府里有这样半嘲讽半吊唁的谆嘱。

说来我思想上或经验上也并不曾经受什么过分剧烈的戟刺。我处境是向来顺的，现在如其有不同，只是更顺了的。那么为什么有这变迁？远的不说，就比如我年前到欧洲去时的心境：啊！我那时还不是一只初长毛角的野鹿？什么颜色不激动我的视觉，什么香味不奋兴我的嗅觉？我记得我在意大利写游记的时候，情绪是何等的活泼，兴趣何等的醇厚，一路来眼见耳听心感的种种，哪一样不活栩栩的丛集在我的笔端，争求充分的表现！如今呢？我这次到南方去，来回也有一个多月的光景，这期内眼见耳听心感的事该有不少。我未动身前，又何尝不自喜此去又可以有机会饱餐西湖的风色，邓尉的梅香——单提一两件最合我脾胃的事。有好多朋友也曾期望我在这闲暇的假期中采集一点江南风趣，归来时，至少也该带回一两篇爽口的诗文，给在北京泥土的空气中活命的朋友们一些清醒的消遣。但在事实上不但在南方时我白瞪着大眼，看天亮换天昏，又闭上了眼，拼天昏换天亮，一枝秃笔跟着我涉海去，又跟着我涉海回来，正如岩洞里的一根石笋，压根儿就没一点摇动的消息；就在我回京后这十来天，任凭朋友们怎样的催促，自己良心怎样的责备，我的笔尖上还是滴不出一点墨汁来。我也曾勉强想想，勉强想写，但到底还是白费！可怕是这心灵骤然的呆顿。完全死了不成？我自己在疑惑。

说来是时局也许有关系。我到京几天就逢着空前的血案。五卅事件发生时我正在意大利山中，采茉莉花编花篮儿玩，翡冷翠山中只见明星与流萤的交唤，花香与山色的温存，俗氛是吹不到的。直到七月间到了伦敦我才理会国内风光的惨淡，等到我赶回来时，设想中的激昂，又早变成了明日黄花，看得见的痕迹只有满城黄墙上墨彩斑斓的"泣告"。

这回却不同，屠杀的事实不仅是在我住的城子里发生，我有时竟觉得是我自己的灵府里的一个惨象。杀死的不仅是青年们的生命，我自己的思想也仿佛遭着了致命的打击，好比是国务院前的断胫残肢，再也不能回复生动与连贯。但深刻的难受在我是无名的，是不能完全解释的。这回事变的奇惨性引起愤慨与悲切是一件事，但同时我们也知道在这根本起变态作用的社会里，什么怪诞的情形都是可能的。屠杀无辜，还不是年来最平常的现象。自从内战纠结以来，在受战祸的区域内，哪一处村落不曾分到过遭奸污的女性，屠残的骨肉，供牺牲的生命财产？这无非是给冤氛团结的地面上多添一团更集中更鲜艳的怨毒。再说哪一个民族的解放史能不浓浓的染着Martyrs①的腔血？俄国革命的开幕就是二十年前冬宫的血景，只要我们有识力认定，有胆量实行，我们理想中的革命，这回羔羊的血就不会是白涂的。所以我个人的沉闷决不完全是这回惨案引起的感情作用。

① Martyrs：殉道者。

爱和平是我的生性。在怨毒、猜忌、残杀的空气中，我的神经每每感受一种不可名状的压迫。记得前年奉直战争时我过的那日子简直是一团黑漆，每晚更深时，独自抱着脑壳伏在书桌上受罪，仿佛整个时代的沉闷盖在我的头顶——直到写下了“毒药”那几首不成形的咒诅诗以后，我心头的紧张才渐渐地缓和下去。这回又有同样的情形；只觉着烦，只觉着闷，感想来时只是破碎，笔头只是笨滞。结果身体也不舒畅，像是蜡油涂抹了全身毛窍似的难过，一天过去了又是一天，我这里又在重演更深独坐箍紧脑壳的姿势，窗外皎洁的月光，分明是在嘲讽我内心的枯窘！

不，我还得往更深处挖。我不能叫这时局来替我思想骤然的呆顿负责，我得往我自己生活的底里找去。

平常有几种原因可以影响我们的心灵活动。实际生活的牵掣可以劫去我们心灵所需要的闲暇，积成一种压迫。在某种热烈的想望不曾得满足时，我们感觉精神上的烦闷与焦躁，失望更是颠覆内心平行的一个大原因；较剧烈的种类可以麻痹我们的灵智，淹没我们的理性。但这些都合不上我的病源；因为我在实际生活里已经得到十分的幸运。我的潜在意思里，我敢说不该有什么压着的欲望在作怪。

但是在实际上反过来看另有一种情形可以阻塞或是减少你心灵的活动。我们知道舒服、健康、幸福，是人生的目标，我们因此推想我们痛苦的起点是在望见那些目标而得不到的时候，我们常听人说“假如我像某人那样生活无忧我一定可以好好的做事，不比现在整天的精神全花在琐碎的烦恼上”。我们又听说“我不能做事就为身体太坏，若是精神来得，那就……”我们又常常设想幸福的境界，我们想“只要有一个意中人在跟前那我一定奋发，什么事做不到？”但是不，在事实上，舒服、健康、幸福，不但不一定是帮助或奖励心灵生活的条件，它们有时正得相反的效果。我们看不起有钱人，在社会上得意的人，肌肉过分发达的运动家，也正在此；至于年少人幻想中的美满幸福，我敢说等得当真有了红袖添香，你的书也就读不出所以然来，且不说什么在学问上或艺术上更认真的工作。

那末生活的满足是我的病源吗？

“在先前的日子，”一个真知我的朋友就说，“正为是你生活不得平衡，正为你有欲望不得满足，你的压在内里的Libido就形成一种升华的现象，结果你就借文学来发泄你生理上的郁结（你不常说你从事文学是一件不预期的事吗？），这情形又容易使你的意识里形成一种虚幻的希望，因为你的写作得到一部分赞许，你就自以为确有相当创作的天赋以及独立思想的能力。但你只是自冤自，实在你并没有什么超人一等的天赋，你的设想多半是虚荣，你的以前的成绩只是升华的结果。所以现在等得你生活换了样，感情上有了安顿，你就发现你向来写作的来源顿呈萎缩甚至枯竭的现象；而你又不愿意承认这情形的实在，妄想到你身子以外去找你思想枯窘的原因，所以你就不由的感到深刻的烦闷。你只是对你自己生气，不甘心承认你自己的本相。不，你原来并没有三头六臂的！

“你对文艺并没有真兴趣，对学问并没有真热心。你本来没有什么更高的志愿，除了相当合理的生活，你只配安分做一个平常人，享你命里铸定的‘幸福’；在事业界，在文艺创作界，在学问界内，全没有你的位置，你真的没有那能耐。不信你只要自问在你心里的心里有没有那无形的‘推力’，整天整夜的恼着你，逼着你，督着你，放开实际生活的全部，单望着不可捉摸的创作境界里去冒险？是的，顶明显的关键就是那无形的推力或是冲动（The Inpulse），没有它人类就没有科学，没有文学，没有艺术，没有一切超越功利实用性质的创作。你知道在国外（国内当然也有，许没那样多）有多少人被这无形的推力驱使着，在实际生活中变成一种离魂病性质的变态动物，不但人间所有的虚荣永远沾不上他们的思想，就连维持生命的睡眠饮食，在他们都失了重要，他们全部的心力只是在他们那无形的推力所指示的特殊方向上集中应用。怪不得有人说天才是疯癫，我们在巴黎伦敦不就到处碰得着这类怪人？如其他是一个美术家，恼着他的就只怎样可以完全表现他那理想中的形体；一个线条的准确，某种色彩的调谐，在他会得比他生身父母的生死与国家的存亡更重要，更迫切，更要求注意。我们知道专门学者有终身掘坟墓的，研究蚊虫生理的，观察亿万万里外一个星的动定的。并且他们决不问社会对于他们的劳力有否任何的认识，那就是虚荣的进路；他们是被一点无形的推力的魔鬼蛊定了的。

“这是关于文艺创作的话。你自问有没有这种情形。你也许经验过什么‘灵感’那也许有，但你却不要把刹那误认作永久的，虚幻认作真实。至于说思想与真实学问的话，那也得背后有一种推力，方向许不同，性质还是不变。做学问你得有原动的好奇心，得有天然热情和态度去做求知识的工夫。真思想家的准备，除了特强的理智，还得有一种原动的信仰；信仰或寻求信仰，是一切思想的出发点，极端的怀疑派思想也只是期望重新改变信仰的一种努力。从古以来没有一个思想家不是宗教性的。在他们，各按各的倾向，一切人生的和理智的问题是实在有的；神的有无，善与恶，本体问题，认识问题，意志自由问题，在他们看来都是含逼迫性的现象，要求合理的解答——比山岭的崇高，水的流动，爱的甜蜜更真，更实在，更耸动。他们的一点心灵，就永远在他们设想的一种或多种问题的周围飞舞、旋绕，正如灯蛾之于火焰：牺牲自身来贯彻火焰中心的秘密，是他们共有的决心。

“这种惨烈的情形，你怕也没有吧？我不说你的心幕上就没有思想的影子；但它们怕只是虚影，像水面上的云影，云过影子就跟着消散，不是石上的溜痕越日久越深刻。

“这样说下来，你倒可以安心了！因为个人最大的悲剧是设想一个虚无的境界来谎骗你自己；骗不到底的时候你就得忍受‘幻灭’的莫大的苦痛。与其那样，还不如及早认清自己的深浅，不要把不必要的负担，放上支撑不住的肩背，压坏你自己，还难免旁人的笑话！朋友，不要迷了，定下心来享你现成的福分吧。思想不是你的分，文艺创作不是你的分，独立的事业更不是你的分！天生扛了重担来的那也没法想。（哪一个天才不是活受罪！）你是原来轻松的，这是多可羡慕，多可贺喜的一个发现！算了吧，朋友！”

1931年新月书店版《自剖》。

再　剖

你们知道喝醉了想吐吐不出或是吐不爽快的难受不是？这就是我现在的苦恼：肠胃里一阵阵的作恶，腥腻从食道里往上泛，但这喉关偏跟你别扭，它捏住你，逼住你，逗住你——不，它且不给你痛快哪！前天那篇《自剖》，就比是哇出来的几口苦水，过后只是更难受，更觉着往上冒。我告诉你我想要怎么样。我要孤寂：要一个静极了的地方——森林的中心，山洞里，牢狱的暗室里——再没有外界的影响来逼迫或引诱你的分心，再不须计较旁人的意见，喝彩或是嘲笑；当前唯一的对象是你自己：你的思想，你的感情，你的本性，那时它们再不会躲避，不会隐遁，不会装作；赤裸裸的听凭你察看，检验，审问。你可以放胆解去你最后的一缕遮盖，袒露你最自怜的创伤，最掩讳的私亵，那才是你痛快一吐的机会。

但我现在的生活情形不容我有那样一个时机，白天太忙（在人前一个人的灵性永远是蜷缩在壳内的蜗牛），到夜间，比如此刻静是静了，人可又倦了，惦着明天的事情又不得不早些休息。啊，我真羡慕我台上放着那块唐砖上的佛像，他在他的莲台上瞑目坐着，什么都摇不动他那入定的圆澄。我们只是在烦恼网里过日子的众生，怎敢企望那光明无碍的境界！有鞭子下来，我们躲；见好吃的，我们垂涎；听声响，我们着忙；逢着痛痒，我们着恼。我们是鼠，是狗，是刺猬，是天上星星与地上泥土间爬着的虫。哪里有工夫，即使你有心想亲近你自己？哪里有机会，即使你想痛快的一吐？

前几天也不知无形中经过几度挣扎，才呕出那几口苦水，这在我虽则难受还是照旧，但多少总算是发泄。事后我私下觉着愧悔。因为我不该拿我一己苦闷的骨鲠，强读者们陪着我吞咽，是苦水就不免熏蒸的恶味。我承认这完全是我自私的行为，不敢望恕的。我唯一的解嘲是这几口苦水的确是从我自己的肠胃里呕出——不是去脏水桶里舀来的。我不曾期望同情，我只要朋友们认识我的深浅——（我的浅？）我最怕朋友们的容宠容易形成一种虚拟的期望；我这操刀自剖的一个目的，就在及早解卸我本不该扛上的负担。

是的，我还得往底里挖，往更深处剖。

最初我来编辑副刊，我有一个心愿，我想把我自己整个儿交给能容纳我的读者们，我心目中的读者们，说实话，就只这时代的青年。我觉着只有青年们的心窝里有容我的空隙，我要偎着他们的热血，听他们的脉搏。我要在我自己的情感里发现他们的情感，在自己的思想里反映他们的思想。假如编辑的意义只是选稿、配版、付印、拉稿，那还不如去做银行的伙计——有出息得多。我接受编辑晨报副刊的机会，就为这不单是机械性的一种任务。(感谢晨报主人的信任与容忍)晨报变了我的喇叭，从这管口里我能自由吹弄我古怪的不调谐的音调。它是我的镜子，在这平面上描画出我古怪的不调谐的形状。我也决不掩讳我的原形：我就是我。记得我第一次与读者们相见，就是一篇供状。我的经过，我的深浅，我的偏见，我的希望，我都曾经再三的声明，怕是你们早听厌了。但初起我的一种期望是真的——期望我自己。也不知那时为什么原因我竟有那活灵灵的一副勇气。我宣言我自己跳进了这现实的世界。存心想来对准人生的面目认他一个仔细。我信我自己的热心(不是知识)多少可以给我一些对敌力量的。我想拼这一天，把我的血肉与灵魂，放进这现实世界的磨盘里去捱，锯齿下去拉——我就要尝那味儿！只有这样，我想，才可以期望我主办的刊物多少是一个有生命气息的东西；才可以期望在作者与读者间发生一种活的关系；才可以期望读者们觉着这一长条报纸与黑的字印的背后，的确至少有一个活着的人与一颗动着的心，他的把握是在你的腕上，他的呼吸吹在你的脸上，他的欢喜，他的惆怅，他的迷惑，他的伤悲就比是你自己的，的确是从一个可认识的主体上发出来的变化——是站在台上人的姿态，——不是投射在白幕上的虚影。

并且我当初也并不是没有我的信念与理想。我有我崇拜的德性，有我信仰的原则，有我爱护的事物，也有我痛疾的事物，往理性的方向走，往爱心与同情的方向走，往光明的方向走，往真的方向走，往健康快乐的方向走，往生命，更多更大更高的生命方向走——这是我那时的一点“赤子之心”。我恨的是这时代的病象，什么都是病象：猜忌，诡诈，小巧，倾轧，挑拨，残杀，互杀，自杀，忧愁，虚伪，肮脏。我不是医生，不会治病；我就有一双手，趁它们活灵的时候，我想，或许可以替这时代打开几扇窗，多少让空气流通些，浊的毒性的出去，清醒的洁净的进来。

但紧接着我的狂妄的招摇，我最敬畏的一个前辈（看了我的《吊刘叔和》文）就给我当头一棒：

“……既立意来办报而且郑重宣言‘决意改变我对人的态度’，那么自己的思想就得先磨冶一番。不能单凭主觉，随便说了就算完事。迎上前去，不要又退了回来！一时的兴奋，是无用的，说话越觉得响亮起劲，跳踯有力，其实却是内心的虚弱，何况说出衰颓懊丧的语气，教一般青年看了，更给他们以可怕的影响，似乎不是志摩这番挺身出马的本意！……”

迎上前去，不要又退了回来！这一喝这几个月来就没有一天不在我“虚弱的内心”里回响。实际上自从我喊出“迎上前去”以后，即使不曾撑开了往后退，至少我自己觉不得我的脚步曾经向前挪动。今天我再不能容我自己这样梦想下去。算清亏欠，在还算得清的时候，总比窝着混着强。我不能不自剖。冒着“说出衰颓懊丧的语气”的危险，我不能不利用这反省的锋刃，劈去纠着我心身的累赘、淤积，或许这来倒有自我真得解放的希望！

想来这做人真是奥妙，我信我们的生活至少是复杂的。看得见，觉得着的生活是我们的显明的生活，但同时另有一种生活，跟着知识的开豁逐渐胚胎，成形，活动，最后支配前一种的生活，就比是我们投在地上的身影，跟着光亮的增加渐渐由模糊化成清晰，形体是不可捉的，但它自有它的奥妙的存在，你动它跟着动，你不动它跟着不动。在实际生活的匆遽中，我们不易辨认另一种无形的生活的并存，正如我们在阴地里不见我们的影子；但到了某时候某境地忽的发现了它，不容否认的踵接着你的脚跟，比如你晚间步月时发现你自己的身影。它是你的性灵的或精神的生活。你觉得你有超实际生活的性灵生活的俄顷，是你一生的一个大关键！你许到极迟才觉悟（有人一辈子不得机会），但你实际生活中的经历，动作，思想，没有一丝一屑不同时在你那跟着长成的性灵生活中留着“对号的存根”，正如你的影子不放过你的一举一动，虽则你不注意到或看不见。

我这时候就比是一个人初次发现他有影子的情形。惊骇、讶异、迷惑、耸悚、猜疑、恍惚同时并起，在这辨认你自身另有一个存在的时候，我这辈子只是在生活的道上盲目的前冲，一时踹入一个泥潭，一时踏折一支草花，只是这无目的的奔驰；从哪里来，向哪里去，现在在哪里，该怎么走，这些根本的问题却从不曾到我的心上。但这时候突然的，恍然的我惊觉了。仿佛是一向跟着我形体奔波的影子忽然阻住了我的前路，责问我这匆匆的究竟是为什么！

一种新意识的诞生。这来我再不能盲冲，我至少得认明来踪与去迹，该怎样走法如其有目的地，该怎样准备如其前程还在遥远？

啊，我何尝愿意吞这果子，早知有这么多的麻烦！现在我第一要考查明白的是这“我”究竟是怎么一回事；然后再决定掉落在这生活道上的“我”的赶路方法。以前种种动作是没有这新意识作主宰的；此后，什么都得由它。

四月五日

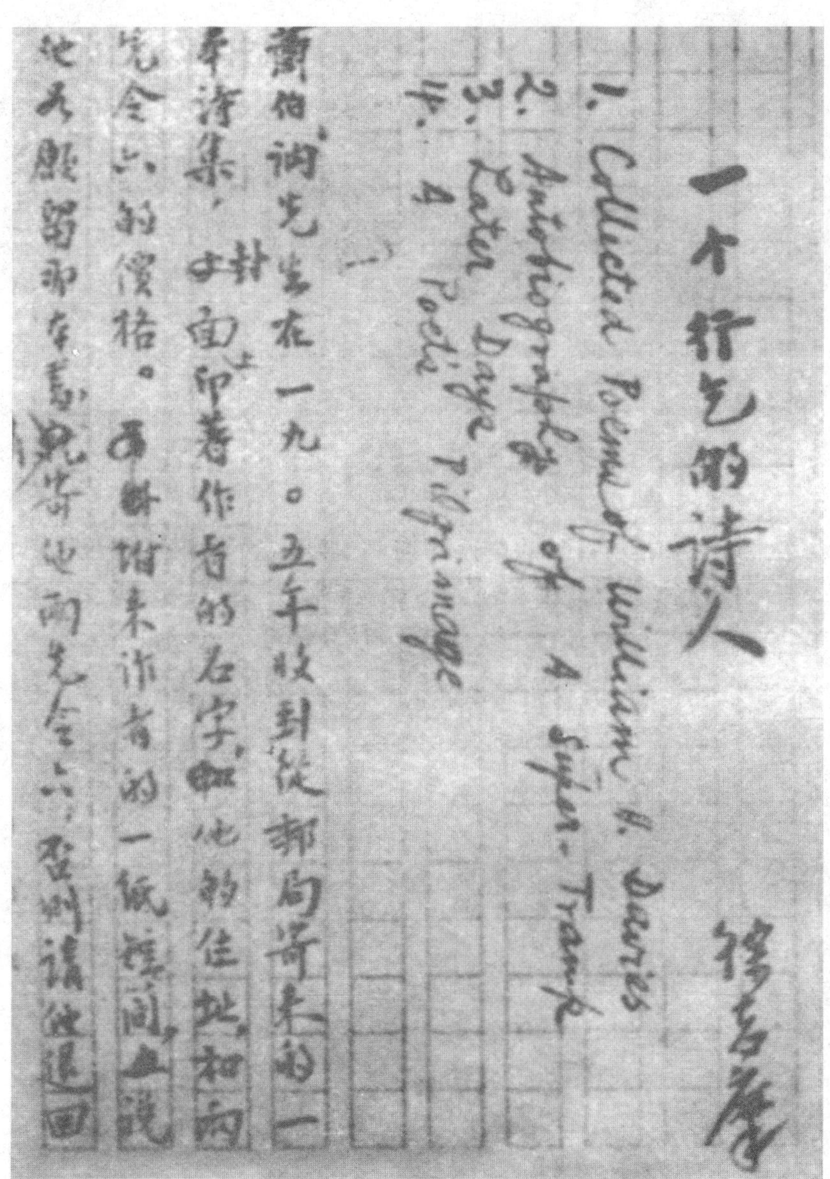

一个行乞的诗人　徐志摩

1. Collected Poems of William H. Davies
2. Autobiography of A Super-Tramp
3. Later Days
4. A Poet's Pilgrimage

萧伯讷先生在一九〇五年收到从邮局寄来的一本诗集，封面上印着作者的名字，和他的住址，和两先令六的价格。附来作者的一纸短简，上说他不愿留那本书，就寄他两先令六；否则请他退回

徐志摩手迹。

想　飞

假如这时候窗子外有雪——街上，城墙上，屋脊上，都是雪，胡同口一家屋檐下偎着一个戴黑兜帽的巡警，半拢着睡眼，看棉团似的雪花在半空中跳着玩……假如这夜是一个深极了的夜，不是壁上挂钟的时针指示给我们看的深夜，这深就比是一个山洞的深，一个往下钻螺旋形的山洞的深……

假如我能有这样一个深夜，它那无底的阴森捻起我遍体的毫管；再能有窗子外不住往下筛的雪，筛淡了远近间扬动的市遥，筛泯了在泥道上挣扎的车轮，筛灭了脑壳中不妥协的潜流……

我要那深，我要那静。那在树荫浓密处躲着的夜鹰，轻易不敢在天光还在照亮时出来睁眼。思想，它也得等。

青天里有一点子黑的，正冲着太阳耀眼，望不真，你把手遮着眼，对着那两株树缝里瞧，黑的，有橙子来大，不，有桃子来大——嘿，又移着往西了！

我们吃了中饭出来到海边去。(这是英国康槐尔极南的一角,三面是大西洋。)勖丽丽的叫响从我们的脚底下匀匀的往上颤,齐着腰,到了肩高,过了头顶,高入了云,高出了云。啊!你能不能把一种急震的乐音想像成一阵光明的细雨,从蓝天里冲着这平铺着青绿的地面不住的下?不,那雨点都是跳舞的小脚,安琪儿的。云雀们也吃过了饭,离开了它们卑微的地巢飞往高处做工去。上帝给它们的工作,替上帝做的工作。瞧着,这儿一只,那边又起了两只!一起就冲着天顶飞,小翅膀活动的多快活,圆圆的,不踌躇的飞,——它们就认识青天。一起就开口唱,小嗓子活动的多快活,一颗颗小精圆珠子直往外唖,亮亮的唖,脆脆的唖,——它们赞美的是青天。瞧着,这飞得多高,有豆子大,有芝麻大,黑刺刺的一屑,直顶着无底的天顶细细的摇,——这全看不见了,影子都没了!但这光明的细雨还是不住的下着……

飞。"其翼若垂天之云……背负苍天,而莫之夭阏者";那不容易见着。我们镇上东关厢外有一座黄泥山,山顶上有一座七层的塔,塔尖顶着天。塔院里常常打钟,钟声响动时,那在太阳西晒的时候多,一枝艳艳的大红花贴在西山的鬓边回照着塔山上的云彩,——钟声响动时,绕着塔顶尖,摩着塔顶天,穿着塔顶云,有一只两只,有时三只四只有时五只六只蜷着爪往地面瞧的"饿老鹰",撑开了它们灰苍苍的大翅膀没挂恋似的在盘旋,在半空中浮着,在晚风中泅着,仿佛是按着塔院钟的波荡来练习圆舞似的。那是我做孩子时的"大鹏"。有时好天抬头不见一瓣云的时候听着忧忧的叫响,我们就知道那是宝塔上的饿老鹰寻食来了,这一想像半天里秃顶圆睛的英雄,我们背上的小翅膀骨上就仿佛豁出了一锉锉铁刷似的羽毛。摇起来呼呼响的，只一摆就冲出了书房门，钻入了玳瑁镶边的白云里玩儿去，谁耐烦站在先生书桌前晃着身子背早上的多难背的书！啊飞！不是那在树枝上矮矮的跳着的麻雀儿的飞；不是那凑天黑从堂匾后背冲出来赶蚊子吃的蝙蝠的飞；也不是那软尾巴软嗓子做窠在堂檐上的燕子的飞。要飞就得满天飞，风拦不住云挡不住的飞，一展翅膀就跳过一座山头，影子下来遮得荫二十亩稻田的飞，到天晚飞倦了就来绕着那塔顶尖顺着风向打圆圈做梦……听说饿老鹰会抓小鸡！

飞，人们原来都是会飞的。天使们有翅膀，会飞，我们初来时也有翅膀，会飞。我们最初来就是飞来的，有的做完了事还是飞了去，他们是可羡慕的。但大多数人是忘了飞的，有的翅膀上掉了毛不长再也飞不起来，有的翅膀叫胶水给胶住了，再也拉不开，有的羽毛叫人给修短了像鸽子似的只会在地上跳，有的拿背上一对翅膀上当铺去典钱使过了期再也赎不回……真的，我们一过了做孩子的日子就掉了飞的本领。但没了翅膀或是翅膀坏了不能用是一件可怕的事，因为你再也飞不回去，你蹲在地上呆望着飞不上去的天，看旁人有福气的一程一程的在青云里逍遥，那多可怜。而且翅膀又不比是你脚下的鞋，穿烂了可以再问妈要一双去，翅膀可不成，折了一根毛就是一根，没法给补的。还有，单顾着你翅膀也还不定规到时候能飞，你这身子要是不谨慎养太肥了，翅膀力量小再也拖不起，也是一样难不是？一对小翅膀驮不起一个胖肚子，那情形多可笑！到时候你听人家高声的招呼说，朋友，回去罢，趁这天还有紫色的光，你听他们的翅膀在半空中沙沙的摇响，朵朵的春云跳过来拥着他们的肩背，望着最光明的来处翩翩的，冉冉的，轻烟似的化出了你的视域，像云雀似的只留下一泻光明的骤雨“——Thou art unseen, but yet I hear thy shrill delight”[1]——那你，独自在泥土里淹着，够多难受，够多懊恼，够多寒伧！趁早留神你的翅膀，朋友。

是人没有不想飞的。老是在这地面上爬着够多厌烦，不说别的。飞出这圈子，飞出这圈子！到云端里去，到云端里去！哪个心里不成天千百遍的这么想！飞上天空去浮着，看地球这弹丸在太空里滚着，由陆地看到海，从海再看回陆地。凌空去看一个明白——这才是做人的趣味，做人的权威，做人的交代。这皮囊要是太重挪不动，就掷了它，可能的话，飞出这圈子，飞出这圈子！

人类初发明用石器的时候，已经想长翅膀，想飞。原人洞壁上画的四不像，它的背上掮着翅膀；拿着弓箭赶野兽的，他那肩背上也给安了翅膀。小爱神是有一对粉嫩的肉翅的。挨开拉斯（Icarus）是人类飞行史里第一个英雄，第一次牺牲，安琪儿（那是理想化的人）第一个标记是帮助他们飞行的翅膀。那也有沿革——你看西洋画上的表现。最初像是一对小精致的令旗，蝴蝶似的粘在安琪儿们的背上，像真的，不灵动的。渐渐的翅膀长大了，地位安准了，毛羽丰满了。画图上的天使们长上了真的可能的翅膀。人类初次实现了翅膀的观念，彻悟了飞行的意义。挨开拉斯闪不死的灵魂，回来投生又投生。人类最大的使命，是制造翅膀；最大的成功是飞！理想的极度，想像的止境，从人到神！诗是翅膀上出世的；哲理是在空中盘旋的。飞，超脱一切，笼盖一切，扫荡一切，吞吐一切。

---

① 雪莱《致云雀》的诗句。

你上那边山峰顶上试去，要是度不到这边山峰上，你就得到这万丈的深渊里去找你的葬身之地！“这人形的鸟会有一天试他第一次的飞行，给这世界惊骇，使所有的著作赞美，给他所从来的栖息处永久的光荣。”啊达文謇！

但是飞？自从挨开拉斯以来，人类的工作是制造翅膀，还是束缚翅膀？这翅膀，承上了文明的重量，还能飞吗？都是飞了来的，还都能飞了去吗？钳住了，烙住了，压住了，——这人形的鸟会有试他第一次飞行的一天吗？……

同时天上哪一点子黑的已经迫近在我头顶，形成了一架鸟形的机器，忽的机沿一侧，一球光直往下注，砜的一声炸响——炸碎了我在飞行中的幻想，青天里平添了几堆破碎的浮云。

十四—十六日

飞出这圈子，飞出这圈子！到云端里去，到云端里去！

落　叶

前天你们查先生来电话要我讲演，我说但是我没有什么话讲，并且我又是最不耐烦讲演的。他说：你来吧，随你讲，随你自由的讲，你爱说什么就说什么。我们这里你知道这次开学情形很困难，我们学生的生活很枯燥，很闷；我们要你来给我们一点活命的水。这话打动了我。枯燥、闷，这我懂得。虽然我与你们诸君是不相熟的，但这一件事实，你们感觉生活枯闷的事实，却立即在我与诸君无形的关系间，发生了一种真的深切的同情。我知道烦闷是怎么样一个不成形不讲情理的怪物，他来的时候，我们的全身仿佛被一个大蜘蛛网盖住了，好容易挣出了这条手臂，那条又叫粘住了。那是一个可怕的网子。我也认识生活枯燥，他那可厌的面目，我想你们也都很认识他。他是无所不在的，他附在各个人的身上，他现在各个人的脸上，你望望你的朋友去，他们的脸上有他，你自己照镜子去，你的脸上，我想，也有他，可怕的枯燥，好比是一种毒剂，他一进了我们的血液，我们的性情，我们的皮肤就变了颜色，而且我怕是离着生命远，离着坟墓近的颜色。

我是一个信仰感情的人，也许我自己天生就是一个感情性的人。比如前几天西风到了，那天早上我醒的时候是冻着才醒过来的，我看着纸窗上的颜色比往常的淡了，我被窝里的肢体像是浸在冷水里似的，我也听见窗外的风声，吹着一棵枣树上的枯叶，一阵一阵的掉下来，在地上卷着，沙沙的发响，有的飞出了外院去，有的留在墙角边转着，那声响真像是叹气。我因此就想起这西风，冷醒了我的梦，吹散了树上的叶子，它那成绩在一般饥荒贫苦的社会里一定格外的可惨。那天我出门的时候，果然见街上的情景比往常不同了；穷苦的老头、小孩全躲在街角上发抖；他们迟早免不了树上枯叶的命运，那一天我就觉得特别的闷，差不多发愁了。

穷苦的老头、小孩全躲在街角上发抖。

因此我听着查先生说你们生活怎样的烦闷，怎样的干枯，我就很懂得，我就愿意来对你们说一番话。我的思想——如其我有思想——永远不是成系统的。我没有那样的天才。我的心灵的活动是冲动性的，简直可以说痉挛性的。思想不来的时候，我不能要他来，他来的时候，就比如穿上一件湿衣，难受极了，只能想法子把他脱下。我的一个比喻，我方才说起秋风里的枯叶；我可以把我的思想比作树上的叶子，时期没有到，他们是不很会掉下来的；但是到时期了，再要有风的力量，他们就只能一片一片的往下落；大多数也许是已经没有生命了的，枯了的，焦了的，但其中也许有几张还留着一点秋天的颜色，比如枫叶就是红的，海棠叶就是五彩的。这叶子实用是绝对没有的；但有人，比如我自己，就有爱落叶的癖好。它们初下来时颜色有很鲜艳的，但时候久了，颜色也变。除非你保存得好。所以我的话，那就是我的思想，也是与落叶一样的无用，至多有时有几痕生命的颜色就是了。你们不爱的尽可以随意的踩过，绝对不必理会；但也许有少数人有缘分的，不责备它们的无用，竟许会把它们捡起来揣在怀里，间在书里，想延留它们幽淡的颜色。感情，真的感情，是难得的，是名贵的，是应当共有的；我们不应该拒绝感情，或是压迫感情，那是犯罪的行为，与压住泉眼不让上冲，或是掐住小孩不让喘气一样的犯罪。人在社会里本来是不相连续的个体。感情，先天的与后天的，是一种线索，一种经纬，把原来分散的个体织成有文章的整体。但有时线索也有破烂与涣散的时候，所以一个社会里必须有新的线索继续的产出，有破烂的地方去补，有涣散的地方去拉紧，才可以维持这组织大体的匀整，有时生产力特别加增时，我们就有机会或是推广，或是加添我们现有的面积，或是加密，像网球拍穿双线似的，我们现成的组织，因为我们知道创造的势力与破坏的势力，建设与溃败的势力，上帝与撒但的势力，是同时存在的。这两种势力是在一架天平上比着；他们很少有平衡的时候，不是这头沉，就是那头沉。是的，人类的命运是在一架大天平上比着，一个巨大的黑影，那是我们集合的化身，在那里看着，他的手里满拿着分两的砝码，一会往这头送，一会又往那头送，地球尽转着，太阳、月亮、星星，轮流的照着，我们的命运永远是在天平上称着。

我方才说网球拍，不错，球拍是一个好比喻。你们打球的知道网拍上哪里几根线是最吃重，最要紧，那几根线要是特别有劲的时候，不仅你对敌时拉球、抽球、拍球格外来的有力，出色，并且你的拍子也就格外的经用。少数特强的分子保持了全体的匀整。这一条原则应用到人道上，就是说，假如我们有力量加密，加强我们最普通的同情线，那线如其穿连得到所有跳动的人心时，那时我们的大网子就坚实耐用，天津人说的，就有根。不问天时怎样的坏，管他雨也罢，云也罢，霜也罢，风也罢，管他水流怎样的急，我们假如有这样一个强有力的大网子，哪怕不能在时间无尽的洪流里——早晚网起无价的珍品，哪怕不能在我们命运的天平上重重的加下创造的生命的分量？

所以我说真的感情，真的人情，是难能可贵的，那是社会组织的基本成分。初起也许只是一个人心灵里偶然的震动，但这震动，不论怎样的微弱，就产生了极远的波纹；这波纹要是唤得起同情的反应时，原来细的便拼成了粗的，原来弱的便合成了强的，原来脆性的便结成了韧性的，像一缕缕的苎麻打成了粗绳似的；原来只是微波，现在掀成了大浪，原来只是山罅里的一股细水，现在流成了滚滚的大河，向着无边的海洋里流着。比如耶稣在山头上的训道（Sermon on the mount）还不是有限的几句话，但这一篇短短的演说，却制定了人类想望的止境，建设了绝对的价值的标准，创造了一个纯粹的完全的宗教。那是一件大事实，人类历史上一件最伟大的事实。再比如释迦牟尼感悟了生老病死的究竟，发大慈悲心，发大勇猛心，发大无畏心，抛弃了他人间的地位，富与贵，家庭与妻子，直到深山里去修道，结果他也替苦闷的人间打开了一条解放的大道，为东方民族的天才下一个最光华的定义。那又是人类历史上的一件奇迹。但这样大事的起源还不止是一个人的心灵里偶然的震动，可不仅仅是一滴最透明的真挚的感情滴落在黑沉沉的宇宙间？

感情是力量，不是知识。人的心是力量的府库，不是他的逻辑。有真感情的表现，不论是诗是文是音乐是雕刻或是画，好比是一块石子掷在平面的湖心里，你站着就看得见他引起的变化。没有生命的理论，不论他论的是什么理，只是拿石块扔在沙漠里，无非在干枯的地面上添一颗干枯的分子，也许掷下去时便听得出一些干枯的声响，但此外只是一大片死一般的沉寂了。所以感情才是成江成河的水泉，感情才是织成大网的线索。

但是我们自己的网子又是怎么样呢？现在时候到了，我们应当张大了我们的眼睛，认明白我们周围事实的真相。我们已经含糊了好久，现在再不容含糊的了。让我们来大声的宣布我们的网子是坏了的，破了的，烂了的；让我们痛快的宣告我们民族的破产，道德、政治、社会、宗教、文艺，一切都是破产了的。我们的心窝变成了蠹虫的家，我们的灵魂里住着一个可怕的大谎！那天平上沉着的一头是破坏的重量，不是创造的重量；是溃败的势力，不是建设的势力；是撒但的魔力，不是上帝的神灵。霎时间这边路上长满了荆棘，那边道上涌起了洪水，我们头顶有骇人的声响，是雷霆还是炮火呢？我们周围有一哭声与笑声，哭是我们的灵魂受污辱的悲声，笑是活着的人们疯魔了的狞笑，那比鬼哭更听的可怕，更凄惨。我们张开眼来看时，差不多再没有一块干净的土地，哪一处不是叫鲜血与眼泪冲毁了的；更没有平安的所在，因为你即使忘却了外面的世界，你还是躲不了你自身的烦闷与苦痛。不要以为这样混沌的现象是原因于经济的不平等，或是政治的不安定，或是少数人的放肆的野心。这种种都是空虚的，欺人自欺的理论，说着容易，听着中听，因为我们只盼望脱卸我们自身的责任，只要不是我的分，我就有权利骂人。但这是，我着重的说，懦怯的行为；这正是我说的我们各个人灵魂里躲着的大谎！你说少数的政客，少数的军人，或是少数的富翁，是现在变乱的原因吗？我现在对你说：先生，你错了，你很大的错了，你太恭维了那少数人，你太瞧不起你自己。让我们一致的来承认，在太阳普遍的光亮底下承认，我们各个人的恶罪，各个人的不洁净，各个人的苟且与懦怯与卑鄙！我们是与最肮脏的一样的肮脏，与最丑陋的一般的丑陋，我们自身就是我们命运的原因。除非我们能起拔了我们灵魂里的大谎，我们就没有救度；我们要把祈祷的火焰把那鬼烧净了去，我们要把忏悔的眼泪把那鬼冲洗了去，我们要有勇敢来承当罪恶；有了勇敢来承当罪恶，方有胆量来决斗罪恶，再没有第二条路走。如其你们可以容恕我的厚颜，我想念我自己近作的一首诗给你们听，因为那首诗，正是我今天讲的话的更集中的表现。

毒 药

今天不是我歌唱的日子，我口边涎着狞恶的微笑，不是我说笑的日子，我胸怀间插着发冷光的利刃；相信我，我的思想是恶毒的因为这世界是恶毒的，我的灵魂是黑暗的因为太阳已经灭绝了光彩，我的声调是像坟堆里的夜枭因为人间已经杀尽了一切的和谐，我的口音像是冤鬼责问他的仇人因为一切的恩已经让路给一切的怨；

但是相信我，真理是在我的话里，虽则我的话像是毒药，真理是永远不含糊的，虽则我的话里仿佛有两头蛇的舌，蝎子的尾尖，蜈蚣的触须；只因为我的心里充满着比毒药更强烈，比咒诅更狠毒，比火焰更猖狂，比死更深奥的不忍心与怜悯心与爱心，所以我说的话是毒性的，咒诅的，燎灼的，虚无的；

相信我，我们一切的准绳已经埋没在珊瑚土打紧的墓宫里，最劲冽的祭肴的香味也穿不透这严封的地层；一切的准则是死了的；

我们一切的信心像是顶烂在树枝上的风筝，我们手里擎着这迸断了的鹞线，一切的信心是烂了的；

相信我，猜疑的巨大的黑影，像一块乌云似的，已经笼盖着人间一切的关系：人子不再悲哭他新死的亲娘，兄弟不再来携着他姊妹的手，朋友变成了寇仇，看家的狗回头来咬他主人的腿：是的，猜疑淹没了一切；在路旁坐着啼哭的，在街心里站着的，在你窗前探望的，都是被奸污的处女；池潭里只见些烂破的鲜艳的荷花；

在人道恶浊的涧水里流着，浮荇似的，五具残缺的尸体；它们是仁义礼智信，向着时间无尽的海澜里流去；这海是一个不安静的海，波涛猖獗的翻着，在每个浪头的小白帽上分明的写着人欲与兽性；到处是奸淫的现象：贪心搂抱着正义，猜忌逼迫着同情，懦怯猥亵着勇敢，肉欲侮弄着恋爱，暴力侵凌着人道，黑暗践踏着光明；听呀，这一片淫猥的声响，听呀，这一片残暴的声响；虎狼在热闹的市街里，强盗在你们妻子的床上，罪恶在你们深奥的灵魂里……

白 旗

来，跟着我来，拿一面白旗在你的手里——不是上面写着。

激动怨毒，鼓励残杀字样的白旗，也不是涂着不洁净血液的标记的白旗，也不是画着忏悔与咒语的白旗（把忏悔画在你们的心里）；你们排列着，噤声的，严肃的，像送丧的行列，不容许脸上留存一丝的颜色，一毫的笑容，严肃的，噤声的，像一队决死的兵士；

现在时辰到了，一齐举起你们手里的白旗，像举起你们的心一样，仰看着你们头顶的青天，不转瞬的，恐惶的，像看着你们自己的灵魂一样；现在时辰到了，你们让你们熬着，壅着，迸裂着，滚沸着的眼泪流，直流，狂流，自由的流，痛快的流，尽情的流，像山水出峡似的流，像暴雨倾盆似的流……

现在时辰到了，你们让你们咽着，压迫着，挣扎着，汹涌着的声音嚎，直嚎狂嚎，放肆的嚎，凶狠的嚎，像飓风在大海波涛间的嚎，像你们丧失了最亲爱的骨肉时的嚎……

现在时辰到了，你们让你们回复了的天性忏悔，让眼泪的滚油煎净了的，让嚎恸的雷霆震醒了的天性忏悔，默默的忏悔，悠久的忏悔，沉彻的忏悔。像冷峭的星光照落在一个寂寞的山谷里，像一个黑衣的尼僧匐伏在一座金漆的神龛前；……

在眼泪的沸腾里，在嚎恸的酣彻里，在忏悔的沉寂里，你们望见了上帝永久的威严。

婴 儿

我们要盼望一个伟大的事实出现，我们要守候一个馨香的婴儿出世：——你看他那母亲在她生产的床上受罪！她那少妇的安详，柔和，端丽现在在剧烈的阵痛里变成不可信的丑恶，你看她那遍体的筋络都在她薄嫩的皮肤底里暴涨着，可怕的青色与紫色，像受惊的水青蛇在田沟里急泅似的，汗珠站在她的前额上像一颗颗的黄豆，她的四肢与身体猛烈的抽搐着，畸屈着，奋挺着，纠旋着，仿佛她垫着的席子是用针尖编成的，仿佛她的帐围是用火焰织成的；一个安详的、镇定的、端庄的、美丽的少妇，现在在阵痛的惨酷里变形成魔鬼似的可怖：她的眼，一时紧紧的阖着，一时巨大的睁着，她那眼，原来像冬夜池潭里反映着的明星，现在吐露着青黄色的凶焰，眼珠像是烧红的炭火，映射出她灵魂最后的奋斗，她的原来朱红色的口唇，现在像是炉底的冷灰，她的口颤着、撅着、扭着，死神的热烈的亲吻不容许她一息的平安，她的发是散披着，横在口边，漫在胸前，像揪乱的麻丝，她的手指间紧抓着几穗拧下来的乱发；这母亲在她生产的床上受罪：——但她还不曾绝望，她的生命挣扎着血与肉与骨与肢体的纤维，在危崖的边沿上，抵抗着，搏斗着；死神的逼迫：

她还不曾放手，因为她知道（她的灵魂知道！）这苦痛不是无因的，因为她知道她的胎宫里孕育着一点比她自己更伟大的生命的种子，包涵着一个比一切更永久的婴儿；因为她知道这苦痛是婴儿要求出世的征候，是种子在泥土里爆裂成美丽的生命的消息，是她完成她自己生命的使命的时机；因为她知道这忍耐是有结果的，在她剧痛的昏瞀中她仿佛听着上帝准许人间祈祷的声音，她仿佛听着天使们赞美未来的光明的声音；因此她忍耐着，抵抗着，奋斗着……她抵拼绷断她统体的纤维，她要赎出在她那胎宫里动荡着的生命，在她一个完全，美丽的婴儿出世的盼望中，最锐利，最沉酣的痛感逼成了最锐利最沉酣的快感……

这也许是无聊的希冀，但是谁不愿意活命，即使到了绝望最后的边沿，我们也还要妄想希望的手臂从黑暗里伸出来挽着我们。我们不能不想望这苦痛的现在，只是准备着一个更光荣的将来，我们要盼望一个洁白的肥胖的活泼的婴儿出世！

新近有两件事实，使我得到很深的感触。让我来说给你们听听。

前几时有一天俄国公使馆挂旗，我也去看了。加拉罕站在台上，微微的笑着，他的脸上发出一种严肃的青光，他侧仰着他的头看旗上升时，我觉着了他的人格的尊严，他至少是一个有胆有略的男子，他有为主义牺牲的决心，他的脸上至少没有苟且的痕迹，同时屋顶那根旗杆上，冉冉的升上了一片的红光，背着窈远没有一斑云彩的青天。那面簇新的红旗在风前斜峭的袅荡个不定。这异样的彩色与声响引起了我异样的感想。是腼腆，是骄傲，还是鄙夷，如今这红旗初次面对着我们偌大的民族？在场人也有拍掌的，但只是断续的拍掌，这就算是我想我们初次见红旗的敬意；但这又是鄙夷，骄傲，还是惭愧呢？那红色是一个伟大的象征，代表人类史里最伟大的一个时期；不仅标示俄国民族流血的成绩，却也为人类立下了一个勇敢尝试的榜样。在那旗子抖动的声里啊我不仅仿佛听出了这近十年来南斯拉夫民族失败与胜利的呼声，我也想像到百数十年前法国革命时的狂热，一七八九年七月四日那天巴黎市民攻破巴士梯亚牢狱时的疯癫。自由，平等，友爱！友爱，平等，自由！你们听呀，在这呼声里人类理想的火焰一直从地面上直冲破天顶，历史上再没有更重要更强烈的转变的时期。卡莱尔（Carlyle）在他的法国革命史里形容这件大事有三句名句，他说，“To describe this scene trtanscends the talent of mortals. After four hours of world bedlam it surrenders. The Bastille is down!”他说：“要形容这一景超过了凡人的力量。过了四小时的疯狂他（那大牢）投降了。巴士梯亚是下了！”打破一个政治犯的牢狱不算是了不得的大事，但这事实里有一个象征。巴士梯亚是代表阻碍自由的势力，巴黎士民的攻击是代表全人类争自由的势力，巴士梯亚的“下”是人类理想胜利的凭证。自由，平等，友爱！友爱，平等，自由！法国人在百几十年前猖狂的叫着。这叫声还在人类的性灵里烫着。我们不好像听见吗，虽则隔着百几十年光阴的旷野。如今凶恶的巴士梯亚又在我们的面前堵着；我们如其再不发疯，他那牢门上的铁钉，一个个都快刺透我们的心胸了！

这是一件事。还有一件是我六月间伴着泰戈尔到日本时的感想。早七年我过太平洋时曾经到东京去玩过几个钟头，我记得到上野公园去，上一座小山去下望东京的市场，只见连绵的高楼大厦，一派富盛繁华的景象。这回我又到上野去了，我又登山去望东京城了，那分别可太大了！房子，不错，原是有的；但从前是几层楼的高房，还有不少有名的建筑，比如帝国剧场、帝国大学等等。这次看见的，说也可怜，只是薄皮松板暂时支着应用的鱼鳞似的屋子，白松松的像一个烂发的老头，再没有从前那样富盛与繁华的气象。十九座的城子都是叫那大地震吞了去烧了去的。我们站着的地面平常看是再坚实不过的，但是等到他起兴时小小的翻一个身，或是微微的张一张口，我们脆弱的文明与脆弱的生命就够受。我们在中国的差不多是不能想着世界上，在醒着的不是梦里的世界上，竟可以有那样的大灾难。我们中国人是在灾难里讨生活的，水、旱、刀兵、盗劫，哪一样没有，但是我敢说我们所有的灾难合起来，也抵不上我们邻居一年前遭受的大难。那事情的可怕，我敢说是超过了人类忍受力的止境。我们国内居然有人以日本人这次大灾为可喜的，说他们活该，我真要请协和医院大夫用X光检查一下他们那几位，究竟他们是有没有心肝的。因为在可怕的命运的面前，我们人类的全体只是一群在山里逢着雷霆风雨时的绵羊，哪里还能容什么种族、政治等等的偏见与意气？我来说一点情形给你们听听，因为虽则你们在报上看过极详细的记载，不曾亲自察看过的总不免有多少距离的隔膜。我自己未到日本前与看过日本后，见解就完全的不同。你们试想假定我们今天在这里集会，我讲的，你们听的，假如日本那把戏轮着我们头上来时，要不了的搭的搭的搭的三秒钟我与你们与讲台与屋子就永远诀别了地面，像变戏法似的，影踪都没了。那是事实，横滨有好几所五六层高的大楼，全是在三四秒时间内整个儿与地面拉一个平，全没了。你们知道圣书里面形容天降大难的时候，不要说本来脆弱的人类完全放弃了一切的虚荣，就是最猛鸷的野兽与飞禽也会在刹时间变化了性质，老虎会像小猫似的挨着你躲着，利喙的鹰鹞会得躲入鸡棚里去窝着，比鸡还要驯服。在那样非常的变动时，他们也好似觉悟了这彼此同是生物的亲属关系，在天怒的跟前同是剥夺了抵抗力的小虫子，这里面就发生了同命运的同情。你们试想就东京一地说，二三百万的人口，几十百年辛勤的成绩，突然的面对着最后审判的实在，就在今天我们回想起当时他们全城子像一个滚沸的油锅时的情景，原来热闹的市场变成了光焰万丈的火盆，在这里面人类最集中的心力与体力的成绩全变了燃料，在这里面艺术、教育、政治、社会人的骨与肉与血都化成了灰烬，还有百十万男女老小的哭嚷声，这哭声本身就可以摇动天地，——我们不要说亲身经历，就是坐在椅子上想像这样不可信的情景时，也不免觉得害怕不是？那可不是玩儿的事情。单只描写那样的大变，恐怕至少就须要荷马或是莎士比亚的天才。你们试想在那时候，假如你们亲身经历时，你的心理该是怎么样：你还恨你的仇人吗？你还不饶恕你的朋友吗？你还沾恋你个人的私有吗？你还有欺哄人的机会吗？你还有什么希望吗？你还不搂住你身旁的生物，管他是你的妻子，你的老子，你的听差，你的妈，你的冤家，你的老妈子，你的猫，你的狗，把你灵魂里还剩下的光明一齐放射出来，和着你同难的同胞在这普遍的黑暗里来一个最后的结合吗？

但命运的手段还不是那样的简单。他要把你的一切都扫灭了，那倒也是一个痛快的结束；他可不然。他还让你活着，他还有更苛刻的试验给你。太难过了，你还喘着气；你的家，你的财产，都变了你脚下的灰，你的爱亲与妻与儿女的骨肉还有烧不烂的在火堆里燃着，你没有了一切；但是太阳又在你的头上发亮的照着，你还是好好的在平定的地面上站着，你疑心这一定是梦，可又不是梦，因为不久你就发现与你同难的人们，他们也一样的疑心他们身受的是梦，可真不是梦；是真的。你还活着，你还喘着气，你得重新来过，根本的完全的重新来过。除非是你自愿放手，你的灵魂里再没有勇敢的分子。那才是你的真试验的时候。这考卷可不容易交了，要到那时候你才知道你自己究竟有多大能耐，值多少，有多少价值。

我们邻居日本人在灾后的实际就是这样。全完了，要来就得完全来过，尽你自身的力量不够，加上你儿子的，你孙子的，你孙子的儿子的儿子的孙子的努力，也许可以重新撑起这份家私，但在这努力的过程中，谁也保不定天与地不再捣乱；你的几十年只要他的几秒钟。问题所以是你干不干？就只干脆的一句话，你干不干，是或否？同时也许无情的命运，扭着他那丑陋可怕的脸子在你身旁冷笑，等着你最后的回话。你干不干，他仿佛也涎着他的怪脸问着你！

我们勇敢的邻居们已经交了他们的考卷；他们回答了一个干脆的干字，我们不能不佩服。我们不能不尊敬他们精神的人格。不等那大震灾的火焰缓和下去，我们邻居们第二次的奋斗已经庄严的开始了。不等命运的残酷的手臂松放，他们已经宣言他们积极的态度对命运宣战。这是精神的胜利，这是伟大，这是证明他们有不可动摇的信心，不可动摇的自信力；证明他们是有道德的与精神的准备的，有最坚强的毅力与忍耐力的，有内心潜在着的精力的，有充分的后备军的。好比说，虽则前敌一起在炮火里毁了，这只是给他们一个出马的机会。他们不但不悲观，不但不消极，不但不绝望，不但不低着嗓子乞怜，不但不倒在地下等救，在他们看来这大灾难，只是一个伟大的刺激，伟大的鼓励，伟大的灵感，一个应有的试验，因此他们新来的态度只是双倍的积极，双倍的勇猛，双倍的兴奋，双倍的有希望；他们仿佛是经过大战的大将，战阵愈急迫愈危险，战鼓愈打得响亮，他的胆量愈大，往前冲的步子愈紧，必胜的决心愈强。这，我说，真是精神的胜利，一种道德的强制力，伟大的，难能的，可尊敬的，可佩服的。泰戈尔说的，国家的灾难，个人的灾难，都是一种试验；除非灾难的结果压倒了你的意志与勇敢，那才是真的灾难，因为你再没有翻身的希望。

这也并不是说他们不感觉灾难的实际的难受，他们也是人，他们虽勇，心究竟不是铁打的。但他们表现他们痛苦的状态是可注意的；他们不来零碎的呼叫，他们采用一种雄伟的庄严的仪式。此次震灾的周年纪念时，他们选定一个时间，举行他们全国的悲哀；在不知是几秒或几分钟的时间内，他们全国的国民一致的静默了，全国国民的心灵在那短时间内融合在一阵忏悔的，祈祷的，普遍的肃静里；（那是何等的凄伟！）然后，一个信号打破了全国的静默，那千百万人民又一致的高声悲号，悲悼他们曾经遭受的惨运；在这一声弥漫的哀号里，他们国民，不仅发泄了蓄积着的悲哀，这一长号，也表明他们一致重新来过的伟大的决心。（这又是何等的凄伟！）

这是教训，我们最切题的教训。我个人从这两件事情——俄国革命与日本地震——感到极深刻的感想；一件是告诉我们什么是有意义有价值的牺牲，那表面紊乱的背后坚定的站着某种主义或是某种理想，激动人类潜伏着一种普遍的想望，为要达到那愿望的境界，他们就不顾冒怎样剧烈的险与难，拉倒已成的建设，踏平现有的基础，抛却生活的习惯，尝试最不可测量的路子。这是一种疯癫，但是有目的的疯癫；单独的看，局部的看，我们尽可以下种种非难与责备的批评，但全部的看，历史的看时，那原来纷乱的就有了条理，原来散漫的就成了片段，甚至于在经程中一切反理性的分明残暴的事实都有了他们相当的应有的位置，在这部大悲剧完成时，在这无形的理想“物化”成事实时，在人类历史清理结账时，所得便超过所出，赢余至少是盖得过损失的。我们现在自己的悲惨就在问题不集中，不清楚，不一贯；我们缺少，用一个现成的比喻——那一面半空里升起来的彩色旗（我不是主张红旗我不过比喻罢了！），使我们有眼睛能看的人都不由的不仰着头望；缺少那青天里的一个霹雳，使我们有耳朵能听的不由的惊心。正因为缺乏这样一个一贯的理想与标准（能够表现我们潜在意识所想望的），我们有的那一部疯癫性——历史上所有的大运动都脱不了疯癫性的成分——就没有机会充分的外现，我们物质生活的累赘与沾恋，便有力量压迫住我们精神性的奋斗；不是我们天生不肯牺牲，也不是天生懦怯，我们在这时期内的确不曾寻着值得或是强迫我们牺牲的那件理想的大事，结果是精力的散漫，志气的怠惰，苟且心理的普遍，悲观主义的盛行，一切道德标准与一切价值的毁灭与埋葬。

人原来是行为的动物，尤其是富有集合行为的，他有向上的能力，但他也是最容易堕落的，在他眼前没有正当的方向时，比如猛兽监禁在铁笼子里。在他的行为力没有发展的机会时，他就会随地躺了下来，管他是水潭是泥潭，过他不黑不白的猪奴的生活。这是最可惨的现象，最可悲的趋向。如其我们容忍这种状态继续存在时，那时每一对父母每次生下一个洁净的小孩，只是为这卑劣的社会多添一个堕落的分子，那是莫大的亵渎的罪业；所有的教育与训练也就根本的失去了意义，我们还不如盼望一个大雷霆下来毁尽了这三江或四江流域的人类的痕迹！

再看日本人天灾后的勇猛与毅力，我们就不由的不惭愧我们的穷，我们的乏，我们的寒伧。这精神的穷乏才是真可耻的，不是物质的穷乏。我们所受的苦难都还不是我们应有的试验的本身，那还差得远着哪；但是我们的丑态已经恰好与人家的从容成一个对照。我们的精神生活没有充分的涵养，所以临着稀小的纷扰便没有了主意，像一个耗子似的，他的天才只是害怕，他的伎俩只是小偷；又因为我们的生活没有深刻的精神的要求，所以我们合群生活的大网子就缺少最吃分量最经用的那几条普遍的同情线，再加之原来的经纬已经到了完全破烂的状态，这网子根本就没有了联结，不受外物侵损时已有溃散的可能，哪里还能在时代的急流里，捞起什么有价值的东西？说也奇怪，这几千年历史的传统精神非但不曾供给我们社会一个顽固的基础，我们现在到了再不容隐讳的时候，谁知道发现我们的桩子，只是在黄河里造桥，打在流沙里的！

难怪悲观主义变成了流行的时髦！但我们年轻人，我们的身体里还有生命跳动，脉管里多少还有鲜血的年轻人，却不应当沾染这最致命的时髦，不应当学那随地躺得下去的猪，不应当学那苟且专家的耗子，现在时候逼迫了，再不容我们刹那的含糊。我们要负我们应负的责任，我们要来补织我们已经破烂的大网子，我们要在我们各个人的生活里抽出人道的同情的纤维来合成强有力的绳索，我们应当发现那适当的象征，像半空里那面大旗似的，引起普遍的注意；我们要修养我们精神的与道德的人格，预备忍受将来最难堪的试验。简单的一句话，我们应当在今天——过了今天就再没有那一天了——宣布我们对于生活基本的态度。是是还是否；是积极还是消极；是生道还是死道；是向上还是堕落？在我们年轻人一个字的答案上就挂着我们全社会的命运的决定。我盼望我至少可以代表大多数青年，在这篇讲演的末尾，高叫一声——用两个有力量的外国字——

“Everlasting yea!”

1926年北新书局版散文集《落叶》。

艺术与人生

如果不先描述我们整个不得不随遇而安的现行社会状况，便无从谈论艺术和人生，而对现行社会状况的指斥、抨击，无论怎样猛烈也不过分。我们今天习惯于把实利主义的西方看成没有心脏的文明，那另一方面，我们自己的文明则是没有灵魂的，或根本没有意识到其灵魂的存在。倘若说西方人被自身的高效机械和闹哄哄的景象拖向无人可知的去处，那我们所知的这个野蛮残忍的社会，则是一潭肮脏腐臭的死水，四周爬满了蝇营狗苟的虫蛆，散发着腐烂和僵死的气味。事实上，无需极端愤世嫉俗的人断言，中国是一个体质羸弱，理智残废，道德怯懦，精神贫瘠的堂皇国家。在我们这样的社会，人们绝难体验到音乐的激情、理智的亢奋、崇高的爱的悲欢，甚或宗教、美学上的极乐瞬间，即使确曾有过。任何形式的理想主义不仅不被接受，反而注定必受到误解和讥诮。人们所有的是一具没有灵魂的躯壳，或如雪莱所说，是精神死亡。

现在让我们来看看我们的艺术——音乐、绘画、诗歌、雕刻、戏剧、建筑和舞蹈。在十四五世纪前的北魏时期，我们经历了伟大的雕刻时代，但有几个人看到并真正欣赏过那些雕刻艺术，哪怕断简残篇，更不用说世界雕刻最卓越成就之一的山西云岗石窟？音乐很久很久以前就成了春天的伊甸，也许再也不能复活。而今，音乐的圣责更是可悲地退化到粗俗的京胡和琵琶手手里，这只能为那些所谓的戏院和落子结造点气氛。绘画是另一番惨景。我们领略过吴道子开阔朗畅的画风，欣赏过王维博大而精细的画卷，近些时候，也看到过金冬心平静沉实的构图，这些模糊的记忆便是以教我们难以忍受目前十足的匠气，假冒的模仿和直接的欺骗，而没有半点独到之处和创造力。那些九流欧洲创作法的追随者们，技巧幼稚，想像贫乏，还不如那些刻守传统形式的画家，后者好在还能带给份幽默，使你微笑，而前者则常常使你败兴，刺激虐待狂变态心理。戏剧作为一种艺术实在是不足挂齿，虽然一些老式戏剧作为一种通俗的大众娱乐形式值得称道，并很好证明了狄更生先生所讲的中国人的幽默感。著名戏剧评论家格伦威尔·巴克说：“一个民族的伟大，一个种族灵魂的精深，是以其悲剧性诗歌和戏剧的成就来衡量的。”悲剧的本质是精神危机的一种艺术再现，我们中国人还没有这门艺术，也没有任何可以取而代之的东西，因而无法测定我们的悲剧才能。我们甚至从未意识到既美好又可怕的灵魂的现实，并为显然精明地回避、忽视这种现实而自得。现代建筑也毫无艺术价值，以北京为例，“公理战胜”碑达到了建筑学丑恶的顶点，当你走进中央公园，这座纪念碑必定使你败兴。至于舞蹈，无需多说，我们非常满足于梅兰芳、琴雪芳在《天女散花》

和《嫦娥奔月》中的优美姿态。

谈到诗歌，我们想不出更悲惨的境遇了。稍一提及樊樊山和易实甫，就令人作呕。庚子式的爱国诗人悲叹恸哭，浪费了那么多眼泪，却没让人记住他们的诗。今天的打油诗人仍然众多，可过去了几个世纪，真正的诗人尚未出现。但有人会提出异议，我们不是有所谓的新诗吗。是的，所以我们还不至于绝望。但远大的前途并未导致我们的批评才能沉睡，误以为我们确实有了真正的诗歌。相反，迄今为止的尝试实在不尽人意，而在杂志、报纸、学校年刊和情书中，人们注定要遇到我所说的荒谬运用一些未经消化的理论。新诗表面上是现实主义，但骨子里却是完全的非现实性；甚之，还有毫不自然的自然主义，没有象征意义的象征主义。换言之，只要达到某种主义，便没有人肯冒昧称其为诗。我不用举例来证明我的评估，那些跟上这一运动的人会明白，我所作出的令人不快的评估一点也不偏激过份。

好了，这一概述足以说明我们无艺术可言。问题是为什么会有这种可悲的事态，它是怎样产生的。对我来说，理由很简单；我们没有艺术恰恰因为我们没有生活。

中国人是一个品德兼备、聪明智慧的种族，但我们从没有完全认识和表达自己，而希腊人和罗马人通过生活觉性的艺术中介这样做了。著名批评家沃尔特·裴特尔说：“东方思想中到处是对人生的模糊认识，对人生本身并没有真正理解，不了解人性的本能。人类对自身的意识，仍是同动植物世界奇异、变幻的生活混淆起来。”佩特精辟指出，创立了“灵魂的统治”的希腊雕刻，向人的眼、手和脚施发权力和神威。

“思想上对人生本身没有真正理解，就无从认识崇高的人性特征。”这是我所知的对我们文化最令人信服的批判。我们的圣人，像今天的布尔什维克领袖一样，在致力一项绝非容易的艰苦工作，只是方式不同。他们平衡、协调人与人之间所共有的明显的欲望，诸如食物、性等。可是天哪，他们竟忘了人不仅是物质的，还是精神的，需要精神上的关心和食粮。因此，孔教虽令人叹服，但经后人歪曲更易之后付诸实践，就产生了一种依赖于安闲的感伤基础之上的文化。这种文化也许有其可爱之处，但它除了故作多情以外，别无其他，而且把人的精神视为不值一理的东西。

他们忘却精神，压制理性。孔子卓越地给人的感觉外延和享乐划定了界限，教我们依赖于他从未界说过的准则，即礼。

老子和庄子更用迷人的语言，使我们迷惑的头脑认识到，生活完满是一个理想的怪物，就像莎士比亚笔下七十岁的老娃娃，没有牙齿，没有眼睛，没有口味，没有一切。要是这位绅士一旦生出感觉器官，就无法保持其生命的完整，就会立刻分散、摧毁人与生俱来的能力。愚钝的墨子也是如此，要是人类满足于食草住穴，抛弃自然感官可能发现的一切形式，他才欣喜若狂呢。

中国人不承认灵魂，否认知觉，在原生力下活动着的独特意志，部分通过抑制，部分通过升华，被引入到“安全”、实效的途径。中国人成为这样一种生物，没有宗教，没有爱，甚至没有任何的精神冒险。真诚的朋友如洛斯·狄更生、伯特兰·罗素、艾琳·鲍尔小姐对我们冷静的生活态度、中庸之爱、通情达理和谦恭礼让等等大加赞赏。但对我来说，接受这种恭维的同时，却不禁感到一种辛辣的反讽。因为冷静的生活态度，除了明显否定生活，窒息感情的圣火外，还能有什么呢？中庸之爱除了作为思想、行为怯懦，生活浅薄单调的漂亮借口外，还能是什么吗？所谓受人奉承的理性、主义和谦让精神，产生的只是一种普遍的惰习和那个被我们称作中华民国政府的荒唐怪物！啊，我们的朋友们能知道，我们以多大的代价才维持了一种表面和平其实不然的生活方式吗？而这一生活方式近来却受到极端主义和骚乱的西方的嫉羡。H. G. 威尔斯先生曾对我说，我们今天想得到的是和平，和平，和平，但绝不是那种羞怯，单调、令人窒息、悠闲懒散的和平，我所说的是积极主动、生气横溢、富有创造力的和平，如古雅典曾经实现的那种和平。所以说，对热烈的爱，热烈的宗教思想，我们确实太合乎理性了。柏拉图所说“神圣疯狂”的爱是不合理性的，熟知天主教教义的人应该听说过，天主教教义里把爱视为“伟大的圣餐”，与使化体相类似，它之所以不合理性仅仅因为它超乎理性之上。考文垂·帕特莫尔写道：“这种为蠢人们提供了谩骂口实的极端非理性情感，是爱最可靠的保证之一，是爱永不枯竭趣味和力量的主要泉源。除了科学家，还有谁对那些不及我们而能被我们领悟的东西如此看重并被深深打动的呢？因此，爱同宗教一样，因为宗教即是神圣的宇宙的爱，是超然和圣化的。由于它是被人类的眼睛能看见的一股神秘力量所圣化，因而能看见属于精神领域的图景，但这些图景通常不被认为是现实的准则。人的耳朵将被壮严崇高的音乐征服。这音乐就像来自天际的浩瀚波浪。这种精神超越，能使以前无活力的潜在创造力开始解放自己，并通过可以选择的任何途径，努力认识自身的体积和形状。爱比其他任何情感更深地植根于土地，因此它的头像圣树一样直耸天国。赋与它们物质和可信性，高度要求并证明深度。”把爱说成最富生气最有潜力的创造源泉绝非一句套话。如果抽去性激情及所有与之有关的因素，你会惊愕地发现欧洲的文化和艺术无可挽回地破产。任何不否定或歪曲人生和真理的男女，无须弗洛伊德派，都会承认，至少也能感觉到，爱虽然最不严肃，却是万物中最有意义的。然而这一简单的真理在漫长病态的中国历史中，从未被认识过。甚至今天，我的个人经历仍仅让我在这方面发现了两类人：藐视爱的愤世嫉俗者和害怕爱的胆小懦夫。要是知识之树长在中华帝国的中央，而非伊甸园里，那亚当和夏娃仍然是纯美的创造物，他们心眼迷钝，对内在的生命召唤麻木不仁。上帝也不至于对蛇的英雄主义和夏娃的好奇心造的麻烦而盛怒不休。

这位圣人为我们划定的人生范围几乎是一系列枯燥乏味的伦理陈词滥调，这一命定结果所产生的影响剥夺和抑制了我们的想像力。你只要翻翻我们的小说和诗歌就会相信，其中想像的作用是多么狭窄。我们的诗人，可能除了李白以外，再没一位被认为是世界性的。这不值得深思吗？在我们的文学花名册里，找不到一位堪与歌德、雪莱、华滋华斯相比的，更不用说但丁和莎士比亚了，这不令人震惊吗？说到其他艺术，又有谁堪与米开朗基罗、列奥那多·达·芬奇、特纳、柯勒乔、威尔埃斯奎斯、瓦格纳、贝多芬等等众多天才相比呢？以此类推，是不是我们种族的本性决定了我们总是不同于世界其他地方？由于不相同是程度上的，而非类别上的，那么我们的想像力是不是生来就营养不良，发育不全？我们所拥有的艺术遗产不能整个包含生活，那是不是表明我们在本质上逊于西方呢？因为一切伟大的艺术作品都要求包含生活。我们从很小就受到视觉和意志的训练，以适应实用的细节，合于毫无生气的生活礼仪，而不是揭示伟大生活的奥秘，唤起伟大生活的希望。这是中国教育的大失败，它导致真正人格的死亡，没有穷尽地造就着杰出的庸才。

人生的根本，欢乐的源泉，以及想像的能力，这些自然泉流遭到了无情的阻挠，我们的生命存在确实太可怜了。人生的贫乏必然导致艺术的贫乏。充实美好的人生会自发地绽出实在的美，并终将影响我们对永恒的理解。一棵充满生命力的树必定枝繁叶茂，结出的果儿色彩绮丽。同样，洋溢着自我意识的人生，自然结出思想的结晶——艺术，或行为——值得怀恋的行为。因此，丰富、扩大、繁殖、加剧，最重要的是使你的生活精神化，这样艺术就会诞生了。

对于中国艺术与人生的停滞、肤浅，我已经说其实是谴责得够多了。现在，让我们暂时把目光转到西方历史上表现的艺术与人生的一致性上。说到这，最好还是像在其他方面一样，求助于古希腊和文艺复兴时代的意大利，以得到启迪和智慧。

我认为，希腊文化最伟大的成就不在政治，更不在科学和玄学，而在于发现了人体的尊严和美。文艺复兴时期伟大的德国艺术家温克尔曼说："没有哪个民族像希腊人那样尊崇美。主管埃加年轻朱庇特神、伊斯米尼阿波罗神的牧师，还有走在塔纳格拉墨丘利神礼拜队伍前列、肩抬羔羊的牧师，都是赢得了美誉的青年……希腊人是那么渴望美，珍视美，每个漂亮的人都愿向众人显示美，特别是想让艺术家证明这种美，因为他们授予这一荣誉。正因为此，艺术家总有在面前欣赏至上美的机会。美甚至能带来声望：我们在希腊历史中看到了最美丽卓越的民族……希腊人尊崇美是这样普遍，斯巴达妇女都在卧室里挂上美神纳里厄斯、纳克素斯或海厄西斯的像，希望生下漂亮的孩子。”像在其他方面一样，自然在这里也有其重要的作用。希腊人非常愿意把对自身的看法和同平凡世界的关系转化成可感的客体，绝不是偶然的：他们赋予了美的身体和理智理解力。轻捷甜美地呼唤感觉的优雅空气，美丽的自然风光，美妙的人体结构，清秀的面部轮廓，这些都是希腊人走入人生时带来的幸运。美像天才或高贵的地位一样，成了一种荣誉。翻开人类文化学课本中比较生理学部分，你就会看到各种族裸露的人体。我不知记得对不对，也许是法国人库里埃的书中，对日本的裸体舞蹈者作了毫不掩饰的描写。然后再转向美丽绝伦的维纳斯或阿波罗，你就会产生一种既惬意又不安的感觉：在塑造不同民族的不同体型和比例时，更不用说黑美人的肤色和气味，造物主是多么的顽皮，不公正。

然而，希腊人对美的神往并不说明他们是一个不负责任的唯美主义的民族。相反，希腊人关注美，仅是把美奉献给实现美好的生活，把不同的灵魂完美地融和在一起。正是由于希腊人完美健全的智力，最终的善才成为可能，并以美的形式最终表现出来。人类最伟大文献之一柏拉图的《共和国》是彻底的美的哲学，它讲的是建立善与美的联系，这种联系可以导致理想的个人品德表现与美好生活的统一。希腊人的独特，在于他们以同样的态度对待人生和艺术。对他们，仅仅是对他们，艺术与人生才是统一体。希腊人以同样的标准审视艺术与人生，他们把艺术看成真正的人生自觉。意味深长的是，他们的绅士一词“LalesLagathes”意为“美丽的善”。

如果说希腊人留给我们的珍贵遗产是人体的发现，那十五世纪意大利文艺复兴带给我们的礼物就是人的精神的发现和体现。像现时的中国一样，文艺复兴是一个伟大的叛逆时代，是一个多方面而统一的运动，这一运动使长期受压迫、遭抑制的人们，恢复了独立与尊严，恢复了对理智和想像的事物的爱，恢复了更自由美好地构想生活的渴望，使人们感觉自身，使那些有这种愿望的人探求一个又一个理智享受或想像享受的意义，引导他们不仅去发现这种享受的旧的和已被遗忘的源泉，而且去预言新的源泉——新的经历，新的诗歌主题，新的艺术形式。这是一个个性丰富、博大、集中、完整的时代——洛伦传的时代好比培里克里斯的时代。“在这里，艺术家、哲学家和那些在世间活动中变得振作敏锐的人，没有孤独地生活，他们呼吸同样的空气，互相在彼此的思想中寻找着光和热。这里有普遍高尚的精神和人人平等交往的启蒙精神。精神的统一赋予文艺复兴时期所有不同的产物同一性。正是这种精神的亲密联盟，分享那个时代产生的最先进的思想，使十五世纪意大利的艺术具有了庄重的尊严和深远的影响。”

精神的统一非常重要，它渗透到艺术与人生。造就无数杰出人物的同一力量，使他们的艺术达到了全盛时期。他们那令人惊异的美的艺术充满了人生的热情和人类灵魂所能表现的最深切最崇高的感情。精神的统一使他们逐渐认识到完全自我表现的个人权力，并最终获得这种权力，同时也使他们认识到宇宙的客观现实，开创了科学方法，导致了随之而来的众多发现。

我没去谈别的什么运动，而是选择了希腊和文艺复兴时期，是为了表明，这两个时期比其他任何时期更能清楚地显示，人的精神在一个文化统一体中，在生活潜能最大限度的一致表现中，享有实现自我的幸福机会，这种生活是丰富、热情、生动和自觉的。“文艺复兴”对现代中国并非完全不适用，如果她要从西方历史中学点什么，那应该是希腊文化和文艺复兴精神。至于太过自信的理性主义和源于十八世纪盛行于十九世纪的唯物主义，都有趣地转了向，最后在自相矛盾的灾难中收场，只留下几个伪科学家狂怒地死抱着实验工具不放。还有就是那些充满乐观的布尔什维主义者崇拜他们一切正确的上帝卡尔·马克思，反对把人性奉为信条，把艺术奉为宗教的新理想主义的普遍觉醒。如果中国尚未完全耗尽生命力，扼杀掉天才，那我们相信，她将带了一颗欢喜的心和觉醒的灵魂，投身这一运动，并终将证明无愧于自己的古老遗产。如果这样，用不了多久，我们就能摆脱作为中国文化特质的僵死陋习和传统桎梏。经过长期的间隔之后，就像“黑暗年代”过后产生了文艺复兴，我们将再一次看到理想的人性光辉，虽然我们得承认目前尚难找到这一迹象，但我们终将看到具体表现全人类特别是我们种族根本的艺术作品。我总幻想要是我们有一位伟大的音乐家或作曲家，不仅能使过去丢失的东西复活，还能奏出我们伟大民族长期压抑的声音，他也许能预言我们原始的精神走向成熟。音乐和其他艺术不同，它是真正的艺术形式，是衡量完美艺术的标准。音乐能更深地打动人心，能更诚服、不可抗拒、强有力和理想地向有鉴赏力的人传递思想和感情。

让我总结一下在这篇演讲中想讲的内容：我简要说明了为什么中国艺术在完全通过想像能力理解、说明人生总的方面失败了，而欧洲艺术多少获得了成功。我探讨了我们人生与艺术的相对地位，后者是前者的反映，前者对后者负责。

我还列举了古希腊和文艺复兴的成就，来显示以完美的艺术形式出现的精神统一，这种艺术主要是人道主义的。我们的艺术也要这样。

我还冒然断言，关心人生才能关心艺术。所谓关心人生，我指的是有意识地揭示人性中固有的自然资源，利用一切机会将它们转化成有用的东西。换言之，我们必须有意识地培养自觉，有了这种自觉，存在于灵魂中的创造精神才能发挥效用。事实上，我们中很少有人敢说，“我已经完全认识了自己。”请记住，追求表现总会导致自我暴露和理解，而这常会令你吃惊。内在事物的揭示有赖于从外界事物吸收的思想中获得灵感和效力。在这一点上审美鉴赏十分重要，细腻的感情对于美的事物远比强烈的理智和品性重要、有效。只要努力追求艺术的激情，就会认识美和人生的价值。倘若《哈姆莱特》或《解放了的普罗米修斯》没能打动你，这不能怪莎士比亚和雪莱。当一个指挥得法的贝多芬交响乐演奏高潮时，你仍不能心醉神迷，我看你最好去请耳科专家查查听觉器官是否出了毛病。客气地讲，如果《特里斯坦和依索尔德》不能扣动你的心弦，除非你不喜欢瓦格纳的风格，那你至少应该像逃避数学或体育一样感到丢尽了脸。如果你站在罗马或科隆大教堂的摩西像前不为所动，如果你从特纳、惠斯勒和马蒂斯的油画中只看到一大块漂亮的颜色，那你可以安然地说服自己，你所受的教育远不如你想的那么好。当你走过顺治门的内院，看到肃穆的古墙边精致陈列着一排绝妙的陶瓷艺术品，心下没有半点喜悦时，你最好放弃欣赏后期印象派大师如塞尚的打算，还是躺到安乐椅上去咒诅周围世界的丑陋吧。我当然不是说，我们每个人无须训练和了解，就能像个专业批评家似的即刻爱上欧洲艺术。相反，西方艺术及技巧所体现的根本思想，对普通东方人来说比较陌生，所以总令人迷惑不解。我想中国留学生中具有超于浅薄的肉体快乐之上的起码艺术感觉的人，甚至不足百分之一。但不要忘记，值得获取的东西往往难于得到。总之，是愚蠢的教育和呆板的习性使我们不能感受、欣赏到事物的原貌。扫清这些因素，你就能恢复审美直觉，也许这种直觉会因饥饿而变得热烈贪婪、敏锐透彻。然后，应把生活本身作为一件艺术品，或一个艺术问题来看。我们被赋予这尘俗的身体、大脑和心脏正如一个艺术家被赋予了绘画、雕刻的主题和场景。当我们将画笔或刻刀运用到已如愿掌握的物质材料上时，不该感到有种责任感吗？一块有限脆弱的材料，可能被一下毁掉，也可能变成一件美的杰作。正如意大利热情的诗人丹农里奥所说，只要我们付出努力，即使在这个世界，还是能把我们的生活变成美丽的寓言。达到善的最好途径是美；既然我们如此乐于追随希腊人的智慧，我们的审美直觉比起含糊不清的道德善感来，是一个更为安全、可信的最终标准。生活是件艺术品！所以，为最后的回顾作好准备。等你七十岁时，青春的红润变成难看的皱纹，甜美的声音变成老年沙哑的干咳，看你是否对用自己的双手塑造了丰富多彩的生涯感到欣慰。读读歌德之类伟大或次要点人物的传记，并以此为标准评估自己的一生，看看对照的结果。歌德伟大的一生不能不被认为是一件艺术品，一部杰作。至少不亚于罗马圣·彼得的杰作，他们的一生都充满了美的神秘和神秘的美。说到高尚、理智的人生的训诫和原则，我想最好还是再次引用沃尔特·裴特尔研究文艺复兴的著名论著《结论》中的话：

“哲学和思辨文化对人精神的贡献，是使它在敏锐、热情的观察中惊醒。每一时刻某种形式在手上或脸上变得完美；来自山峰海洋的某些声音比其他声音更迷人；某种热情、顿悟或理智兴奋对我们，对那一时刻，更真实，更迷人，更具魅力。感受本身而非感受的果实才是目的。在我们丰富多彩、富于戏剧性的人生中，脉搏跳动的次数是有限的。我们怎样才能在有限的脉搏跳动中，通过最敏感的知觉观察到所要看的一切呢？怎样才能最迅速地从一点到另一点，并总在生命力与其最纯能量凝结的焦点上出现呢？永远与这种热情的宝石般的火焰一起燃烧，保持这种令人迷狂的忘我境界，才是人生的成功。”

他又说：

“正如维克多·雨果所说：我们是罪人，都被判了死刑，但缓刑的期限不明确。我们都有一个期限，过了这个期限，世界不再记得我们了。有些人在倦怠，有些人在热情中度过这一期限，而最聪明的人，至少是在‘这世界的孩子’中最聪明，则是在艺术和歌声中度过一生。我们唯一的机会在于尽可能多地增加脉搏的跳动，以延长这一有限的时间。伟大的激情能带给我们复苏的生活感，爱的悲欢和热烈活动的各种形式，无论我们是否感兴趣，这些形式都会自然地来到我们许多人中间。但记住只能是激情，才真正使你收获复苏的意识的果实。诗的激情、美的渴望、为艺术而爱艺术，这里都蕴蓄着最高的智慧。艺术唤醒你时坦率直言，它只把最高的品质赋予稍纵即逝的人生瞬间，而且它仅为那些瞬间而来。”

（原英文标题为“Art and Life”，
载《创造季刊》1922年1卷2期。傅光明译。）

海滩上种花

朋友是一种奢华。且不说酒肉势利，那是说不上朋友，真朋友是相知，但相知谈何容易，你要是打开人家的心，你先得打开你自己的，你要在你的心里容纳人家的心，你先得把你的心推放到人家的心里去，这真心或真性情的相互的流转，是朋友的秘密，是朋友的快乐。但这是说你内心的力量够得到，性灵的活动有富余，可以随时开放，随时往外流，像山里的泉水，流向容得住你的同情的沟槽；有时你得冒险，你得花本钱，你得抵拼在巉岈的乱石间，触刺的草缝里耐心的寻路，那时候艰难、苦痛、消耗，实在是可能的，在你这水一般灵动，水一般柔顺的寻求同情的心能找到平安欣快以前。

我所以说朋友是奢华，“相知”是宝贝，但得拿真性情的血本去换，去拼。因此我不敢轻易说话，因为我自己知道我的来源有限，十分的谨慎尚且不时有破产的恐惧；我不能随便“化”。前天有几位小朋友来邀我跟你们讲话，他们的恳切折服了我，使我不得不从命，但是小朋友们，说也惭愧，我拿什么来给你们呢？

我最先想来对你们说些孩子话，因为你们都还是孩子。但是那孩子的我到哪里去了？仿佛昨天我还是个孩子，今天不知怎的就变了样。什么是孩子要不为一点活泼的天真，但天真就比是泥土里的嫩芽，天冷泥土硬就压住了它的生机——这年头问谁去要和暖的春风？

孩子是没了。你记得的只是一个不清切的影子，模糊得很，我这时候想起就像是一个瞎子追念他自己的容貌，一样的记不周全；他即使想急了拿一双手到脸上去印下一个模子来，那模子也是个死的。真的没了。一天在公园里见一个小朋友不提多么活泼，一忽儿上山，一忽儿爬树，一忽儿溜冰，一忽儿干草里打滚，要不然就跳着憨笑；我看着羡慕，也想学样，跟他一起玩，但是不能，我是一个大人，身上穿着长袍，心里存着体面，怕招人笑，天生的灵活换来矜持的存心——孩子，孩子是没有的了，有的只是一个年岁与教育蛀空了的躯壳，死僵僵的，不自然的。

我又想找回我们天性里的野人来对你们说话。因为野人也是接近自然的；我前几年过印度时得到极刻心的感想，那里的街道房屋以及土人的体肤容貌，生活的习惯，虽则简，虽则陋，虽则不夸张，却处处与大自然——上面碧蓝的天，火热的阳光，地下焦黄的泥土，高矗的椰树——相调谐，情调、色彩、结构，看来有一种意义的一致，就比是一件完美的艺术的作品。也不知怎的，那天看了他们的街，街上的牛车，赶车的老头露着他的赤光的头颅与紫姜色的圆肚，他们的庙，庙里的圣像与神座前的花，我心里只是不自在，就仿佛这情景是一个熟悉的声音的叫唤，叫你去跟着他，你的灵魂也何尝不活跳跳的想答应一声“好，我来了”，但是不能，又有碍路的挡着你，不许你回复这叫唤声启示给你的自由。困着你的是你的教育；我那时的难受就比是一条蛇摆脱不了困住他的一个硬性的外壳——野人也给压住了，永远出不来。

所以今天站在你们上面的我不再是融会自然的野人，也不是天机活灵的孩子；我只是一个“文明人”，我能说的只是“文明话”。但什么是文明或是堕落？文明人的心里只是种种虚荣的念头，他到处忙不算，到处都得计较成败。我怎么能对着你们不感觉惭愧？不了解自然不仅是我的心，我的话也是的。并且我即使有话说也没法表现，即使有思想也不能使你们了解；内里那点子性灵就比是在一座石壁里牢牢的砌住，一丝光亮都不透，就凭这双眼望见你们，但有什么法子可以传达我的意思给你们，我已经忘却了原来的语言，还有什么话可说的？

但我的小朋友们还是逼着我来说谎（没有话说而勉强说话便是谎）。知识，我不能给；要知识你们得请教教育家去，我这里是没有的。智慧，更没有了；智慧是地狱里的花果，能进地狱更能出地狱的才采得着智慧，不去地狱的便没有智慧——我是没有的。

我正发窘的时候，来了一个救星——就是我手里这一小幅画，等我来讲道理给你们听。这张画是我的拜年卡，一个朋友替我制的。你们看这个小孩子在海边沙滩上独自的玩，赤脚穿着草鞋，右手提着一枝花，使劲把它往沙里栽，左手提着一把浇花的水壶，壶里水点一滴滴的往下掉着。离着小孩不远看得见海里翻动着的波澜。

小孩子在海边的沙滩上，独自种花。

你们看出了这画的意思没有？

在海砂里种花。在海砂里种花！那小孩这一番种花的热心怕是白费的了。砂碛是养不活鲜花的，这几点淡水是不能帮忙的；也许等不到小孩转身，这一朵小花已经支不住阳光的逼迫，就得交卸他有限的生命，枯萎了去。况且那海水的浪头也快打过来了，海浪冲来时不说这朵小小的花，就是大根的树也怕站不住——所以这花落在海边上是绝望的了，小孩这番力量准是白花的了。

你们一定很能明白这个意思。我的朋友是很聪明的，他拿这画意来比我们一群呆子，乐意在白天里做梦的呆子，满心想在海砂里种花的傻子。画里的小孩拿着有限的几滴淡水想维持花的生命，我们一群梦人也想在现在比沙漠还要干枯比沙滩更没有生命的社会里，凭着最有限的力量，想下几颗文艺与思想的种子，这不是一样的绝望，一样的傻？想在海砂里种花，想在海砂里种花，多可笑呀！但我的聪明的朋友说，这幅小小画里的意思还不止此；讽刺不是她的目的。她要我们更深一层看。在我们看来海砂里种花是傻气，但在那小孩自己却不觉得。他的思想是单纯的，他的信仰也是单纯的。他知道的是什么？他知道花是可爱的，可爱的东西应得帮助他发展；他平常看见花草都是从地土里长出来的，他看来海砂也只是地，为什么海砂里不能长花他没有想到，也不必想到，他就知道拿花来栽，拿水去浇，只要那花在地上站直了他就欢喜，他就乐，他就会跳他的舞，唱他的歌，来赞美这美丽的生命，以后怎么样，海砂的性质，花的命运，他全管不着！我们知道小孩们怎样的崇拜自然，他的身体虽则小，他的灵魂却是大着，他的衣服也许脏，他的心可是洁净的。这里还有一幅画，这是自然的崇拜，你们看这孩子在月光下跪着拜一朵低头的百合花，这时候他的心与月光一般的清洁，与花一般的美丽，与夜一般的安静。我们可以知道到海边上来种花那孩子的思想与这月下拜花的孩子的思想会跪下的——单纯、清洁，我们可以想像那一个孩子把花栽好了也是一样来对着花膜拜祈祷——他能把花暂时栽了起来便是他的成功，此外以后怎么样不是他的事情了。

你们看这个象征不仅美，并且有力量；因为它告诉我们单纯的信心是创作的泉源——这单纯的烂漫的天真是最永久最有力量的东西，阳光烧不焦它，狂风吹不倒它，海水冲不了它，黑暗掩不了它——地面上的花朵有被摧残有消灭的时候，但小孩爱花种花这一点“真”却有的是永久的生命。

我们来放远一点看。我们现有的文化只是人类在历史上努力与牺牲的成绩。为什么人们肯努力肯牺牲？因为他们有天生的信心；他们的灵魂认识什么是真什么是善什么是美，虽则他们的肉体与知识有时候会诱惑他们反着方向走路；但只要他们认明一件事情是有永久价值的时候，他们就自然的会兴奋，不期然的自己牺牲，要在这忽忽变动的声色的世界里，赎出几个永久不变的原则的凭证来。耶稣为什么不怕上十字架？密尔顿何以瞎了眼还要做诗，贝多芬何以聋了还要制音乐，密仡郎其罗为什么肯积受几个月的潮湿不顾自己的皮肉与靴子连成一片的用心思，为的只是要解决一个小小的美术问题？为什么永远有人到冰洋尽头雪山顶上去探险？为什么科学家肯在显微镜底下或是数目字中间研究一般人眼看不到心想不通的道理消磨他一生的光阴？

为的是这些人道的英雄都有他们不可动摇的信心；像我们

在海砂里种花的孩子一样，他们的思想是单纯的——宗教家为善的原则牺牲，科学家为真的原则牺牲，艺术家为美的原则牺牲——这一切牺牲的结果便是我们现有的有限的文化。

你们想想在这地面上做事难道还不是一样的傻气——这地面还不与海砂一样不容你生根，在这里的事业还不是与鲜花一样的娇嫩？——潮水过来可以冲掉，狂风吹来可以折坏，阳光晒来可以熏焦我们小孩子手里拿着往砂里栽的鲜花，同样的，我们文化的全体还不一样有随时可以冲掉、折坏、熏焦的可能吗？巴比伦的文明现在哪里？嘭蜉城曾经在地下埋过千百年，克利脱的文明直到最近五六十年间才完全发现。并且，有时一件事实体的存在并不能证明他生命的继续。这区区地球的本体就有一千万个毁灭的可能。人们怕死不错，我们怕死人，但最可怕的不是死的死人，是活的死人，单有躯壳生命没有灵性生活是莫大的悲惨；文化也有这种情形，死的文化倒也罢了，最可怜的是勉强喘着气的半死的文化。你们如其问我要例子，我就不迟疑的回答你说，朋友们，贵国的文化便是一个喘气的活死人！时候已经很久的了，自从我们最后的几个祖宗为了不变的原则牺牲他们的呼吸与血液，为了不死的生命牺牲他们有限的存在，为了单纯的信心遭受当时人的讪笑与侮辱。时候已经很久的了，自从我们最后听见普遍的声音像潮水似的充满着地面。时候已经很久的了，自从我们最后看见强烈的光明像彗星似的扫掠过地面，时候已经很久的了，自从我们最后为某种主义流过火热的鲜血，时候已经很久的了，自从我们的骨髓里有胆量，我们的说话里有分量。这是一个极伤心的反省！我真不知道时代犯了什么不可赦的大罪，上帝竟狠心的赏给我们这样恶毒的刑罚？你看看这年头到哪里去找一个完全的男子或是一个完全的女子——你们去看去，这年头哪一个男子不是阳痿，哪一个女子不是鼓胀！要形容我们现在受罪的时期，我们得发明一个比丑更丑比脏更脏比下流更下流比苟且更苟且比懦怯更懦怯的一类生字去！朋友们，真的我心里常常害怕，害怕下回东风带来的不是我们盼望中的春天，不是鲜花青草蝴蝶飞鸟，我怕她带来一个比冬天更枯槁更凄惨更寂寞的死天——因为丑陋的脸子不配穿漂亮的衣服，我们这样丑陋的变态的人心与社会凭什么权利可以问青天要阳光，问地面要青草，问飞鸟要音乐，问花朵要颜色？你问我明天天会不会放亮？我回答说我不知道，竟许不！

归根是我们失去了我们灵性努力的重心，那就是一个单纯的信仰，一点烂漫的童真！不要说到海滩去种花——我们都是聪明人谁愿意做傻瓜去——就是在你自己院子里种花你都懒怕动手哪！最可怕的怀疑的鬼与厌世的黑影已经占住了我们的灵魂！

所以朋友们，你们都是青年，都是春雷声响不曾停止时破绽出来的鲜花，你们再不可堕落了——虽则陷井的大口满张在你的跟前，你不要怕，你把你的烂漫的天真倒下去，填平了它，再往前走——你们要保持那一点的信心，这里面连着来的就是精力与勇敢与灵感——你们要不怕做小傻瓜，尽量在这人道的海滩边种你的鲜花去——花也许会消灭，但这种花的精神是不烂的！

吸烟与文化

一

牛津是世界上名声压得倒人的一个学府。牛津的秘密是它的导师制。导师的秘密，按利卡克教授说，是“对准了他的徒弟们抽烟”。真的，在牛津或康桥地方要找一个不吸烟的学生是很费事的——先生更不用提。学会抽烟，学会沙发上古怪的坐法，学会半吞半吐的谈话——大学教育就够格儿了。“牛津人”、“康桥人”，还不彀中吗？我如其有钱办学堂的话，利卡克说，第一件事情我要做的是造一间吸烟室，其次造宿舍，再次造图书馆；真要到了有钱没地方花的时候再来造课堂。

二

怪不得有人就会说，原来英国学生就会吃烟，就会懒惰。臭绅士的架子!臭架子的绅士!难怪我们这年头背心上刺刺的老不舒服,原来我们中间也来了几个叫土巴菰烟臭熏出来的破绅士!

这年头说话得谨慎些。提起英国就犯嫌疑。贵族主义!帝国主义!走狗!挖个坑埋了他!

实际上事情可不这么简单。侵略,压迫,诅咒是一件事,别的事情可不跟着走。至少我们得承认英国,就它本身说,是一个站得住的国家,英国人是有出息的民族。它有的是组织的生活,它有的是活气的文化。我们也得承认牛津或是康桥至少是一个十分可羡慕的学府,它们是英国文化生活的娘胎。多少伟大的政治家、学者、诗人、艺术家、科学家,是这两个学府的产儿——烟味儿给熏出来的。

三

利卡克的话不完全是俏皮话。"抽烟主义"是值得研究的。但吸烟室究竟是怎么一回事?烟斗里如何抽得出文化真髓来?对准了学生抽烟怎样是英国教育的秘密?利卡克先生没有描写牛津、康桥生活的真相;他只这么说,他不曾说出一个所以然来。许有人愿意听听的,我想。我也叫名在英国念过两年书,大部分的时间在康桥。便严格的说,我还是不够资格的。我当初并不是像我的朋友温源宁先生似的出了大金磅正式去请教薰烟的;我只是一个,比方说,烤小半熟的白薯,离着焦味儿透香还正远哪。但我在康桥的日子可真是享福,深怕这辈子再也得不到那样蜜甜的机会了。我不敢说康桥给了我多少学问或是教会了我什么。我不敢说受了康桥的洗礼,一个人就会变气息,脱凡胎。我敢说的只是——就我个人说，我的眼是康桥教我睁的，我的求知欲是康桥给我拨动的，我的自我的意识是康桥给我胚胎的。我在美国有整两年，在英国也算是整两年。在美国我忙的是上课，听讲，写考卷，啃橡皮糖，看电影，赌咒。在康桥我忙的是散步，划船，骑自转车，抽烟，闲谈，吃五点钟茶牛油烤饼，看闲书。如其我到美国的时候是一个不含糊的草包，我离开自由神的时候也还是那原封没有动。但如其我在美国时候不曾通窍，我在康桥的日子至少自己明白了原先只是一肚子颟顸。这分别不能算小。

我早想谈谈康桥，对它我有的是无限的柔情。但我又怕亵渎了它似的始终不曾出口。这年头！只要贵族教育一个无意识的口号就可以把牛顿、达尔文、米尔顿、拜伦、华茨华斯、阿诺尔德、纽门、罗刹蒂、格兰士顿等等所从来的母校一下抹煞。再说这些年来交通便利了，各式各种日新月异的教育原理教育新制翩翩的从各方向的外洋飞到中华，那还容得厨房老过四百年墙壁上爬满骚胡髭一类藤萝的老书院一起来上讲坛？

四

但另换一个方向看法，我们也见到少数有见地的人再也看不过国内高等教育的混沌现象，想跳开了蹂烂的道儿，回头另寻新路走去。向外望去，现成有牛津、康桥青藤缭绕的学院招着你微笑；回头望去，五老峰下飞泉声中白鹿洞一类的书院瞅着你惆怅。这浪漫的思乡病跟着现代教育丑化的程度在少数人的心中一天深似一天。这机械性、买卖性的教育够腻烦了，我们说。我们也要几间满沿着爬山虎的高雪克屋子来安息我们的灵性，我们说。我们也要一个绝对闲暇的环境好容我们的心智自由的发展去，我们说。

林语堂先生在《现代评论》登过一篇文章谈他的教育的理想。新近任叔永先生与他的夫人陈衡哲女士也发表了他们的教育的理想。林先生的意思约莫记得是想仿效牛津一类学府；陈、任两位是要恢复书院制的精神。这两篇文章我认为是很重要的，尤其是陈、任两位的具体提议，但因为开倒车走回头路分明是不合时宜，他们几位的意思并不曾得到期望的回响。想来现在的学者们太忙了，寻饭吃的，做官的，当革命领袖的，谁都不得闲，谁都不愿闲，结果当然没有人来关心什么纯粹教育（不含任何动机的学问）或是人格教育。这是个遗憾的现象。

我自己也是深感这浪漫的思乡病的一个；我只要

草青人远，一流冷涧。

但我们这想望的境界有容我们达到的一天吗？

民国十四年一月十四日

秋[1]

两年前，在北京，有一次，也是这么一个秋风生动的日子，我把一个人的感想比作落叶，从生命那树上掉下来的叶子。落叶，不错，是衰败和凋零的象征，它的情调几乎是悲哀的。但是那些在半空里飘摇，在街道上颠倒的小树叶儿，也未尝没有它们的妩媚，它们的颜色，它们的意味，在少数有心人看来，它们在这宇宙间并不是完全没有地位的。“多谢你们的摧残，使我们得到解放，得到自由。”它们仿佛对无情的秋风说：“劳驾你们了，把我们踹成粉，蹂成泥，使我们得到解脱，实现消灭。”它们又仿佛对不经心的人们这么说。因为看着，在春风回来的那一天，这叫卑微的生命的种子又会从冰封的泥土里翻成一个新鲜的世界。它们的力量，虽则是看不见，可是不容疑惑的。

我那是感着的沉闷，真是一种不可形容的沉闷。它仿佛是一座大山，我整个的生命叫它压在底下。我那时的思想简直是毒

---

① 本文是徐志摩1929年秋在暨南大学的一次讲演。

的，我有一首诗，题目就叫《毒药》，开头的两行是——

今天不是，我唱歌的日子，我口边涎着狞恶的冷笑，不是我说笑的日子，我胸怀间插着发冷光的刀剑；

相信我，我的思想是恶毒的，因为这世界是恶毒的，我的灵魂是黑暗的，因为太阳已经灭绝了光彩，我的声调，像是坟堆里的夜枭，因为人间已经杀尽了一切的和谐，我的口音，像是冤鬼责问他的仇人，因为一切的恩已经让路给一切的怨。

我借这一首不成形的咒诅的诗，发泄了成一腔的闷气，但我却并不绝望，并不悲观，在极深刻的沉闷的底里，我那时还摸着了希望。所以我在《婴儿》——那首不成形诗的最后一节——那诗的后段，在描写一个产妇在她生产的受罪中，还能含有希望的句子。

在我那时带有预言性的想象中，我想望着一个伟大的革命。因此我在那篇《落叶》的末尾，我还有勇气来对待人生的挑战，郑重地宣告一个态度，高声的喊一声“Everlasting Yea”[①]。

“Everlasting Yea”；“Everlasting Yea”一年，一年，又过去了两年。这两年间我那时的想望实现了没有？那伟大的“婴儿”有出世了没有？我们的受罪取得了认识与价值没有？

我不知道，我不知道。我知道的还只是那一大堆丑陋的蛮肿的沉闷，压得瘪人的沉闷，笼盖着我的思想，我的生命。它在我经络里，在我的血液里。我不能抵抗，我再没有力量。

我们靠着维持我们生命的不仅是面包。不仅是饭，我们靠

---

① “Everlasting Yea”：意为永远持肯定态度。

着活命的，是一个诗人的话，是情爱、敬仰心、希望。“We Live by love, admiration and hope”[①]这话又包涵一个条件，就是说这世界这人类能承受我们的爱，值得我们的敬仰，容许我们的希望的。但现代是什么光景？人性的表现，我们看得见听得到的，到底是怎么回事？我想我们都不是外人，用不着掩饰，实在也无从掩饰，这里没有什么人性的表现，除了丑恶、下流、黑暗。太丑恶了，我们火热的胸膛里有爱不能爱，太下流了，我们有敬仰心不能敬仰，太黑暗了，我们要希望也无从希望。太阳给天狗吃了去，我们只能在无边的黑暗中沉默着，永远的沉默着！这仿佛是经过一次强烈的地震的悲惨，思想、感情、人格，全给震成了无可收拾的断片，也不成系统，再也不得连贯，再也没有发现。但你们在这个时候要我来讲话，这使我感着一种异样的难受。难受，因为我自身的悲惨。难受，尤其因为我感到你们的邀请不止是一个寻常讲话的邀请，你们来邀我，当然不是要什么现成的主义，那我是外行，也不为什么专门的学识，那我是草包，你们明知我是一个诗人，他的家当，除了几座空中的楼阁，至多只是一颗热烈的心。你们邀我来也许在你们中间也有同我一样感到这时代的悲哀，一种不可解脱不能摆脱的况味，所以要我这同是这悲哀沉闷中的同志来，希冀万一，可以给你们打几个幽默的比喻，说一点笑话，给一点子安慰，有这么小小的一半个时辰，彼此可以在同情的温暖中忘却了时间的冷酷。因此我踌躇，我来怕没有什么交代，不来又于心不安。我也曾想选几个离着实际的人生较远些的事儿来和你们谈谈，但是相信我，朋友们，这念头是

① 这句话的意思见前边那句中文。

枉然的，因为不论你思想的起点是星光是月是蝴蝶，只一转身，又逢着了人生的基本问题，冷森森的竖着像是几座拦路的墓碑。

不，我们躲不了它们：关于这时代人生的问号，小的、大的、歪的、正的，像蝴蝶的绕满了我们的周遭。正如在两年前它们逼迫我宣告一个坚决的态度，今天它们还是逼迫着要我来表示一个坚决的态度。也好，我想，这是我再来清理一次我的思想的机会，在我们完全没有能力解决人生问题时，我们只能承认失败。但我们当前的问题究竟是些什么？如其它们有力量压倒我们，我们至少也得抬起头来认一认我们敌人的面目。再说譬如医病，我们先得看清是什么病而后用药，才可以有希望治病。说我们是有病，那是无可置疑的。但病在哪一部，最重要的征候是什么，我们却不一定答得上。至少，各人有各人的答案，决不会一致的。就说这时代的烦闷：烦闷也不能凭空来的不是？它也得有种种造成它的原因，它到底是怎么回事、我们也得查个明白。换句话说，我们先得确定我们的问题，然后再试第二步的解决。也许在分析我们病症的研究中，某种对症的医法，就会不期然的显现。我们来试试看。

说到这里，我们可以想象一班乐观派的先生们冷眼的看着我们好笑。他们笑我们无事忙，谈什么人生，谈什么根本问题。人生根本就没有问题，这都是那玄学鬼钻进了懒惰人的脑筋里在那里不相干的捣玄虚来了！做人就是做人，重在这做字上。你天性喜欢工业，你去找工程事情做去就得。你爱谈整理国故，你寻你的国故整理去就得。工作，更多的工作，是唯一的福音。把你的脑力精神一齐放在你愿意做的工作上，你就不会轻易发挥感伤主义，你就不会无病呻吟，你只要尽力去工作，什么问题都没有了。

这话初听倒是又生辣又干脆的，本来末，有什么问题，做你的工作好了，何必自寻烦恼！但是你仔细一想的时候，这明白晓畅的福音还是有漏洞的。固然这时代很多的呻吟只是懒鬼的装病，或是虚幻的想象，但我们因此就能说这时代本来是健全的，所谓病痛所谓烦恼无非是心理作用了吗？固然当初德国有一个大诗人，他的伟大的天才使他在什么心智的活动中都找到趣味，他在科学实验室里工作得厌倦了，他就跑出来带住一个女性就发迷，西洋人说的“跌进了恋爱”；回头他又厌倦了或是失恋了，只一感到烦恼，或悲哀的压迫，他又赶快飞进了他的实验室，关上了门，也关上了他自己的感情的门，又潜心他的科学研究去了。在他，所谓工作确是一种救济，一种关栏，一种调剂，但我们怎能比得？我们一班青年感情和理智还不能分清的时候，如何能有这样伟大的克制的工夫？所以我们还得来研究我们自身的病痛，想法可能的补救。

并且这工作论是实际上不可能的。因为假如社会的组织，果然能容得我们各人从各人的心愿选定各人的工作并且有机会继续从事这部分的工作，那还不是一个黄金时代？“民各其业，安其生。”还有什么问题可谈的？现代是这样一个时候吗？商人能安心做他的生意，学生能安心读他的书，文学家能安心做他的文学吗？正因为这时代从思想起，什么事情都颠倒了，混乱了，所以才会发生这普通的烦闷病，所以才有问题，否则认真吃饱了饭没有事做，大家甘心自寻烦恼不成。

我们来看看我们的病症。

第一个显明的症候是混乱。一个人群社会的存在与进行是有条件的。这条件是种种体力与智力的活动的和谐的合作，在这诸种活动中的总线索，总指挥，是无形迹可寻的思想，我们简直可以说哲理的思想，它顺着时代或领着时代规定人类努力的方面，并且在可能时给它一种解释，一种价值的估定与意义的发见。思想是一个使命，是引导人类从非意识的以至无意识的活动进化到有意识的活动，这点子意识性的认识与觉悟，是人类文化史上最光荣的一种胜利，也是最透彻的一种快乐。果然是这部分哲理的思想，统辖得住这人群社会全体的活动，这社会就上了正轨；反面说，这部分思想要是失去了它那总指挥的地位，那就坏了，种种体力和智力的活动，就随时随地有发生冲突的可能，这重心的抽去是种种不平衡现象主要的原因。现在的中国就吃亏在没有了这个重心，结果什么都豁了边，都不合式了。我们这老大国家，说也可惨，在这百年来，根本就没有思想可说。从安逸到宽松，从怠惰到着忙，从着忙到瞎闯，从瞎闯到混乱，这几个形容词我想可以概括近百年来中国的思想史，——简单说，它完全放弃了总指挥的地位，没有了统系，没有了目标，没有了和谐，结果是现代的中国：一团混乱。

混乱，混乱，哪儿都是的。因为思想的无能，所以引起种种混乱的现象，这是一步。再从这种种的混乱，更影响到思想本体，使它也传染了这混乱。好比一个人因为身体软弱才受外感，得了种种的病，这病的蔓延又回过来销蚀病人有限的精力，使他变成更软弱了，这是第二步。经济，政治，社会，哪儿不是蹊跷，哪儿不是混乱？这影响到个人方面是理智与感情的不平衡，感情不受理智的节制就是意气，意气永远是浮的，浅的，无结果的；因为意气占了上风，结果是错误的活动。为了不曾辨认清楚的目标，我们的文人变成了政客，研究科学的，做了非科学的官，学生抛弃了学问的寻求，工人做了野心家的牺牲。这种种混乱现象影响到我们青年是造成烦闷心理的原因的一个。

这一个征候——混乱——又过渡到第二个征候——变态。什么是人群社会的常态？人群是感情的结合。虽则尽有好奇的思想家告诉我们人是互杀互害的，或是人的团结是基本于怕惧的本能，虽则就在有秩序上轨道的社会里，我们也看得见恶性的表现，我们还是相信社会的纪纲是靠着积极的感情来维系的。这是说在一常态社会天平上，爱情的分量一定超过仇恨的分量，互助的精神一定超过互害互杀的现象。但在一个社会没有了负有指导使命的思想的中心的情形之下，种种离奇的变态的现象，都是可能的产生了。

一个社会不能供给正常的职业时，它即使有严厉的法令，也不能禁止盗匪的横行。一个社会不能保障安全，奖励恒业恒心，结果原来正当的商人，都变成了拿妻子生命财产来做买空卖空的投机家。我们只要翻开我们的日报：就可以知道这现代的社会是常态是变态。笼统一点说，他们现在只有两个阶级可分，一个是执行恐怖的主体，强盗、军队、土匪、绑匪、政客、野心的政治家，所有得势的投机家都是的，他们实行的，不论明的暗的，直接间接都是一种恐怖主义。还有一个是被恐怖的。前一阶级永远拿着杀人的利器或是类似的东西在威吓着，压迫着，要求满足他们的私欲。后一阶级永远在地上爬着，发着抖，喊救命，这不是变态吗？这变态的现象表现在思想上就是种种荒谬的主义离奇的主张。笼统说，我们现在听得见的主义主张，除了平庸不足道的，大就是计算领着我们向死路上走的。这不是变态吗？

这种种的变态现象影响到我们青年，又是造成烦闷心理的原因的一个。

这混乱与变态的观众又协同造成了第三种的现象——一切标准的颠倒。人类的生活的条件，不仅仅是衣食住；“人之异于禽兽者几希”，我们一讲到人道，就不能脱离相当的道德观念。这比是无形的空气，他的清鲜是我们健康生活的必要条件。我们不能没有理想，没有信念，我们真生命的寄托决不在单纯的衣食间。我们崇拜英雄——广义的英雄——因为在他们事业上表现的品性里，我们可以感到精神的满足与灵感，鼓舞我们更高尚的天性，勇敢的发挥人道的伟大。你崇拜你的爱人，因为她代表的是女性的美德。你崇拜当代的政治家，因为他们代表的是无私心的努力。你崇拜思想家，因为他们代表的是寻求真理的勇敢。这崇拜的涵义就是标准。时代的风尚尽管变迁，但道义的标准是永远不动摇的。这些道义的准则，我们向时代要求的是随时给我们这些道义准则的具体的表现。仿佛是在渺茫的人生道上给悬着几颗照路的明星。但现在给我们的是什么？我们何尝没有热烈的崇拜心？我们何尝不在这一件那一件事上，或是这一个人物那一个人物的身上安放过我们迫切的期望。但是，但是，还用我说吗！有哪一件事不使我们重大的迷惑，失望，悲伤？说到人的方面，哪有比普通的人格的破产更可悲悼的？在不知哪一种魔鬼主义的秋风里，我们眼见我们心目中的偶像败叶似的一个个全掉了下来！眼见一个个道义的标准，都叫丑恶的人格给沾上了不可清洗的污秽！标准是没有了的。这种种道德方面人格方面颠倒的现象，影响到我们青年，又是造成烦闷心理的原因的一个。

跟着这种种症候还有一个惊心的现象，是一般创作活动的消沉，这也是当然的结果。因为文艺创作活动的条件是和平有秩序的社会状态，常态的生活，以及理想主义的根据。我们现在却只有混乱、变态，以及精神生活的破产。这仿佛是拿毒药放进了人生的泉源，从这里流出来的思想，哪还有什么真善美的表现？

这时代病的症候是说不尽的，这是最复杂的一种病，但单就我们上面说到的几点看来，我们似乎已经可以采得一点消息，至少我个人是这么想。——那一点消息就是生命的枯窘，或是活力的衰耗。我们所以得病是为我们生活的组织上缺少了思想的重心，它的使命是领导与指挥。但这又为什么呢？我的解释，是我们这民族已经到了一个活力枯窘的时期。生命之流的本身，已经是近于干涸了：再加之我们现得的病，又是直接克伐生命本体的致命症候，我们怎能受得住？这话可又讲远了，但又不能不从本原上讲起。我们第一要记得我们这民族是老得不堪的一个民族。我们知道什么东西都有它天限的寿命；一种树只能青多少年，过了这期限就得衰，一种花也只能开几度花，过此就为死（虽则从另一种看法，它们都是永生的，因为它们本身虽得死，它们的种子还是有机会继续发长）。我们这棵树在人类的树林里，已经算得是寿命极长的了。我们的血统比较又是纯粹的，就连我们的近邻西藏满蒙的民族都等于不和我们混合①。还有一个特点是我们历来因为四民制的结果，士之子恒为士，商之子恒为商，思想这任务完全为士民阶级的专利，又因为经济制度的关系，活力最充足的农民简直没有机会读书，因为士民阶级形成了一种孤单的地位。我们要知道知识是一种堕落，尤其从活力的

① 本文所用“民族”一词，从全文来看当指整个中华民族，但这里又单指汉民族，显然不妥。

观点看，这士民阶级是特别堕落的一个阶级，再加之我们旧教育观念的偏窄，单就知识论，我们思想本能活动的范围简直是荒谬的狭小。我们只有几本书，一套无生命的陈腐的文学，是我们唯一的工具。这情形就比是本来是一个海湾，和大海是相通的，但后来因为沙地的胀起，这一湾水渐渐隔离它所从来的海，而更成了湖。这湖原先也许还承受得着几股山水的来源，但后来又经过陵谷的变迁，这部分的来源也断绝了，结果这湖又干成一只小潭，乃至一小潭的止水，长满了青苔与萍梗，纯迟迟的眼看得见就可以完全干涸了去的一个东西。这是我们受教育的士民阶级的相仿情形。现在所谓知识亦无非是这潭死水里的比较泥草松动些风来还多少吹得绉的一洼臭水，别瞧它矜矜自喜，可怜它能有多少前程？还能有多少生命？

所以我们这病，虽则症候不止一种，虽然看来复杂，归根只是中医所谓气血两亏的一种本原病。我们现在所感觉的烦闷，也只见沉浸在这一洼离死不远的臭水里的气闷，还有什么可说的？水因为不流所以滋生了草，这水草的胀性，又帮助浸干这有限的水。同样的，我们的活力因为断绝了来源，所以发生了种种本原性的病症，这些病又回过来侵蚀本源，帮助消尽这点仅存的活力。

病性既是如此，那不是完全绝望了吗？

那也不是这么容易。一棵大树的凋零，一个民族的衰歇，也不是一朝一夕的事儿。我们当然还是要命。只是怎么要法，是我们的问题。我说过我们的病根是在失去了思想的重心，那又是原因于活力的单薄。在事实上，我们这读书阶级形成了一种极孤单的状况，一来因为阶级关系它和民族里活力最充足的农民阶级完全隔绝了，二来因为畸形教育以及社会的风尚的结果，它在生活方面是极端的城市化、腐化、奢侈化、惰化，完全脱离了大自然健全的影响变成自蚀的一种蛀虫，在智力活动方面，只偏向于纤巧的浅薄的诡辩的乃至于程式化的一道，再没有创造的力量的表示，渐次的完全失去了它自身的尊严以及统辖领导全社会活动的无上的权威。这一没有了统帅，种种紊乱的现象就都跟着来了。

这畸形的发展是值得寻味的。一方面你有你的读书阶级，中了过度文明的毒，一天一天往腐化僵化的方向走，但你却不能否认它智力的发达，只因为道义标准的颠倒以及理想主义的缺乏，它的活动也全不是在正理上。就说这一堂的翩翩年少——尤其是文化最发旺的江浙的青年，十个虑有九个是弱不禁风的。但问题还不全在体力的单薄，尤其是智力活动本身是有了病，它只有毒性的戟刺，没有健全的来源，没有天然的资养。纤巧的新奇的思想不是我们需要的，我们要的是从丰满的生命与强健的活力里流露出来纯正的健全的思想，那才是有力量的思想。

同时我们再看看占我们民族十分之八九的农民阶级。他们生活的简单，脑筋的简单，感情的简单，意识的疏浅，文化的定位，几于使他们形成一种仅仅有生物作用的人类。他们的肌肉是发达的，他们是能工作的，但因为教育的不普及，他们智力的活动简直的没有机会，结果按照生物学的公例，因无用而退化，他们的脑筋简直不行的了。乡下的孩子当然比城市的孩子不灵，粗人的子弟当然比上不书香人的子弟，这是一定的。但我们现在为救这文化的性命，非得赶快就有健全的活力来补充我们受足了过度文明的毒的读书阶级不可。也有人说这读书阶级是不可救药的了，希望如其有，是在我们民族里还未经开化的农民阶级。我的意思是我们应得利用这部分未开凿的精力来补充我们开凿过分的士民阶级。讲到实施，第一得先打破这无形的阶级界限以及省分界限。通婚和婚是必要的，比较的说，广东、湖南乃至北方人比江浙人健全得多，乡下人比城里人健全得多，所以江浙人和北方人非得尽量的通婚，城市人非得与农人尽量的通婚不可。但是这话说着容易，实际上是极困难的。讲到结婚，谁愿意放弃自身的艳福，为的是渺茫的民族的前途上，哪一个翩翩的少年甘心放着窈窕风流的江南女郎不要，而去乡村找粗蠢的大姑娘作配，谁肯不就近结识血统逼近的姨妹表妹乃至于同学妹，而肯远去异乡到口音不相通的外省人中间去寻配偶？这是难的，我知道。但希望并不见完全没有——这希望完全是在教育上。第一我们得赶快认清这时代病无非是一种本原病，什么混乱的变态的现象，都无非是显示生命的缺乏。这种种病，又都就是直接克伐生命的，所以我们为要文化与思想的健全，不能不想方法开通路子，使这几洼孤立的呆定的死水重复得到天然泉水的接济，重复灵活起来，一切的障碍与淤塞自然会得消灭——思想非得直接从生命的本体里热烈的迸裂出来才有力量，才是力量。这过度文明的人种非得带它回到生命的本源上去不可，它非得重新生过根不可。按着这个目标，我们在教育上就不能不极力推广教育的机会到健全的农民阶级里去，同时奖励阶级间的通婚。假如国家的力量可以干涉到个人婚姻的话，我们仅可以用强迫的方法叫你们这些翩翩的少年都去娶乡下大姑娘子，而同时把我们窈窕风流的女郎去嫁给农民做媳妇。况且谁都知道，我们现在择偶的标准本身就是不健全的。女人要嫁给金钱、奢侈、虚荣、女性的男子；男人的口味也是同样的不妥当。什么都是不健全的，喔，这毒气充塞的文明社会！在我们理想实现的那一天，

良友版《秋》封面。

我们这文化如其有救的话，将来的青年男女一定可以兼有士民与农民的特长，体力与智力得到均平的发展，从这类健全的生命树上，我们可以盼望吃得着美丽鲜甜的思想的果子！

至于我们个人方面，我也有一部分的意见，只是今天时光局促了怕没有机会发挥，但总结一句话，我们要认清我们是什么病，这病毒是在我们一个个你我的身体上，血液里，无容讳言的。只要我们不认错了病多少总有办法。我的意见是要多多接近自然，因为自然是健全的纯正的影响，这里面有无穷尽性灵的资养与启发与灵感。这完全靠我们各个自觉的修养。我们先得要立志不做时代和时光的奴隶，我们要做我们思想和生命的主人，这暂时的沉闷决不能压倒我们的理想，我们正应得感谢这深刻的沉闷，因为在这里，我们才感悟着一些自度的消息，如我方才说的，我们还是得努力，我们还是得坚持，我们的态度是积极的。正如我两年前《落叶》的结束是喊一声Everlasting Yea，我今天还是要你们跟着我来喊一声Everlasting Yea。

（原刊《秋》，良友图书印刷公司1931年11月初版。）

《猛虎集》序文

在诗集子前面说话不是一件容易讨好的事。说得近于夸张了自己面上说不过去，过分谦恭又似乎对不起读者。最干脆的办法是什么话也不提，好歹让诗篇它们自身去承当。但书店不肯同意；他们说如其作者不来几句序言，书店做广告就无从着笔。作者对于生意是完全外行，但他至少也知道书卖得好不仅是书店有利益，他自己的版税也跟着像样，所以书店的意思，他是不能不尊敬的。事实上我已经费了三个晚上，想一篇可以帮助广告的序。可是不相干，一行行写下来只是仍旧给涂掉，稿纸糟蹋了不少张，诗集的序终究还是写不成。

况且写诗人一提起写诗他就不由得伤心。世界上再没有比写诗更惨的事；不但惨，而且寒伧。就说一件事，我是天生不长髭须的，但为了一些破烂的句子，就我也不知曾经捻断了多少根想像的长须！

这姑且不去说它。我记得我印第二集诗的时间曾经表示过此后不再写诗一类的话。现在如何又来了一集，虽则转眼间四个年头已经过去。就算这些诗全是这四年内写的（实在有几首要早到十三年份），每年平均也只得十首，一个月还派不到一首，况且又多是短短一橛的。诗固然不能论长短，如同Whistler说画幅是不能用田亩来丈量的。但事实是咱们这年头一口气总是透不长——诗永远是小诗，戏永远是独幕，小说永远是短篇。每回我望到莎士比亚的戏，但丁的《神曲》，歌德的《浮士德》一类作品比方说，我就不由得感到气馁，觉得我们即使有一些声音，那声音是微细得随时可以用一个小拇指给掐死的。天呀，哪天我们才可以在创作里看到使人起敬的东西？哪天我们这些细嗓子才可以豁免混充大花脸的急涨的苦恼？

说到我自己的写诗，那是再没有更意外的事了。我查过我的家谱，从永乐以来我们家里没有写过一行可供传诵的诗句。在二十四岁以前我对于诗的兴味还不如我对于相对论或民约论的兴味。我父亲送我出洋留学是要我将来进"金融界"的，我自己最高的野心是想做一个中国的Hamilton①！在二十四岁以前，诗，不论新旧，于我是完全没有相干。我这样一个人如果真会成为一个诗人——那还有什么话说？

但生命的把戏是不可思议的！我们都是受支配的善良的生灵，哪件事我们作得了主？整十年前我吹着了一阵奇异的风，也许照着了什么奇异的月色，从此起我的思想就倾向于分行的抒写。一份深刻的忧郁占定了我；这忧郁，我信，竟于渐渐的潜化了我的气质。

话虽如此，我的尘俗的成分并没有甘心退让过；诗灵的稀小的翅膀，尽他们在那里腾扑，还是没有力量带了这整份的累赘往天外飞的。且不说诗化生活一类的理想那是谈何容易实现，就

① Hamilton：汉密尔顿（1755–1804），美国开国元勋之一，是美国的首任财政部长。

说平常在实际生活的压迫中偶尔挣出八行十二行的诗句都是够艰难的。尤其是最近几年，有时候自己想着了都害怕：日子悠悠的过去内心竟可以一无消息，不透一点亮，不见丝纹的动。我常常疑心这一次是真的干了完了的。如同契块腊的一身美是向神道通融得来限定日子要交还的，我也时常疑虑到我这些写诗的日子也是什么神道因为怜悯我的愚蠢暂时借给我享用的非分的奢侈。我希望他们可怜一个人可怜到底！

一眨眼十年已经过去了。诗虽则连续的写，自信还是薄弱到极点。"写是这样写下了，"我常自己想，"但难道这就能算是诗吗？"就经验说，从一点意思的晃动到一篇诗的完成，这中间几乎没有一次不经过唐僧取经似的苦难的。诗不仅是一种分娩，它并且往往是难产！这份甘苦是只有当事人自己知道。一个诗人，到了修养极高的境界，如同泰戈尔先生比方说，也许可以一张口就有精圆的珠子吐出来，这事实上我亲眼见过的不打谎，但像我这样既无天才又少修养的人如何说得上？

只有一个时期我的诗情真有些像是山洪暴发，不分方向的乱冲。那就是我最早写诗的那半年，生命受了一种伟大力量的震撼，什么成熟的未成熟的意念都在指顾间散作缤纷的花雨。我那时是绝无依傍，也不知顾虑，心头有什么郁积，就付托腕底胡乱给爬梳了去，救命似的迫切，哪还顾得了什么美丑！我在短期内写了很多，但几乎全部都是见不得人面的。这是一个教训。

我的第一集诗——《志摩的诗》——是我十一年回国后两年内写的；在这集子里初期的汹涌性虽已消减，但大部分还是情感的无关栏的泛滥，什么诗的艺术或技巧都谈不到。这问题一直要到民国十五年我和一多、今甫一群朋友在《晨报副镌》刊行

《诗刊》时方才开始讨论到。一多不仅是诗人，他也是最有兴味探讨诗的理论和艺术的一个人。我想这五六年来我们几个写诗的朋友多少都受到《死水》的作者的影响。我的笔本来是最不受羁勒的一匹野马，看到了一多的谨严的作品我方才憬悟到我自己的野性；但我素性的落拓始终不容我追随一多他们在诗的理论方面下过任何细密的功夫。

我的第二集诗——《翡冷翠的一夜》——可以说是我的生活上的又一个较大的波折的留痕。我把诗稿送给一多看，他回信说："这比《志摩的诗》确乎是进步了——一个绝大的进步。"他的好话我是最愿意听的，但我在诗的"技巧"方面还是那样愣生生的丝毫没有把握。

最近这几年生活不仅是极平凡，简直是到了枯窘的深处，跟着诗的产量也尽"向瘦小里耗"。要不是去年在中大认识了梦家和玮德两个年青的诗人，他们对于诗的热情在无形中又鼓动了我奄奄的诗心。第二次又印《诗刊》，我对于诗的兴味，我信，竟可以消沉到几于完全没有。今年在六个月内在上海与北京间来回奔波了八次，遭了母丧，又有别的不少烦心的事，人是疲乏极了的，但继续的行动与北京的风光却又在无意中摇活了我久蛰的性灵。抬起头居然又见到天了。眼睛睁开了心也跟着开始了跳动，嫩芽的青紫，劳苦社会的光与影，悲欢的图案，一切的动，一切的静，重复在我的眼前展开，有声色与有情感的世界重复为我存在；这仿佛是为了要挽救一个曾经有单纯信仰的流入怀疑的颓废，那在帷幕中隐藏着的神通又在那里栩栩的生动，显示它的博大与精微，要他认清方向，再别错走了路。

我希望这是我的一个真的复活的机会，说也奇怪，一方面虽则明知这些偶尔写下的诗句，尽是些“破破烂烂”的，万谈不到什么久长的生命，但在作者自己，总觉得写得成诗的不是一件坏事，这至少证明一点性灵还在那里挣扎，还有它的一口气。我这次印行这第三集诗没有别的话说，我只要借此告慰我的朋友，让他们知道我还有一口气，还想在实际生活的重重压迫下透出一些声响来的。

你们不能更多的责备。我觉得我已是满头的血水，能不低头已算是好的。你们也不用提醒我这是什么日子；不用告诉我这遍地的灾荒，与现有的以及在隐伏中的更大的变乱，不用向我说正今天就有千万人在大水里和身子浸着，或是有千千万人在极度的饥饿中叫救命；也不用劝告我说几行有韵或无韵的诗句是救不活半条人命的；更不用指点我说我的思想是落伍或是我的韵脚是根据不合时宜的意识形态的……这些，还有别的很多，我知道，我全知道；你们一说到只是叫我难受又难受。我再没有别的话说，我只要你们记得有一种天教歌唱的鸟不到呕血不住口，它的歌里有它独自知道的别一个世界的愉快，也有它独自知道的悲哀与伤痛的鲜明；诗人也是一种痴鸟，他把他的柔软的心窝紧抵着蔷薇的花刺，口里不住的唱着星月的光辉与人类的希望，非到他的心血滴出来把白花染成大红他不住口。他的痛苦与快乐是浑成的一片。

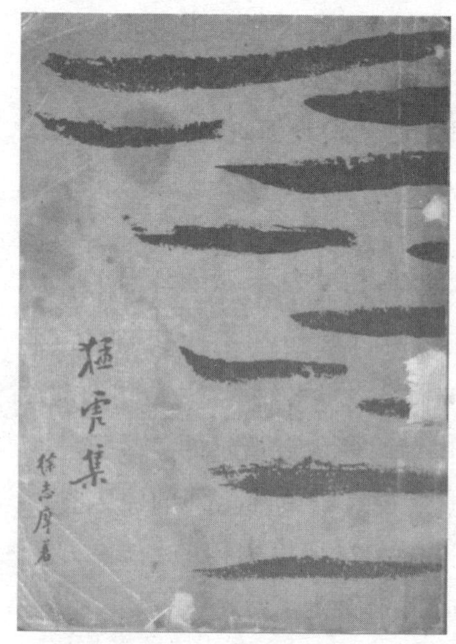

1931年新月书店版诗集《猛虎集》。

爱眉小札

八月九日

“幸福还不是不可能的”，这是我最近的发现。

今天早上的时刻，过得甜极了。我只要你；有你我就忘却一切，我什么都不想什么都不要了，因为我什么都有了。与你在一起没有第三人时，我最乐。坐着谈也好，走道也好，上街买东西也好。厂甸我何尝没有去过，但哪有今天那样的甜法；爱是甘草，这苦的世界有了它就好上口了。眉，你真玲珑，你真活泼，你真像一条小龙。

我爱你朴素，不爱你奢华。你穿上一件蓝布袍，你的眉目间就有一种特异的光彩，我看了心里就觉着不可名状的欢喜。朴素是真的高贵。你穿戴齐整的时候当然是好看，但那好看是寻常的，人人都认得的，素服时的眉，有我独到的领略。

“玩人丧德，玩物丧志”，这话确有道理。

我恨的是庸凡，平常，琐细，俗；我爱个性的表现。

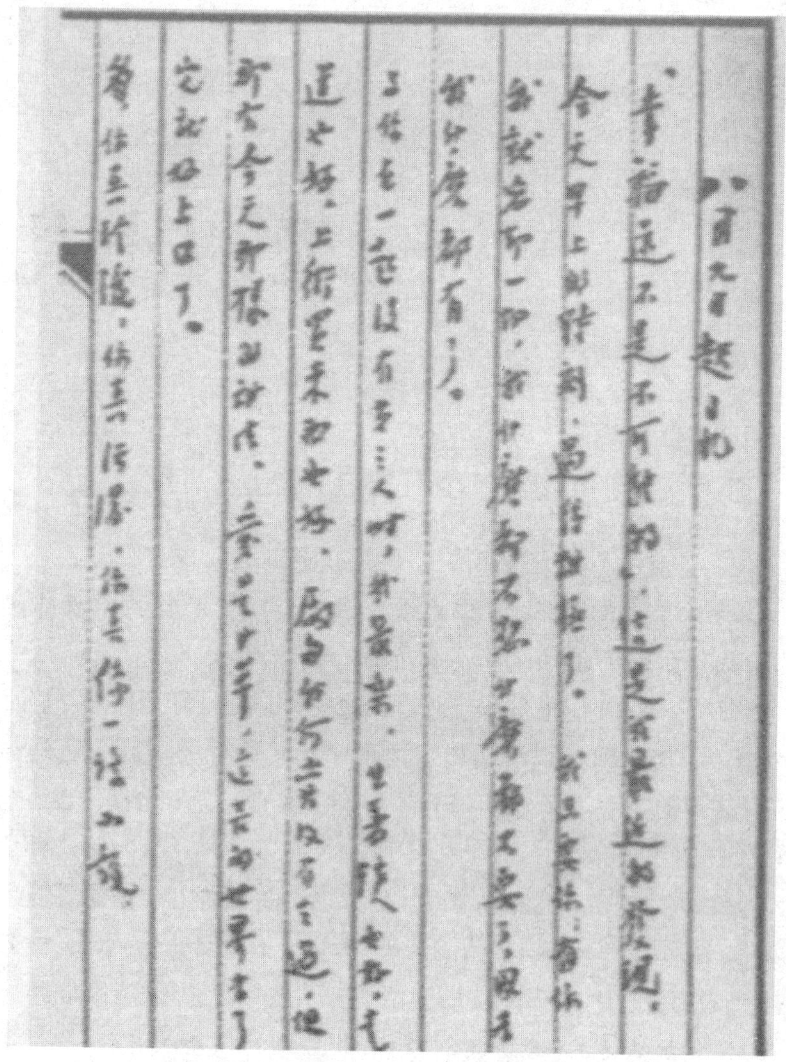

《爱眉小札》第一页手迹。

我的胸膛并不大，决计装不下整个或是甚至部分的宇宙。我的心河也不够深，常常有露底的忧愁。我即使小有才，决计不是天生的，我信是勉强来的；所以每回我写什么多少总是难产，我唯一的靠傍是霎那间的灵通。我不能没有心的平安，眉，只有你能给我心的平安。在你完全的蜜甜的高贵的爱里，我享受无上的心与灵的平安。

凡事开不得头，开了头便有重复，甚至成习惯的倾向。在恋中人也得提防小漏缝儿，小缝儿会变大窟窿，那就糟了。我见过两相爱的人因为小事情误会斗口，结果只有损失，没有利益。我们家乡俗谚有："一天相骂十八头，夜夜睡在一横头。"意思说是好夫妻也免不了吵。我可不信，我信合理的生活，动机是爱，知识是南针；爱的生活也不能纯粹靠感情，彼此的了解是不可少的。爱是帮助了解的力，了解是爱的成熟，最高的了解是灵魂的化合，那是爱的圆满功德。

没有一个灵性不是深奥的，要懂得真认识一个灵性，是一辈子的工作。这工夫愈下愈有味，像逛山似的，惟恐进得不深。

眉，你今天说想到乡间去过活，我听了顶欢喜，可是你得准备吃苦，总有一天我引你到一个地方，使你完全转变你的思想与生活的习惯。你这孩子其实是太娇养惯了！我今天想起丹农雪乌的《死的胜利》的结局；但中国人，哪配！眉，你我从今起对爱的生活负有做到十全的义务。我们应得努力。眉，你怕死吗？眉，你怕活吗？活比死难得多！眉，老实说，你的生活一天不改变，我一天不得放心。但北京就是阻碍你新生命的一个大原因，因此我不免发愁。

我从前的束缚是完全靠理性解开的；我不信你的就不能用同样的方法。万事只要自己决心；决心与成功间的是最短的距离。

往往一个人最不愿意听的话，是他最应得听的话。

八月十日

我六时就醒了，一醒就想你来谈话，现在九时半了，难道你还不曾起身，我等急了。

我有一个心，我有一个头，我心动的时候，头也是动的。我真应得谢天，我在这一辈子里本来自问已是陈死人，竟然还能尝着生活的甜味，曾经享受过最完全，最奢侈的时辰，我从此是一个富人，再没有抱怨的口实，我已经知足。这时候，天坍了下来，地陷了下去，霹雳种在我的身上，我再也不怕死，不愁死，我满心只是感谢。即使眉你有一天（恕我这不可能的设想）心换了样，停止了爱我，那时我的心就像莲蓬似的栽满了窟窿，我所有热血都从这些窟窿里流走——即使有那样悲惨的一天，我想我还是不敢怨的，因为你我的心曾经一度灵通，那是不可灭的。上帝的意思到处是明显的，他的发落永远是平正的；我们永远不能批评，不能抱怨。

八月十一日

这过的是什么日子！我这心上压得多重呀！眉，我的眉，怎么好呢？刹那间有千百件事在方寸间起伏，是忧，是虑，是瞻前，是顾后，这笔上哪能写出？眉，我怕，我真怕世界与我们是不能并立的，不是我们把他们打毁成全我们的话，就是他们打毁我们，逼迫我们的死。眉，我悲极了，我胸口隐隐的生痛，我双眼盈盈的热泪，我就要你，我此时要你，我偏不能有你，喔，这难受——恋爱是痛苦，是的，眉，再也没有疑义。眉，我恨不得立刻与你死去，因为只有死可以给我们想望的清静，相互的永远占有。眉，我来献全盘的爱给你，一团火热的真情，整个儿给你，我也盼望你也一样拿整个，完全的爱还我。

世上并不是没有爱，但大多是不纯粹的，有漏洞的，那就不值钱，平常，浅薄。我们是有志气的，决不能放松一屑屑，我们得来一个真纯的榜样。眉，这恋爱是大事情，是难事情，是关生死超生死的事情——如其要到真的境界，那才是神圣，那才是不可侵犯。有同情的朋友是难得的，我们现有少数的朋友，就思想见解论，在中国是第一流。他们都是真爱你我，看重你我，期望你我的。他们要看我们做到一般人做不到的事，实现一般人梦想的境界。他们，我敢说，相信你我有这天赋，有这能力；他们的期望是最难得的，但同时你我负着的责任，那不是玩儿。对己，对友，对社会，对天，我们有奋斗到底，做到十全的责任！眉，你知道我这来心事重极了，晚上睡不着不说，睡着了就来怖梦，种种的顾虑整天像刀光似的在心头乱刺，眉，你又是在这样的环境里嵌着，连自由谈天的机会都没有，咳，这真是哪里说起！眉，我每晚睡在床上寻思时，我仿佛觉着发根里的血液一滴滴的消耗，在忧郁的思念中黑发变成苍白。一天二十四时，心头哪有一刻的平安——除了与你单独相对的俄顷，那是太难得了。眉，我们死去吧，眉，你知道我怎样的爱你，啊，眉！比如昨天早上你不来电话，从九时半到十一时我简直像是活抱着炮烙似的受罪，心那么的跳，那么的痛，也不知为什么，说你也不信，我躺在榻上直咬着牙，直翻身喘着哪！后来再也忍不住了，自己拿起了电话，心头那阵的狂跳，差一点把我晕了。谁知你一直睡着没有醒，我这自讨苦吃多可笑，但同时你得知道，眉，在恋中人的心理是最复杂的心理，说是最不合理可以，说是最合理也可以。眉，你肯不肯亲手拿手割破我的胸膛，挖出我那血淋淋的心留着，算是我给你最后的礼物？

今朝上睡昏昏的只是在你的左右。那怖梦真可怕，仿佛有人用妖法来离间我们，把我迷在一辆车上，整天整夜的飞行了三昼夜，旁边坐着一个瘦长的严肃的妇人，像是命运自身，我昏昏的身体动不得，口开不得，听凭那妖车带着我跑，等得我醒来下车的时候，有人来对我说你已另订约了。我说不信，你带约指的手指忽在我眼前闪动。我一见就往石板上一头冲去，一声悲叫，就死在地下——正当你电话铃响，把我震醒，我那时虽则醒了，但那一阵凄惶与悲酸，像是灵魂出了窍似的。可怜呀，眉！我过来正想与你好好的谈半句钟天。偏偏你又得出门就诊去，以后一天就完了，四点以后过的是何等不自然而局促的时刻！我与“先生”谈，也是凄凉万状，我们的影子在荷池圆叶上晃着，我心里只有悲惨，眉呀，你快来伴我死去吧！

八月十二日

这在恋中人的心境真是每分钟变样，绝对的不可测度。昨天那样的受罪，今儿又这般的上天，多大的分别！像这样的艳福，世上能有几个人享着；像这样奢侈的光阴，这宇宙间能有几多？却不道我年前口占的“海外缠绵香梦境，销魂今日竟燕京”，应在我的甜心眉的身上！B明白了，我真又欢喜又感激他！他这来才够交情，我从此完全信托他了。眉，你的福分可也真不小，当代贤哲你瞧都在你的妆台前听候差遣。眉，你该睡着了吧，这时候，我们又该梦会了！说也真怪，这来精神异常的抖擞，真想做事了；眉，你内助我，我要向外打仗去！

八月十四日

昨晚不知哪儿来的兴致，十一点钟跑到W家里，本想与奚谈天，他买了新鲜蜜桃，葡萄，沙果，莲蓬请我，谁知讲不到几句话，太太回来了，那就是完事。接着W和M也来了，一同在天井里坐着闲话，大家嚷饿，就吃蛋炒饭，我吃了两碗，饭后就嚷打牌，我说那我就得住夜，住夜就得与他们夫妇同床，M连骂“要死快哩，疯头疯脑”，但结果打完了八圈牌，我的要求居然做到，三个人一头睡下，熄了灯，M躲紧在W的胸前，格支支的笑个不住，我假装睡着，其实他说话等等我全听分明，到天亮都不曾落聣。

眉，娘真是何苦来。她是聪明，就该聪明到底；她既然看出我们俩都是痴情人容易钟情，她就得想法大处落墨，比如说禁止你与我往来，不许你我见面，也是一个办法；否则就该承认我们的情分，给我们一条活路才是道理，像这样小鹣鹣的溜着眼珠当着人前提防，多说一句话该，多看一眼该，多动一手该，这可不是真该，实际毫无干系，只叫人不舒服，强迫人装假，真是何苦来。眉，我总说有真爱就有勇气，你爱我的一片血诚，我身体磨成了粉都不能怀疑，但同时你娘那里既不肯冒险，他那里又不肯下决断，生活上也没有改向，单叫我含糊的等着，你说我心上哪能平安，这神魂不定又哪能做事？因此我不由私下盼望你能进一步爱我，早晚想一个坚决的办法出来，使我早一天定心，早一天能堂皇的做人，早一天实现我一辈子理想中的新生活。眉，你爱我究竟是怎样的爱法？

我不在时你想我，有时很热烈的想我，那我信！但我不在时你依旧有你的生活，并不是怎样的过不去；我在你当然更高兴，但我所最要知道的是，眉呀，我是否你“完全的必要”，我是否能给你一些世上再没有第二人能给你的东西，是否在我的爱你的爱里你得到了你一生最圆满，最无遗憾的满足？这问题是最重要不过的，因为恋爱之所以为恋爱就在他那绝对不可改变不可替代的一点；罗米乌爱玖丽德，愿为她死，世上再没有第二个女子能动他的心；玖丽德爱罗米乌，愿为他死，世上再没有第二个男子能占她一点子的情，他们那恋爱之所以不朽，又高尚，又美，就在这里。他们俩死的时候彼此都是无遗憾的，因为死成全他们的恋爱到最完全最圆满的程度，所以这，“Die upon a kiss”是真钟情人理想的结局，再不要别的。反面说，假如恋爱是可以替代的，像是一枝牙刷烂了可以另买，皮服破了可以另制，他那价值也就可想。“定情”——the spirituel engagement, the great mutual giving up——是一件伟大的事情，两个灵魂在上帝眼前自愿的结合，人间再没有更美的时刻——恋爱神圣就在这绝对性，这完全性，这不变性；所以诗人说：

The light of a whole life dies,

When love is done.

恋爱是生命的中心与精华；恋爱的成功是生命的成功，恋爱的失败，是生命的失败，这是不容疑义的。

眉，我感谢上苍，因为你已经接受了我；这来我的灵性有了永久的寄托，我的生命有了最光荣的起点，我这一辈子再不能想望关于我自身更大的事情发现，我一天有你的爱，我的命就有根，我就是精神上的大富翁。因为我不能不切实的认明这基础究竟是多深，多坚实，有多少抵抗侵凌的实力——这生命里多的是狂风暴雨！

所以我不怕你厌烦我要问你究竟爱到什么程度？有了我的爱，你是否可以自慰已经得到了生命与生命中的一切？反面说，要没有我的爱，是否你的一生就没了光彩？我再来打譬喻：你爱吃莲肉，爱吃鸡豆肉；你也爱我的爱；在这几天我信莲肉，鸡豆，爱都是你的需要；在这情形下爱只像是一个“加添的必要” The additional necessith，不是绝对的必要，比如空气，比如饮食，没了一样就没有命的。有莲时吃莲，有鸡豆时吃鸡豆，有爱时“吃”爱。好，再过几时时新就换样，你又该吃蜜桃，吃大石榴了，那时假定我给你的爱也跟着莲与鸡豆完了，但另有与石榴同时的爱现成可以“吃”——你是否能照样过你的活，照样生活里有跳有笑的？再说明白的，眉呀，我祈望我的爱是你的空气，你的饮食，有了就活，缺了就没有命的一样东西；不是鸡豆或是莲肉，有时吃固然痛快，过了时也没有多大交关，石榴柿子青果跟着来替口味多着吧！眉，你知道我怎样的爱你，你的爱现在已是我的空气与饮食，到了一半天不可少的程度，因此我要知道在你的世界里我的爱占一个什么地位？

May, I miss your passionately appealing gazings and soul communicating glances which once so overwhelmed and ingratiated me. Suppose I die suddenly tomorrow morning. Suppose I come to contract an incurable disease. Suppose I cease to love you. Suppose I change my heart and love somebody else. What then would you feel and what would you do? These are very cruel supposition I know, but all the same I can't help making them, such being the love's psychology.

Do you know what would I have done if in my coming back, I should have found my love no longer mine! Try and imagine the situation and tell me what you think.

日记已经第六天了，我写上了一二十页，不管写的是什么，你一个字都还没有出世哪！但我却不怪你，因为你真是贵忙；我自己就负你空忙大部分的责。但我盼望你及早开始你的日记、纪念我们同玩厂甸那一个甜蜜的早上。我上面一大段问你的话，确是我每天郁在心里的一点意思，眉，你不该答复我一两个字吗？眉，我写日记的时候我的意绪益发蚕丝似的绕着你；我笔下多写一个眉字，我口里低呼一声我的爱，我的心为你多跳了一下。你从前给我写的时候也是同样的情形我知道，因此我益发盼望你继续你的日记，也使我多得一点欢喜，多添几分安慰。

我想去买一只玲珑坚实的小箱，存你我这几月来交换的信件，算是我们定情的一个纪念，你意思怎样？

八月十六日

真怪，此刻我的手也直抖擞，从没有过的，眉，我的心，你说怪不怪，跟你的抖擞一样？想是你传给我的，好，让我们同病；叫这剧烈的心震震死了岂不是完事一宗？事情的确是到门了，眉，是往东走或往西去你赶快得定主意才是，再要含糊时大事就变成了玩笑，那可真不是玩！他那口气是最分明没有的了；那位京友我想一定是双心，决不会第二个人。他现在的口气似乎比从前有主意的多。他已经准备“依法办理”；你听他的话“今年决不拦阻你”。好，这回像人了！他像人，我们还不争气吗？眉，这事情清楚极了，只要你的决心，娘，别说一个，十个也不能拦阻你。我的意思是我们同到南边去（你不愿我的名字混入第一步。固然是你的好意，但你知道那是不成功的，所以与其拖泥带浆还不如走大方的路，来一个干脆，只是情是真的，我们有什么见不得人面的地方？）找着P做中间人，解决你与他的事情，第二步当然不用提及，虽则谁不明白？眉，你这回真不能再做小孩了，你得硬一硬心，一下解决了这大事免得成天怀鬼胎过不自然的痛苦的日子。要知道你一天在这尴尬的境地里嵌着，我也心理上一天站不直，哪能真心法做事，害得谁都不舒服，真是何苦来？眉，救人就是自救，自救就是救人。我最恨的是苟且，因循，懦怯，在这上面无论什么事都是找不到基础的。有志者事竟成，没有错儿。奋勇上前吧，眉，你不用怕，有我整个儿在你旁边站着，谁要动你分毫，有我拼着性命保护你，你还怕什么？

今晚我认账心上有点不舒服，但我有解释，理由很长，明天见面再说吧。我的心怀里，除了挚爱你的一片热情外，我决不容留任何夹杂的感想；这册爱眉小札里，除了登记因爱而流出的思想外，我也决不愿夹杂一些不值得的成分。眉，我是太痴了，自顶至踵全是爱，你得明白我，你得永远用你的柔情包住我这一团的热情，决不可有一丝的漏缝，因为那时就有爆裂的危险。

八月十八日

十一点过了。肚子还是疼，又招了凉怪难受的，但我一个人占空院子（宏这回真走了），夜沉沉的，哪能睡得着？这时候饭店凉台上正凉快，舞场中衣香鬓影多浪漫多作乐呀！这屋子闷热得凶，蚊子也不饶人，我脸上腕上脚上都叫咬了。我的病我想一半是昨晚少睡，今天打球后又喝冰水太多，此时也有些倦意，但眉你不是说回头给我打电话吗？我哪能睡呢！听差们该死，走的走，睡的睡，一个都使唤不来。你来电时我要是睡着了那又不成。所以我还是起来涂我最亲爱的爱眉小札吧。方才我躺在床上又想这样那样的。怪不得老话说“疾病则思亲”，我才小不舒服，就动了感情，你说可笑不？我倒不想父母，早先我有病时总想妈妈，现在连妈妈都退后了，我只想我那最亲爱的，最钟爱的小眉。我也想起了你病的那时候，天罚我不叫我在你的身旁，我想起就痛心，眉，我怎样不知道你那时热烈的想我要我。我在意大利时有无数次想出了神，不是使劲的自咬手臂，就是拿拳头捶着胸，直到真痛了才知道。今晚轮着我想你了，眉！我想像你坐在我的床头，给我喝热水，给我吃药，抚摩着我生痛的地方，让我好好的安眠，那多幸福呀！我愿意生一辈子病，叫你坐一辈子的床头。哦，那可不成，太自私了，不能那样设想。昨晚我问你我死了你怎样，你说你也死，我问真的吗，你接着说的比较近情些。你说你不能死，因为你还有娘，但你会把自己“关”起来，再不与男子们来往。眉，真的吗？门关得上，也打得开，是不是？我真傻，我想的是什么呀，太空幻了！我方才想假使我今晚肚子疼是盲肠炎，一阵子涌上来在极短的时间内痛死了我，反正这空院子里鬼影都没，天上只有几颗冷淡的星，地下只有几茎野草花。我要是真的灵魂出了窍，那时我一缕精魂飘飘荡荡的好不自在，我一定跟着凉风走，自己什么主意都没有；假如空中吹来有音乐的声响，我的鬼魂许就望着那方向飞去——许到了饭店的凉台上。啊，多凉快的地方，多好听的音乐，多热闹的人群呀！啊，那又是谁，一位妙龄女子，她慵慵的倚着一个男子肩头在那像水泼似的地平上翩翩起舞，多美丽的舞影呀！但她是谁呢，为什么我这渺飘的三魂无端又感受一个劲烈的颤栗？她

徐志摩与陆小曼。

是谁呢，那样的美，那样的风情，让我移近去看看，反正这鬼影是没人觉察，不会招人讨厌的不是？现在我移近了她的跟前——慵慵的倚着一个男子肩头款款舞踏着的那位女郎，她到底是谁呀，你，孤单的鬼影，究竟认清了没有？她不是旁人，不是皇家的公主，不是外邦的少女；她不是别人，她就是她——你生前沥肝脑去恋爱的她！你自己不幸，这大早就变了鬼，她又不知道，你不通知她哪能知道——那圆舞的音乐多香柔呀！好，我去通知她吧。那鬼影踌躇了一晌，咽住了他无形的悲泪，益发移近了她，举起一个看不见的指头，向着她暖和的胸前轻轻的一点——啊，她打了一个寒噤，她抬起了头，停了舞，张大了眼睛，望着透光的鬼影睁眼的看，在那一瞥间她见着了，她也明白了，她知道完了——她手掩着面，她悲切切的哭了。她同舞的那位男子用手去揽着她，低下头去软声声安慰她——在泼水似的地平上，他拥着掩面悲泣的她慢慢走回座位去坐下了。音乐还是不断的奏着。

十二点了。你还没有消息，我再上床去躺着想吧。

十二点三刻了。还是没有消息。水管的水声，像淅沥的秋雨，真恼人。为什么心头一阵阵的凄凉；眼泪——线条似的挂下来了！写什么，上床去吧。

一点了。一个秋虫在阶下鸣，我的心跳；我的心一块块的迸裂；痛！写什么，还是躺着去，孤单的痴人！

一点过十分了。还这么早，时候过的真慢呀！

这地板多硬呀，跪着双膝生痛；其实何苦来，祷告又有什么用处？人有没有心是问题；天上有没有神道更是疑问了。

志摩啊，你真不幸！志摩啊，你真可怜！早知世界是这样的，你何必投娘胎出来！这一腔热血迟早有一天呕尽。

一点二十分!

一点半——Marvelous!!

一点三十五分——Life is too charming, too charming indeed, Haha!!

一点三刻——O is that the way woman love! Is that the way women love!

一点五十五分——天呀!

两点五分——我的灵魂里的血一滴滴的在那里掉……

两点十八分——疯了!

两点三十分——

两点四十分——"O the pity of it, the pity of it, Lago!"

Christ, what a hall

Is packed into that line!

Each syllable Bleeds when you say it……

两点五十分——静极了。

三点七分——

三点二十五分——火都没了!

三点四十分——心茫然了!

五点欠一刻——咳!

六点三十分

七点二十七分

八月十九日

眉，你救了我，我想你这回真的明白了，情感到了真挚而且热烈时，不自主的往极端方向走去，亦难怪我昨夜一个人发狂似的想了一夜，我何尝成心和你生气，我更不会存一丝的怀疑，因为那就是怀疑我自己的生命，我只怪嫌你太孩子气，看事情有时不认清亲疏的区别，又太顾虑，缺乏勇气。须知真爱不是罪（就怕爱而不真，做到真字的绝对义那才做到爱字），在必要时我们得以身殉，与烈士们爱国，宗教家殉道，同是一个意思。你心上还有芥蒂时，还觉着“怕”时，那你的思想就没有完全叫爱染色，你的情没有到晶莹剔透的境界，那就比一块光泽不纯的宝石，价值不能怎样高的。昨晚那个经验，现在事后想来，自有它的功用，你看我活着不能没有你，不单是身体，我要你的性灵，我要你的身体完全的爱，我也要你的性灵完全的化入我的，我要的是你绝对的全部——因为我献给你的也是绝对的全部，那才当得起一个爱字。在真的互恋里，眉，你可以尽量，尽性的给，把你一切的所有全给你的恋人，再没有任何的保留，隐藏更不须说；这给，你要知道，并不是给，像你送人家一件袍子或是什么，非但不是给掉，这给是真的爱，因为在两情的交流中，给与爱再没有分界；实际是你给的多你愈富有，因为恋情不是像金子似的硬性，它是水流与水流的交抱，是明月穿上了一件轻快的云衣，云彩更美，月色亦更艳了。眉，你懂得不是，我们买东西尚且要挑剔，怕上当，水果不要有蛀洞的，宝石不要有斑点的，布绸不要有绉纹的，爱是人生最伟大的一件事实，如何少得一个完全：一定是整个换整个，整个化入整个，像糖化在水里，才是理想的事业，有了那一天，这一生也就有了交代了。

眉，方才你说你愿意跟我死去，我才放心你爱我是有根了；事实不必有，决心不可不有，因为实际的事变谁都不能测料，到了临场要没有相当准备时，原来神圣的事业立刻就变成丑陋的玩笑。

世间多的是没志气人，所以只听见玩笑，真的能认真的能有几个人；我们不可不格外自勉。

我不仅要爱的肉眼认识我的肉身，我要你的灵眼认识我的灵魂。

八月二十日

我还觉得虚虚的，热没有退净，今晚好好睡就好了，这全是自讨苦吃。

我爱那重帘，要是帘外有浓绿的影子，那就更趣了。

你这无谓的应酬真叫人太不耐烦，我想想真有气，成天遭强盗抢。老实说，我每晚睡不着也就为此，眉，你真的得小心些，要知道“防微杜渐”在相当时候是不可少的。

八月二十一日

眉，醒起来，眉，起来，你一生最重要的交关已经到门了，你再不可含糊，你再不可因循，你成人的机会到了，真的到了。他已经把你看作泼水难收，当着生客们的面前，尽量的羞辱你；你再没有志气，也不该犹豫了；同时你自己也看得分明，假如你离成了，决不能再在北京耽下去。我是等着你，天边去，地角也去，为你我什么道儿都欣欣的不踌躇的走。听着：你现在的选择，一边是苟且暧昧的图生，一边是认真的生活；一边是肮脏的社会，一边是光荣的恋爱；一边是无可理喻的家庭，一边是海阔天空的世界与人生；一边是你的种种的习惯，寄妈舅母，各类的朋友，一边是我与你的爱。认清楚了这回，我最爱的眉呀，“差以毫里，谬以千里”，“一失足成千古恨”，你真的得下一个完全自主的决心，叫爱你期望你的真朋友们，一致起敬你才好呢！

眉，为什么你不信我的话，到什么时候你才听我的话！你不信我的爱吗？你给我的爱不完全吗？为什么你不肯听我的话，连极小的事情都不依从我——倒是别人叫你上哪儿你就梳头打扮了快走。你果真爱我，不能这样没胆量，恋爱本是光明事。为什么要这样子偷偷的，多不痛快。

眉，要知道你只是偶尔的觉悟，偶尔的难受，我呢，简直是整天整晚的叫忧愁割破了我的心。

O May! Love me, give me all your love, let us become one; try to live into my love for you, let my love fill you, nourish you, caress your daring body and hug your daring soul too; let me love stream over you, merge you thoroughly; let me rest happy and confident in your passion for me!

忧愁他整天拉着我的心，
像一个琴师操练他的琴，

悲哀像是海礁间的飞涛，

看它那汹涌听它那呼号。

八月二十二日

眉，今儿下午我实在是饿慌了，压不住上冲的肝气，就这么说吧，倒叫你笑话酸劲儿大，我想想是觉着有些过分的不自持，但同时你当然也懂得我的意思。我盼望，聪明的眉呀，你知道我的心胸不能算不坦白，度量也不能说是过分的窄，我最恨是琐碎地方认真，但大家要分明，名分与了解有了就好办，否则就比如一盘不分疆界的棋，叫人无从下手了。很多事情是庸人自扰，头脑清明所以是不能少的。

1926年8月徐志摩与陆小曼。

你方才跳舞说一句话很使我自觉难为情，你说："我们还有什么客气？"难道我真的气度不宽，我得好好的反省才是。眉，我没有怪你的地方，我只要你的思想与我的合并成一体，绝对的泯缝，那就不易见错儿了。

我们得互相体谅；在你我间的一切都得从一个爱字里流出。

我一定听你的话；你叫我几时回南我就几时回南，你叫我几时往北我就几时往北。

今天本想当人前对你说一句小小的怨语，可没有机会，我想说："小眉真对不起人，把人家万里路外叫了回来了，可连一个清静谈话的机会都没给人家！"下星期西山去一定可以有机会了，我想着就起劲，你呢，眉？

我较深的思想一定得写成诗才能感动你，眉，有时我想就只你一个人真的懂我的诗，爱我的诗，真的我有时恨不得拿自己血管里的血写一首诗给你，叫你知道我爱你是怎样的深。

眉，我的诗魂的滋养全得靠你，你得抱着我的诗魂像抱亲孩子似的，他冷了你得给他穿，他饿了你得喂他食——有你的爱他就不愁饿不愁冻，有你的爱他就有命！

眉，你得引我的思想往更高更大更美处走；假如有一天我思想堕落或是衰败时就是你的羞耻，记着了，眉！

已经三点了，但我不对你说几句话我就别想睡。这时你大概早睡着了，明儿九时半能起吗？我怕还是问题。

你不快活时我最受罪，我应当是第一个有特权有义务给你慰安的人不是？下回无论你怎样受了谁的气不受用时，只要我在你旁边看你一眼或是轻轻的对你说一两个小字，你就应得宽解；你永远不能对我说"Shut up"（当然你决不会说的，我是说笑话），叫我心里受刀伤。

我们男人，尤其是像我这样的痴子，真也是怪，我们的想头不知是怎样转的，比如说去秋那"一双海电"为什么这一来就叫一万二千度的热顿时变成了冰，烧得着天的火立刻变成了灰，也许我是太痴了，人间绝对的事情本是少有的。All or Nothing到如今还是我做人的标准。

眉，你真是孩子，你知道你的情感转向来的多快，一会儿气得话都说不出，一会儿又嚷吃面包了！

今晚与你跳的那一个舞，在我是最Enjoy不过了，我觉得从没有经验过那浓艳的趣味——你要知道你偶尔唤我时我的心身就化了！

八月二十三日

昨晚来今雨轩又有慷慨激昂的“援女学联会”，有一个大胡子矮矮的，他像是大军师模样，三五个女学生一群男学生站在一起谈话，女的哭哭嚷嚷，一面擦眼泪，一面高声的抗议，我只听见“像这样还有什么公理呢？”又说“谁失踪了，谁受重伤了，谁准叫他们打死了，唉，一定是打死了，呜呜呜呜……”

眉倒看得好玩，你说女人真不中用，一来就哭；你可不知道女人的哭才是她的真本领哩！

今天一早就下雨，整天阴霾到底，你不乐，我也不快；你不愿见人，并且不愿见我；你不打电话，我知道你连我的声音都不愿听见，我可一点也不怪你，眉，我懂得你的抑郁，我只抱歉我不能给你我应分的慰安。十一点半了，你还不曾回家，我想像此时坐在一群叫嚣不相干的俗客中间，看他们放肆的赌，你尽愣着，眼泪向里流着，有时你还得赔笑脸，眉，你还不厌吗，这种无

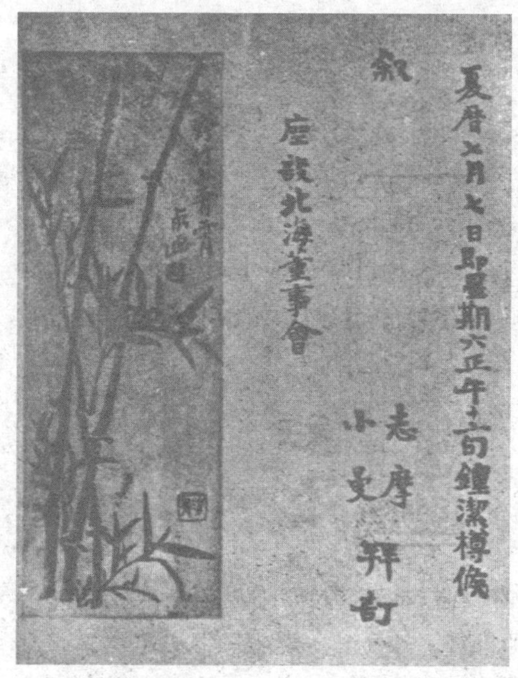
夏曆七月七日即星期六正午十二句鐘潔樽候
敘
座設北海董事會
志摩
小曼 拜訂

徐志摩与陆小曼订婚请柬。

谓的生活，你还不造反吗，眉？

我不知道我对你说着什么话才好，好像我所有的话全说完了，又像是什么话都没有说，眉呀，你望不见我的心吗？这凄凉的大院子今晚又是我单个儿占着，静极了，我觉得你不在我的周围，我想飞上你那里去，一时也像飞不到的样子，眉，这是受罪，真是受罪！方才“先生”说他这一时不很上我们这儿来，因为他看了我们不自然的情形觉着不舒服，原来事情没有到门，大家见面打哈哈倒没有什么，这回来可不对了，悲惨的颜色，紧急的情调，一时都来了，但见面时还得装作，那就是痛苦，连旁观人都受着的，所以他不愿意来，虽则他很Miss你。他明天见娘谈话去，他再不见效，谁都不能见效了，他真是好朋友，他见到，他也做到，我们将来怎样答谢他才好哩。S来信有这几句话——我觉得自己无助的可怜，但是一看小曼，我觉得自己运气比她高多了，如果我精神上来，多少可以做些事业，她却难上难，一不狠心立志，险得很。岁月蹉跎，如何能保守健康精神与身体，志摩，你们都是她的至近朋友，怎不代她设想设想？使她蹉磨下去，真是可惜，我是巾帼到底不好参与家事……

八月二十四日

这来你真的很不听话，眉，你知道不？也许我不会说话，你不爱听；也许你心烦听不进，今晚在真光我问你记否去年第一次在剧场觉得你的发鬓擦着我的脸（我在海拉尔寄回一首诗来纪念那初度尖锐的官感，在我是不可忘的），你理都没有理会我，许是你看电影出了神，我不能过分怪你。

今晚北海真好，天上的双星那样的晶清，隔着一条天河含情的互睇着；满地的荷叶在微风里透着清馨；一弯黄玉似的初月在西天挂着；无数的小虫相应的叫着；我们的小舫在荷叶丛中刺着，我就想你，要是你我俩坐着一只船在湖心里荡着，看星，听虫，嗅荷馨，忘却了一切，多幸福的事，我就怨你这一时心不静，思想不清，我要你到山里去也就为此。你一到山里心胸自然开豁的多，我敢说你多忘了一件杂事，你就多一分心思留给你的爱。你看看地上的草色，看看天上的星光，摸摸自己的胸膛，自问究竟你的灵魂得到了寄托没有，你的爱得到了代价没有，你的一生寻出了意义没有？你在北京城里是不会清明思想的——大自然提醒我们内心的愿望。

我想我以后写下的不拿给你看了，眉，一则因为天天看烦得很，反正是这一路的话，这爱长爱短老听也是怪腻烦的；二则我有些不甘愿因为分明这来你并不怎样看重我的“心声”。我每天的写，有工夫就写，倒像是我唯一的功课，很多是夜阑人静半夜三更写的，可是你看也就翻过算数，到今天你那本子还是白白的，我问你劝你的话你也从不提及，可见你并不曾看进去，我写当然还是写，但我想这来不每天缴卷似的送过去了，我也得装装马虎，等你自己想起问起时真的要看时再给你不迟。我记得（你记得吗？眉？）才几个月前你最初与我秘密通讯时，你那时的诚恳，焦急，需要，怎样抱怨我不给你多写，你要看我的字就比掉在岸上的鱼想水似的急，——咳，那时间我的肝肠都叫你摇动了，眉！难道这几个月来你已经看够了不成？我的话准没有先前的动听，所以你也不再着急要，虽则我自问我对你一往的深情真是一天深似一天，我想看你的字，想听你的话，想搂抱你的思想，正比你几个月前想要我的有增无减——眉，这是什么道理？我知道我如其尽说这一套带怨意的话，你一定看得更不耐烦，你真是愈来愈蠢了，什么新鲜的念头，讨人欢喜招人乐的俏皮话一句也想不着，这本子一页又一页只是板着脸子说的郑重话，哪能怪你不爱看——我自个活该不是？下回我想来一个你给我的信的一个研究——我要重新接近你那时的真与挚，热烈与深刻。眉，你知道你那时偶尔看一眼，那一眼里含着多少的深情呀！现在你快正眼都不爱觑我了，眉，这是什么道理？你说你心烦，所以连面都不愿见我——我懂得，我不怪你，假如我再跑了一次看看——我不在跟前时也许你的思想倒会分给我一些——你说人在身边，何必再想，真是！这样来我愿意立即死了，那时我倒可以希望占有你一部分纯洁的思想的快乐。眉，你几时才能不心烦？你一天心烦，我也一天不心安，因为我们俩的思想镶不到一起，随我怎样的用力用心——

眉，假如我逼着你跟我走，那是说到和平办法真没有希望时，你将怎样发付我？不，我情愿收回这问句，因为你也许忍心拿一把刀插在爱你的摩的心里！

咳，“以不了了之”，什么话！我倒不信，徐志摩不是懦夫，到相当时候我有我的颜色，无耻的社会你们看着吧！

眉，只要你有一个日本女子一半的痴情与侠气——你早跟我飞了，什么事都解决了。乱丝总得快刀斩，眉，你怎的想不通呀！

上海有时症，天又热，我也有些怕去。

八月二十五日

眉，你快乐时就比花儿开，我见了直乐！

八月二十七日

两天不亲近《爱眉小札》了，真觉得抱歉。

香山去只增添，加深我的懊丧与惆怅，眉，没有一分钟过去不带着想你的痴情，眉，上山，听泉，折花，望远，看星，独步，嗅草，捕虫，寻梦——哪一处没有你，眉，哪一处不惦着你，眉，哪一个心跳不是为着你，眉！

我一定得造成你，眉；旁人的闲话我愈听愈恼，愈愤愈自信！眉，交给我你的手，我引你到更高处去，我要你托胆的完全信任的把你的手交给我。

我没有别的办法，我就有爱；没有别的天才，就是爱；没有别的能耐，只是爱；没有别的动力，只是爱。

我是极空洞的一个穷人，我也是一个极充实的富人——我有的只是爱。

眉，这一潭清冽的泉水，你不来洗濯谁来；你不来解渴谁来；你不来照形谁来！

我白天想望的，晚间祈祷的，梦中缠绵的，平时神往的——只是爱的成功，那就是生命的成功。

是真爱不是没有力量；是真爱不能没有悲剧的倾向。

眉，“先生”说你意志不坚强，所以目前逢着有阻力的环境倒是好的，因为有阻力的环境是激发意志最强的一个力量，假如阻力再不能激发意志时，那事情也就不易了。这时候各界的看法各各不同，眉，你觉出了没有？有绝对怀疑的，有相对怀疑的，有部分同情的，有完全同情的（那很少，除是老K），有嫉忌的，有阴谋破坏的（那最危险），有肯积极助成的，有愿消极帮忙的……都有。但是，眉，听着，一切都跟着你我自身走；只要你我有意志，有气，有勇，加在一个真的情爱上，什么事不成功，真的！

有你在我的怀中，虽则不过几秒钟，我的心头便没有忧愁的踪迹；你不在我的当前，我的心就像挂灯似的悬着。

你为什么不抽空给我写一点？不论多少，抱着你的思想与抱着你的温柔的肉体，同样是我这辈子无上的快乐。

往高处走，眉，往高处走！

我不愿意你过分“爱物”，不愿意你随便花钱，无形中养成“想什么非要到什么不可”的习惯；我将来决不会怎样赚钱的，即使有机会我也不来，因为我认定奢侈的生活不是高尚的生活。

爱，在俭朴的生活中，是有真生命的，像一朵朝露浸着的小草花；在奢华的生活中，即使有爱，不能纯粹，不能自然，像是热屋子里烘出来的花，一半天就衰萎的忧愁。

论精神我主张贵族主义；谈物质我主张平民主义。

眉，你闲着的时候想一想，你会不会有一天厌弃你的摩。

不要怕想，想是领到“通”的路上去的。

受朋友怜惜与照顾也得有个限度，否则就有界限不分明的危险。

小的地方要防，正因为小的地方容易忽略。

八月二十八日

这生活真闷死得人，下午等你消息不来时我反仆在床上，凄凉极了，心跳得飞快，在迷惘中呻吟着“Iet me die, let me die! Love! ”

眉，你的舌头上生疱，说话不利便；我的舌头上不生疱，说话一样的不能出口，我只能连声的叫你，眉，眉，你听着了没有？

为谁憔悴？眉，今天有不少人说我。

老太爷防贼有功，应赏反穿黄马褂！

心里只是一束乱麻，叫我如何定心做事。

“南边去防口实”，咳，眉，这回再要“以不了了之”，我真该投身西湖做死鬼去了，我本想在南行前写完这本日记的，但看情形怕不易了，眉，这本子里不少我的呕心血的话，你要是随便翻过的话，我的心血就白呕了！

八月二十九日

眉，今天今晚我释然得很。

八月三十一日

眉，今晚我只是“爽然”！“如此星辰非昨夜，为谁风露立终宵”，多凄凉的情调呀！北海月色荷香，再会了！

织女与牛郎，清浅一水隔，相对两无言，盈盈复脉脉。

九月五日　上海

前几天真不知是怎样过的，眉呀，昨晚到站时“谭谭”背给我听你的来电，他不懂得末尾那个眉字，瞎猜是密码还是什么，我真忍不住笑了——好久不笑了，眉，你的摩？

“先生”真可人，“一切如意——珍重——眉”多可爱呀，救命王菩萨，我的眉！这世界毕竟不是骗人的，我心里又漾着一阵甜味儿，痒齐齐怪难受的，飞一个吻给我至爱的眉，我感谢上苍，真厚待我，眉终究不负我，忍不住又独自笑了。昨晚我住在蒋家，覆来翻去老想着你，哪睡得着，连着蜜甜的叫你嗔我亲你，你知道不，我的爱？

今天捱过好不容易，直到十一时半你的信才来，阿弥陀佛，我上天了。我一壁开信就见你肥肥的字迹，我就乐，想躲着。眉，我妈坐在我对桌，我爸躺在床上同声笑着骂了“谁来看你信，这鬼鬼祟祟的干么！”我倒怪不好意思的。念你信时我面上一定很有表情，一忽儿紧皱着眉头，一忽儿笑逐颜开，妈准递眼风给爸笑话我哪！

眉，我真心的小龙，这来才是推开云雾见青天了！我心花怒放就不用提了。眉，我恨不得立刻搂着你，亲你一个气都喘不回来，我的至宝，我的心血，这才是我的好龙儿哪！

你那里是披心沥胆，我这里也打开心肠来收受你的至诚——同时我也不敢不感激我们的“红娘”，他真是你我的恩人——你我还不争气一些！

说也真怪，昨天还是在昏沉地狱里抗着的，这来勇气全回来了，你答应了我的话，你给了我交代，我还不听你话向前做事去，眉，你放心，你的摩也不能不给你一个好“交代”！

今天我对P全讲了，他明白，他说有办法，可不知什么办法？

真厌死人，娘还得跟了来！我本来想到南京去接你的，她若来时我连上车站都不便，这多气人，可是我听你话，眉，如今我完全听你话，你要我怎办就怎办，我完全信托你，我耐着——为着你，眉。

眉，你几时才能再给我一个甜甜的——我急了！

九月八日

风波，恶风波。

眉，方才听你在先施吃冰淇淋剪发，我也放心了；昨晚我说——“The absolute way out is the best way out: let he die.”

我的意思是要你死，你既不能死，那你就活；现在情形大概你也活得过去，你也不须我保护；我为你已经在我的灵魂上涂上一大塔的窑煤，我等于说了谎，我想我至少是对得住你的；这也是种气使然，有行动时只是往上爬，永远不能向上争，我只能暂时洒一滴创心的悲泪，拿一块冷笑的毛毡包起我那流鲜血的心，等着再看随后的变化罢。

我此时竟想立刻跑开，远着你们，至少让“你的”几位安安心；我也不写信给你，也没法写信；我也不想报复，虽则你娘的横蛮真叫人发指；我也不要安慰，我自己会骗自己，罢了，罢了，真罢了！

一切人的生活都是说谎打底的，志摩，你这个痴子妄想拿真去代谎，结果你自己轮着双层的大谎，罢了，罢了，真罢了！

眉，难道这就是你我的下场？难道老婆婆的一条命就活活吓倒了我们，真的蛮横压得倒真情吗？

眉，我现在只想在什么时候再有机会抱着你痛哭一场——我此时忍不住悲泪直流，你是弱者，眉，我更是弱者的弱者，我还有什么面目见朋友去，还有什么心肠做事情去——罢了，罢了，真罢了！

眉，留着你半夜惊醒时一颗凄凉的眼泪给我吧，你不幸的爱人！

眉，你镜子里照照，你眼珠里有我的泪水没有？

唉，再见吧！

九月九日

今晚许见着你，眉，叫我怎样好！Z说我非但近痴，简直已经痴了。方才爸爸进来问我写什么，我说日记，他要看前面的题字，没法给他看，他指了指“眉”字，笑了笑，用手打了我一下。爸爸真通人情，前夜我没回家他急得什么似的一晚没睡，他说替我“捏着一大把汗”，后来问我怎样，我说没事，他说“你额上亮着哪”，他又对我说，“像你这样年纪，身边女人是应得有一个的，但可不能胡闹，以后，有夫之妇总以少接近为是”。我当然不能对他细讲，点点头算数。

昨晚我叫梦像缠得真苦，眉你真害苦了我，叫我怎生才是？我真想与你们一家人形迹上完全绝交，能躲避处躲避，免不了见面时也只随便敷衍，我恨你的娘刺骨，要不为你爱我，我要叫她认识我的厉害！等着吧，总有一天报复的！

我见人都觉着尴尬，了解的朋友又少，真苦死。前天我急极时忽然想起了LY，她多少是个有侠气的女子，她或能帮忙，比如代通消息，但我现在简直连信都不想给你通了，我这里还记着日记，你那里恐怕连想我都没有时候了，唉，我一想起你那专暴淫蛮的娘！

我来扬子江边买一把莲蓬：
手剥一层层的莲衣，
看江鸥在眼前飞，
忍含着一眼悲泪，——
我想着你，我想着你，啊小龙！

我尝一尝莲瓤，回味曾经的温存——
那阶前不卷的重帘，
掩护着销魂的欢恋，
我又听着你的盟言：
“永远是你的，我的身体，我的灵魂。”

我尝一尝莲心，我的心比莲心苦——
我长夜里怔忡，
挣不开的恶梦；
谁知我的苦痛？——
你害了我，爱，这是叫我如何过？

但我不能说你负，更不能猜你变；
我心头只是一片柔
你是我的！我依旧
将你紧紧的抱搂；——
除非是天翻——
但我不能想像那一天！

九月四日沪宁道上

九月十日

“受罪受大了！”受罪受大了，我也这么说。眉呀，昨晚席间我浑身的肉都颤动了，差一点不曾爆裂，说也怪，我本不想与你说话的，但等到你对我开口时，我闷在心里的话一句都说不上来，我睁着眼看你来，睁着眼看你去，谁知道你我的心！

有一点我却不甚懂，照这情形绝望是定的了，但你的口气还不是那样子，难道你另外又想出了路子来？我真想不出。

九月十一日

眉，你到底是什么回事？你眼看着我流泪晶晶的说话的时候，我似乎懂得你，但转瞬间又模糊了；不说别的，就这现亏我就吃定的了，“总有一天报答你”——那一天不是今天，更有哪一天？我心只是放不下，我明天还得对你说话。

事态的变化真是不可逆料，难道真有命的不成？昨晚在M外院微光中，你铄亮的眼对着我，你温热的身子亲着我，你说“除非立刻跑”那话就像电火似的照亮了我的心，那一刹那间，我乐极，什么都忘了，因为昨天下午你在慕尔鸣路上那神态真叫我有些诧异，你一边咬得那样定，你心里究竟是什么一回事呢？所以我忍不住（怕你真又糊涂了）写了封信给他，亲自跑去送信，本不想见你的，他昨晚态度倒不错，承他的情，我又占了你至少五分钟，但我昨晚一晚只是睡不着，就惦着怎样“跑”。我想起大连，想叫“先生”下来帮着我们一点，这样那样尽想，连我们在大连租的屋子，相互的生活，都一一影片似的翻上心来，今天我一早出门还以为有几分希冀，这冒险的意思把我的心搔得直发痒，可万想不到说谎时是这般田地，说了真话还是这般田地，真是麻维勒斯了！

我心里只是一团谜，我爸我娘直替我着急，悲观得凶，可我又有什么办法？咳，眉，你不能成心的害我毁我；你今天还说你永远是我的，我没法不信你，况且你又有那封真挚的信，我怎能不怜着你一点，这生活真是太蹊跷了！

九月十三日

“先生”昨晚来信，满是慰我的好意，我不能不听他的话，他懂得比我多，看得比我透，我真想暂时收拾起我的私情，做些正经事业，也叫爱我如“先生”的宽宽心，咳，我真是太对不起人了。

眉，一见你一口气就哽住了我的咽喉，什么话都说不出来了，他昨晚的态度真怪，许有什么花样，他临上马车过来与我握手的神情也顶怪的，我站着看你，心里难受就不用提了，你到底是谁的？昨晚本想与你最后说几句话，结果还是一句都说不成，只是加添了愤懑。咳，你的思想真混，眉，我不能不说你。

这来我几时再见你，眉？看你吧。我不放心的就是你许有彻悟的时候，真要我的时候，我又不在你的身旁，那便怎办？

西湖上见得着我的眉吗？

我本来站在一个光亮的地位，你拿一个黑影子丢上我的身来，我没法摆脱……

The sufferer has no right to pessimism.

这话里有电，有震醒力！

十日在栈里做了一首诗：

今晚天上有半轮的下弦月；
我想携着她的手，
往明月多处走——
一样是清光，我想，圆满或残缺。

庭前有一树开剩的玉兰花；
她有的是爱花癖，
我忍看它的怜惜——
一样是芬芳，她说，满花与残花。

浓荫里有一只过时的夜莺；
她受了秋凉，
不如从前浏亮——
快死了，她说，但我不悔我的痴情！
但这莺，这一树残花，这半轮月——
我独自沉吟，
对着我的身影——

她在那里呀，为什么伤悲，凋谢，残缺？

九月十六日

你今晚终究来不来？你不来时我明天走怕不得相见了；你来了又待怎样？我现在至多的想望是与你临行一诀。但看来百分里没有一分机会！你娘不来时许还有法想，她若来时什么都完了。想着真叫人气，但转想即使见面又待怎样，你还是在无情的石壁里嵌着，我没法挖你出来，多见只多尝锐利的痛苦，虽则我不怕痛苦。眉，我这来完全变了个“宿命论者”，我信人事会合有命有缘，绝对不容什么自由与意志，我现在只要想你常说那句话早些应验——“我总有一天报答你”。是的，我也信，前世不论，今生是你欠我债的；你受了我的礼还不曾回答；你的盟言——“完全是你的，我的身体，我的灵魂”——还不曾实践，眉，你决不能随便堕落了，你不能负我，你的唯一的摩！我固然这辈子除了你没有受过女人的爱，同时我也自信你也该觉着我给你的爱也不是平常的，眉，真的到几时才能清账，我不是急，我要你耐我不是不能耐，但怕的是华年不驻，热情难再，到那天彼此都离朽木不远的时候再交抱，岂不是“何苦”？

我怕我的话说不到你耳边，我不知你不见我时心里想的是什么，我不能自由见你，更不能勉强你想我；但你真的能忘我吗？真的能忍心随我去休吗？眉，我真不信为什么我的运蹇如此！

我的心思不论望哪一方向走，碰着的总是你，我的甜，你呢？

在家时伴娘睡两晚，可怜，只是在梦阵里颠倒，连白天都是这怔怔的。昨天上车时，怕你在车上，初到打电话时怕你已到，到春润庐时怕你就到——这心头的回折，这无端的狂跳，有谁知道？

方才送花去，踌躇了半晌，不忍不送，却没有附信去，我想你能够懂得。

昨天在楼外楼上微醺时那凄凉味儿，眉呀，你何苦爱我来！

方才在烟霞洞与复之闲谈，他说今年红蓼红蕉都死了，紫薇也叫虫咬了，我听了又有怅触，随诌四句——

红蕉烂死紫薇病
秋雨横斜秋风紧
山前山后乱鸣泉
有人独立怅空溟

九月十七日

爸今天一定很怪我，早上没有同去，他已是不愿意，下午没有回，他准皱眉！但他也一定有数，我为什么耽着；眉，我的眉，为你，不为你更为谁！可怜我今天去车站盼望你来，又不敢露面，心里双层的难受，结果还是白候，这时候有九时半！王福没电话来，大约又没有到，也许不叫打，我几次三番想写给你可又没法传递，咳，真苦极了，现在我立定主意走了，不管了，以后就看你了，眉呀！想不到这爱眉小札，欢欢喜喜开的篇，会有这样凄惨的结束，这一段公案到哪一天才判得清？我成天思前想后的神思越恍惚了，再不赶快找“先生”寻安慰去，我真该疯了。眉，我有些怨你；不怨你别的，怨你在京那一个月，多难得的日子，没多给我一点平安，你想想，北海那晚上！眉，要不是你后来那封信，我真该疑你了。

今天我又发傻，独自去灵隐，直挺挺的躺在壑雷亭下那石条凳上寻梦，我故意把你那小红绢盖在脸上，妄想倩女离魂，把你变到壑雷亭下来会我！眉，你究竟怎样了，我哪里舍得下你，我这里还可以现在似的自由的写日记，你那里怕连出神的机会都没有，一个娘，一个丈夫，手挽手的给你造上一座打不破的牢墙，想着怎不叫人恚愤！你说“some day god will pity us”，but will there be such a day?

昨晚把娘给我那玻璃翠戒指落了，真吓得我！恭喜没有掉了，我盼望有一天把小龙也捡了回来，那才真该恭喜哪。

昏昏的度日，诗意尽有，写可写不成，方才凑成了四节。

昨天我冒着大雨去烟霞岭下访桂；
南高峰在烟霞中不见；
在一家松茅铺的屋檐前
我停步，问一个村姑今年
翁家山的丹桂有没有去年时的媚。

那村姑先对着我身上细细的端详：
“活像个羽毛浸瘪了的鸟”，
我心里想，她，定觉得蹊跷，

在这大雨天单身走远道
倒来没来头的问桂花今年香不香!

“客人,你运气不好,来得太迟又太早:
这里就是有名的满家衖,
往年这时候到处香得凶,
这几天连绵的雨,外加风,
弄得这稀糟,今年的早桂就算完了。”

果然这桂子林也不能给我欢喜:
枝上只见焦烂的细蕊,
看着凄惨,咳,无妄的灾,
我心想,为什么到处憔悴?——
这年头活着不易,这年头活着不易!

又凑成了一首——
再不见雷峰,雷峰坍成了一座大荒冢,
顶上有不少交抱的青葱,
顶上有不少交抱的青葱,
再不见雷峰,雷峰坍成了一座大荒冢。

发什么感慨,对着这光阴应分的摧残?
世上多的是不应分的变态;
世上多的是不应分的变态,

发什么感慨，对着这光阴应分的摧残？

发什么感慨，这塔是镇压，这坟是掩埋——
镇压还不如掩埋来得痛快；
镇压还不如掩埋来得痛快，
发什么感慨，这塔是镇压；这坟是掩埋！
再没有雷峰，雷峰从此掩埋在人的记忆中，
像曾经的梦境，曾经的爱宠；
像曾经的梦境，曾经的爱宠，
再没有雷峰，雷峰从此掩埋在人的记忆中！

1926年10月3日，徐志摩与陆小曼在北海公园举行婚礼。